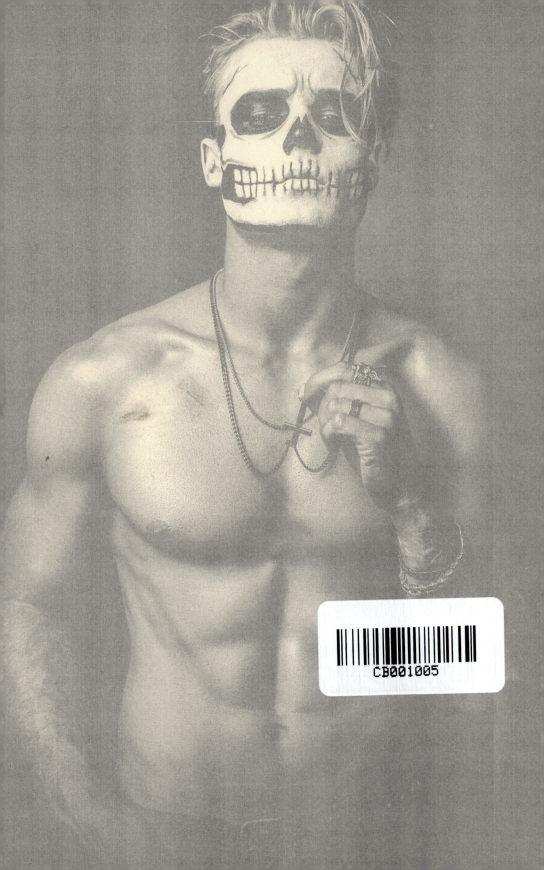

MONICA JAMES

NÃO CAIR EM TENTAÇÃO

Traduzido por Marta Fagundes

1ª Edição

2023

Direção Editorial: Anastacia Cabo
Tradução: Marta Fagundes
Preparação de texto: Ana Lopes
Diagramação: Carol Dias
Revisão Final: Equipe The Gift Box
Arte de Capa: Perfect Pear Creative Covers
Adaptação de Capa: Bianca Santana

Copyright © Monica James, 2021
Copyright © The Gift Box, 2023

Todos os direitos reservados.
Nenhuma parte do conteúdo desse livro poderá ser reproduzida em qualquer meio ou forma – impresso, digital, áudio ou visual – sem a expressa autorização da editora sob penas criminais e ações civis.
Esta é uma obra de ficção. Nomes, personagens, lugares e acontecimentos descritos são produtos da imaginação da autora. Qualquer semelhança com nomes, datas ou acontecimentos reais é mera coincidência.

Este livro segue as regras da Nova Ortografia da Língua Portuguesa.

CIP-BRASIL. CATALOGAÇÃO NA PUBLICAÇÃO

J29v

James, Monica
  Não cair em tentação / Monica James ; tradução Marta Fagundes. - 1. ed. - Rio de Janeiro : The Gift Box, 2023.
  272 p. (Livrai-nos do mal ; 2)

  Tradução de: Into Temptation
  ISBN 978-65-5636-247-2

  1. Romance australiano. I. Fagundes, Marta. II. Título. III. Série.

                              CDD: 828.99343
                              CDU: 82-31(94)

Nota do Autor

Aviso importante: *Não cair em tentação* é uma sequência, e nem todos os questionamentos serão respondidos no segundo livro. Se você não gosta de um final em suspense, é melhor desistir de ler agora.

Embora eu tenha feito um trabalho de pesquisa com muitos nativos, por favor, tenha a mente aberta, pois esta é uma obra de ficção. Lugares, acontecimentos e incidentes também são frutos da minha imaginação, ou foram usados de maneira fictícia.

Não cair em tentação é um ROMANCE DARK, e aborda temas que podem causar desconforto em alguns leitores.

Deus te proteja...

UM
PUNKY

Liberdade.

Nove letras que, isoladas, não significam grande coisa. No entanto, quando se juntam para formar a palavra, podem mudar a vida de um homem para sempre.

— Não podíamos deixar você sair sem uma despedida apropriada.

Um soco no queixo.

Outro chute nas costelas.

Já nem sinto os golpes. Minha mente e corpo se encontram anestesiados para a dor.

Enquanto os guardas continuam a me espancar, permaneço ali deitado no piso frio da minha cela, usando da violência desmedida como um combustível. Cada golpe simplesmente alimenta os demônios que vivem dentro de mim. Demônios que tiveram tempo de sobra para crescer e amadurecer, me transformando nesta besta implacável e calejada de agora.

Ao darem-se por satisfeitos, eles cospem no meu corpo devastado, gargalhando. A porta da minha cela se fecha com um baque surdo, e sou engolido pela escuridão – minha única amiga.

Meus músculos agonizam quando me arrasto pelo chão até conseguir me recostar à parede. Com a mão segurando um lado das costelas, tento respirar com calma, pois estarei livre em poucas horas. Escaparei de uma prisão, apenas para ser lançado em outra com grades invisíveis.

"Perdoe-me, Cara, eu precisava de um bode expiatório, e esse cara é Punky... nosso filho."

Batendo o punho cerrado contra o chão, fecho os olhos com força, ainda sem acreditar nas palavras que li no diário de Sean. Bem que eu queria que fosse uma mentira, mas sei que as palavras são verdadeiras. A única pessoa em quem sempre confiei nesse mundo inteiro me traiu.

Sean me fez de trouxa de todas as maneiras possíveis. Passei os últimos dez anos acreditando que a morte dele, assim como a de Connor, havia sido minha culpa. Pensei que o sobrenome Kelly estivesse morto e enterrado por causa das minhas atitudes insensatas. Acreditei que eu havia arruinado minha família.

Porém não passei de um mero joguete, um peão em um tabuleiro de xadrez, onde fui usado para que Sean vencesse seu jogo ardiloso.

Ele usou todo mundo para conseguir o que queria, não dando a mínima para quem ele tivesse que ludibriar e matar. Não consigo acreditar que sou filho dele. E não consigo acreditar que ele matou minha mãe.

A porta da cela se abre, de repente, e quando o oficial Grenham vê meu estado, exala um suspiro.

— Aqueles filhos da puta. Venha, vamos dar um jeito de você se limpar. Você tem um longo dia pela frente.

O oficial Grenham foi o homem que mudou a minha vida seis meses atrás. Foi ele quem me disse que Hannah estava me esperando... me esperando para contar toda a verdade. Se não fosse por ele, eu nunca teria concordado em aceitar a visita da minha irmã, e nunca teria tido a chance de sair em liberdade.

Hannah contou que Darcy Duffy agora é uma advogada famosa que estava mais do que segura de que poderia reverter a minha condenação. Ela estava certa.

Não faço a mínima ideia de como ela conseguiu, mas graças ao fato daquele chefe de polícia filho da puta, Moore, ter sido um tira corrupto, Darcy foi capaz de convencer todas as instâncias do tribunal para que eu fosse solto. Não quis saber dos detalhes ou me encontrar com ela, porque se essa porra fosse um engodo, eu temia pela minha mente já fodida.

Mas Darcy conseguiu o inimaginável.

O oficial Grenham era astuto e sabia que não devia me oferecer ajuda. Consegui me levantar por conta própria, ignorando meus ferimentos porque os que foram infligidos à minha consciência eram os piores. Ele algemou meu pulso uma última vez antes de me conduzir até o banheiro.

A água escaldante ajudou a aliviar um pouco da dor, e assim que me sequei, vesti as roupas que Hannah providenciou para mim – calça jeans preta e uma camisa branca de botões. Amarrei os cadarços dos coturnos, maravilhado com aquela simples tarefa, já que fazia dez anos desde que usei calçados com cadarços.

Encarando meu reflexo no espelho, esfreguei o rosto com a mão, impressionado em como o tempo havia me envelhecido.

Eu não era mais o Punky de antigamente. Aquele cara era apenas um garoto. Agora, sou um homem, determinado em cumprir apenas uma coisa: vingança.

— Você quer se barbear? — pergunta Grenham, me observando conforme avalio o rosto que já sequer reconheço.

— Não — respondo, com a voz rouca.

Meu cabelo tem o mesmo comprimento de quando fui preso. Mas minha barba agora é mais espessa, mais longa. Os piercings que eu usava no lábio e nariz sumiram há tempos, mas ao olhar para a tatuagem do crucifixo no meu pulso, bem como as letras do nome da minha mãe sobre os nódulos dos meus dedos, sinto que o significado por trás dos desenhos permanece intacto.

— Então tudo bem. Quando estiver pronto, vou te levar até sua advogada. Ela trouxe uma papelada que você precisa assinar, e aí... você estará liberado.

Lançando um último olhar para minha imagem refletida, eu me viro para o oficial e digo:

— Posso até ser solto para viver fora dessas paredes, mas nunca serei livre.

Ele assente, pois compreende que um lugar como Riverbend House deixa marcas eternas. Este lugar não roubou somente a minha liberdade; ele roubou a minha humanidade. A pequena fagulha à qual eu me agarrava foi destruída no segundo em que pisei o pé neste inferno.

Sem trocar mais qualquer outra palavra, o oficial Grenham gesticula para que eu siga em frente. Ele nem ao menos me algema. Sei que isso é contra as regras, mas o oficial quer que eu dê meu primeiro passo como um homem livre.

Preciso reaprender a andar sem estar acorrentado; esta era minha condição diária durante dez longos anos. Liberdade representa todo um mundo novo no qual tenho que aprender a viver outra vez.

Caminhamos em passos lentos pelo corredor conforme assimilo o entorno. Grenham abre uma porta e um mulher vestida em um terninho caro se levanta assim que nos vê. Darcy Duffy está crescida. Suponho que como todos nós. Ainda estou tendo dificuldade em lidar com essa nova realidade; estou esperando ver as pessoas do meu passado da forma como me lembro delas, de tantos anos atrás.

No entanto, não somos mais as mesmas pessoas de antes.

— Punky... Ah, meu Deus... seu rosto — diz ela, me encarando em profundo choque.

— E aí? — retruco, sem saber ao certo o que dizer, já que um simples obrigado não parece o adequado.

Minha resposta brusca parece fazê-la se lembrar do porquê está aqui.

— Por favor, sente-se. — Ela gesticula para a cadeira de plástico à mesa.

Assim que me sento, reparo que suas mãos estão tremendo ao vasculhar sua pasta de couro marrom. Ela está nervosa? Ou com medo?

Quando encontra o que está procurando, desliza um documento pela mesa.

— Preciso que você assine aqui. É seu alvará de soltura. Podemos conversar caso tenha dúvidas remanescentes após ler.

Darcy me entrega uma caneta que parece pesar uma tonelada entre meus dedos.

Há muito e muito tempo, este simples objeto era uma extensão do meu braço, pois usar uma caneta para desenhar era algo natural, mas agora, mal consigo me lembrar da sensação. Sequer consigo me imaginar sentado diante de uma tela em branco para desenhar tudo aquilo que se passa em minha mente, porque só há escuridão na minha cabeça.

— Não preciso ler — afirmo, assinando acima da linha pontilhada.

— Ah — suspira, surpresa, quando empurro o documento em sua direção.

Sei que estou deixando Darcy desconfortável. Não sei o que ela está esperando de mim. Um reencontro amigável e feliz, talvez? Mas esta é a minha cara de felicidade.

Ela pigarreia antes de assinar abaixo do meu nome.

— Tudo bem. Então é só isso. Vou encaminhar o documento para os órgãos competentes, mas, agora, você é um homem livre.

Se Darcy está esperando por lágrimas ou qualquer emoção de merda, será uma longa espera.

Assentindo, eu me levanto e noto os tremores que assolam o corpo de Darcy, bem como o ofego profundo. Antes de tudo acontecer, ela estava a fim de mim, e pelo tom corado de suas bochechas, parece que os sentimentos ainda permanecem os mesmos.

— Obrigado, Darcy — digo, torcendo para que ela saiba o quanto sou grato.

— Sem problema. Sinto muito por ter demorado tanto tempo. — Entrelaça as mãos à frente.

— Não há nada com o que se desculpar. Eu te devo a minha liberdade.

Ela sorri, mas não parece um sorriso mecânico. Ao contrário, ela parece estar realmente feliz por me ajudar. Eu só não consigo entender o porquê. Não fui particularmente gentil com ela.

— Algumas pessoas estão esperando por você — diz o oficial Grenham, rompendo o silêncio que se instalou.

Discretamente, Darcy seca uma lágrima do canto do olho e se vira de costas, ocupando-se de guardar suas coisas na maleta.

— Sairei em instantes. Você pode ir na frente.

Não faço ideia do porquê ela está chorando, mas percebo que já não sei muitas coisas nessa vida.

Sem saber o que dizer, balanço a cabeça em concordância e sigo o oficial porta afora. Nossos passos ecoam pelo corredor, e, de repente, essa parece a caminhada mais longa da minha vida. O alarme da porta de aço apita ao abrir, e Grenham encara o homem que abriu, pois sabe que ele foi um dos babacas que participou da minha festinha de despedida.

Ao passar por ele, sinto a imensa satisfação ao vê-lo estremecer. Em breve ele terá o que merece, e sem haver testemunhas quando isso acontecer. Com deboche, sopro um beijo em sua direção.

Grenham abre a porta no final do corredor e se posta ali com um sorriso. Ele é o único agente penitenciário ali que sempre se importou comigo. Hannah surge à vista, com lágrimas profusas escorrendo pelo rosto. No entanto, é a pessoa que se encontra atrás dela que faz meu coração se apertar diante das lembranças que ainda guardo.

— Punky! — Hannah corre até mim, não dando a mínima para meu espaço pessoal ao me abraçar com força.

Na mesma hora, seu perfume único acalma meu nervosismo, e eu retribuo o abraço sem tanta empolgação. Tenho que reaprender a andar antes de correr, certo?

— Estou tão feliz! — Soluça contra o meu peito.

— Como você está, gracinha?

— Estou ótima. Tudo está maravilhoso agora que você está aqui.

Deposito um beijo no topo de sua cabeça, ainda assombrado por essa garota ser a minha irmãzinha, a mesma irmãzinha que me salvou. Mesmo que na verdade ela seja minha prima, eu sempre a verei como minha irmã. Isso nunca vai mudar.

Ela me solta um tempo depois, e eu seco suas lágrimas com meus polegares.

Focado agora na pessoa às suas costas, dou um sorriso – o primeiro sorriso verdadeiro depois de um longo, longo tempo.

— Como estão as coisas, Cian?

Ele sempre foi um cara bonito, mas o tempo foi mais do que gentil com ele. Meu amigo de outrora agora se tornou esse homem mais velho e musculoso, como sempre imaginei que ele seria.

Cian assente, meio que contendo as lágrimas. Ele sempre foi do tipo sentimental, e parece que algumas coisas nunca mudam.

Estendo a mão para um cumprimento, mas ele não retribui o gesto. Ao invés disso, como Hannah, ele me puxa para um abraço apertado.

— Você é bom demais para dar um abraço no seu melhor amigo? — zomba, me apertando com força.

Aquilo se torna demais para suportar, mas reprimo o impulso de afastá-lo. Este é o Cian – meu melhor amigo, o cara que sempre esteve comigo para o que desse e viesse. Dez anos podem ter se passado, mas não mudaram a intensidade da nossa amizade.

Então, eu o abraço da melhor forma que consigo.

Em seguida, ele me dá um tapa nas costas antes de me soltar.

— Você parece uma merda.

Dou de ombros em resposta.

Hannah cumprimenta Darcy quando ela se aproxima.

— Já podemos ir?

— Sim.

Há apenas uma última coisa que tenho que fazer.

— Obrigado — digo ao oficial Grenham. — Você foi o único aqui que sempre se importou comigo. Você é um bom homem.

Ele assente e estende a mão para um aperto.

— Você também, Puck. Boa sorte em sua jornada aí fora.

Sem mais nada a dizer, eu me viro e acolho esta nova vida… como um homem livre.

No segundo em que piso o pé do lado de fora, protejo meus olhos contra a luz do dia – algo que não desfrutava há um bom tempo. Hannah está conversando animadamente com Darcy, mas estaca em seus passos assim que percebe que fiquei mais para trás. Cian coloca o braço sobre os meus ombros na mesma hora, me oferecendo apoio.

— Você está se sentindo bem?

— Sim, só preciso de um minuto.

NÃO CAIR EM TENTAÇÃO

Cian se mantém firme ali, e percebo que o toque de qualquer pessoa não seria bem-vindo de forma alguma. Mas o dele é algo familiar. Ele me faz recordar de tempos mais felizes. A época em que me apaixonei por uma bonequinha perfeita...

Tentei mantê-la longe dos meus pensamentos, mas é difícil demais fazer isso, já que ela se tornou uma parte minha. Mesmo sabendo da verdade, não tenho como esperar que ela esteja aqui, dando as boas-vindas ao seu 'irmão' de braços abertos, motivo pelo qual disfarço por completo minha decepção.

Eu pedi a Hannah que não contasse a verdade a Babydoll. Eu queria ser o único a contar, pois devo isso a ela. Mas dez anos são um tempo longo demais. Nem ao menos sei se ela ainda está na Irlanda do Norte. Por que outra razão ela ficaria ali?

Hannah mencionou que ela chegou a tentar, no início, encontrar um jeito de me libertar, porém eu a magoei. Não a culpo por ter seguido em frente, o que tenho certeza que ela deve ter feito. Nestes últimos seis meses, não conversei com Hannah sobre Babydoll, e o que mais me surpreendeu é que minha irmã sequer falou dela também.

Como sempre, Babydoll me deixou com muito mais perguntas do que respostas.

Quando me sinto pronto, respiro fundo e volto a andar. Os faróis de um Mercedes piscam assim que Darcy desativa o alarme, jogando, em seguida, a pasta de couro dentro do veículo.

— Tenho uma reunião para finalizar todos os trâmites. Posso te ligar mais tarde?

Não percebo que ela está falando comigo até que o silêncio perdura, o que me faz deduzir que a pergunta foi feita para mim.

— Ah, claro. Se você quiser.

— Ele vai ficar com você? — ela pergunta a Cian, que assente em concordância.

Mas não vou aceitar isso.

— Não, me leve pra casa.

— Punky, o castelo está todo detonado. Não tem eletricidade ou água encanada — Darcy diz, tentando me persuadir. No entanto, não dou a mínima.

— Não tenho a menor preocupação com isso. Só quero ir para casa.

Hannah mordisca o lábio inferior, mas Cian compreende meus motivos.

— Tudo bem. Se é isso o que você quer.

— Eu passo por lá depois do jantar — Darcy informa, respeitando meu desejo. Sou grato por tudo o que ela tem feito por mim, mas isso não significa que ela pode dar pitaco na minha vida.

Assentindo, sigo Cian em direção a um Ford Fiesta cinza. Estaco em meus passos, pois não esperava que meu amigo estivesse dirigindo um carro tão... conservador. Decido não comentar e me acomodo no banco traseiro, mesmo que Hannah tenha me oferecido o lugar à frente.

Darcy dá uma buzinada em despedida quando ultrapassa o carro de Cian, rumo à minha casa. Hannah e Cian conversam amenidades, me deixando absorver tudo aos poucos.

Encaro a paisagem através da janela, me familiarizando novamente com os sons e a vista que moldaram minha vida. Mas agora, são desconhecidos para mim, e todas as lembranças se encontram distantes. Enxergo a Irlanda do Norte com novos olhos. Muita coisa mudou, e outras tantas parecem ter sido congeladas no tempo.

A paisagem verdejante domina, e meus olhos não são capazes de se ajustar à cor. Nunca valorizei isso antes, mas esse erro não se repetirá. Avisto um pasto com inúmeras vacas. Eu havia me esquecido de quão grandes eram esses animais. Eu me esqueci de um monte de coisas.

De repente, aquilo se torna demais para lidar.

Fecho os olhos e recosto a cabeça, permanecendo nesta posição até ouvir o som do cascalho sob as rodas do carro. Esse som me transporta para o passado.

Estou em casa.

Abro as pálpebras devagar, ajustando-me à claridade, e quando vejo o castelo, chego a pensar se não estou preso em um pesadelo. A construção antes magnífica agora não passa de um monte de ruínas.

Os vidros das janelas estão quebrados, e a deduzir pela pichação, dá para afirmar que foi obra dos baderneiros que acharam que estava tudo bem em vandalizar um lugar que chegou a ser invejado por tantas pessoas. A porta está arrombada, e noto que a parede lateral está caindo aos pedaços.

Não importa o tanto que eu tenha odiado Connor, nunca desejei que sua casa acabasse desse jeito. Este era o último lugar onde sua presença permaneceu, e agora, nada restou. É apenas uma concha vazia abrigando memórias esfaceladas.

Desatando o cinto de segurança, abro a porta e desço do carro. O ar fresco preenche meus pulmões, e quando inspiro fundo, o cheiro do passado me acalenta. Um segundo depois, tudo é substituído pelo amargor.

— Punky, não quero que você fique aqui — Hannah diz, o olhar aflito percorrendo toda a propriedade.

Eu sei o porquê de ela estar preocupada.

Ela me disse que viu Sean por aqui, espreitando nas sombras como o monstro que ele é. Mas não tenho medo dele. Quero que ele saiba que estou de volta e que planejo reivindicar o que me pertence.

Segurando seu rosto entre as mãos, gentilmente eu a asseguro:

— Ficarei bem, pequena. Vá embora agora. Tenho certeza de que você tem coisas melhores a fazer do que estar aqui.

— Eu quero ficar aqui — insiste, aconchegando-se ao toque da minha mão. — Nunca mais quero sair do seu lado.

Cian se mantém um pouco distante, mas parece que ele compartilha dos mesmos sentimentos de Hannah.

— Não irei a lugar algum. Vocês fizeram questão disso ao lutarem por mim quando eu não lutei por mim mesmo.

Ela funga e engole as lágrimas.

— Mas preciso de tempo para me acostumar com tudo isso.

— Eu sei — ela responde, com um aceno. — Me promete que não vai me deixar de novo?

Sua súplica parte o meu coração, porque eu a devastei em minha ausência. Nunca refleti em como minhas atitudes poderiam afetar os gêmeos. Eles eram pequenos, e pensei que, com o tempo, eles acabariam me esquecendo. Porém, nunca me esqueci da minha mãe, e eu tinha quase a mesma idade quando ela foi arrancada da minha vida.

— Eu prometo — asseguro, puxando-a para um abraço apertado.

Ela retribui o gesto e se agarra a mim com força, e é difícil não me lembrar do tempo em que era uma garotinha, me abraçando com tanta devoção.

— Eu vou salvá-lo. Não falharei com vocês outra vez — sussurro em seu ouvido.

Hannah soluça contra o meu ombro, o corpo franzino tremendo em aflição.

O fato de Ethan não estar aqui significa que, ao contrário de Hannah, ele não está interessado em relembrar o passado. Ele está mais do que feliz em me deixar morto e enterrado. Ele vê o que fiz como um ato de traição, que os deixei aqui para apodrecerem. No entanto, pensei nos dois todos os dias. Eu achei que havia feito a coisa certa.

Porém fui enganado pelo homem que agora o faz de tolo, e quero queimar no inferno se deixarei que isso aconteça com Ethan.

— Vou passar por aqui mais tarde e trazer comida e roupas pra você. E também vou tentar dar um jeito para que a luz e água sejam religadas.

Não faz sentido discutir com ela, então apenas aceno com a cabeça e dou um beijo em sua testa.

— Obrigado.

Cian me entrega um celular, terrivelmente chique se comparado ao que eu tinha antigamente.

— Meu número está aí nos contatos. Se precisar de qualquer coisa, é só me ligar. Inclusive, vou te ligar mais tarde para deixar minha caminhonete com você. Tenho outro carro, e o outro só está acumulando poeira.

— Obrigado — agradeço, aceitando o telefone e a oferta para usar a caminhonete até ter condições de comprar meu próprio carro. — Eu te pago assim que organizar minhas finanças.

Ele estala a língua contra o céu da boca.

— Não se preocupe com isso.

Temos muita coisa para conversar, sobretudo, por onde Rory anda. E o que os dois andaram fazendo nesses últimos dez anos. Não quero perguntar sobre Babydoll, porque se Cian quisesse que eu soubesse, ele teria me dito.

— Tudo bem. Vamos dar um tempo para Punky se ambientar, baixinha. — Cian gesticula com a mão, mostrando que ambos estão de saída.

Só então percebo a pressão que depositei sobre ele quando pedi que cuidasse dos gêmeos para mim. Mas ao olhar para a corajosa e forte mulher em que Hannah se tornou, tomo ciência de que ele fez um trabalho brilhante, e que devo tudo a ele.

Os olhos de minha irmã estão marejados quando ela entra no carro. Cian espera que ela feche a porta e só então enfia a mão no bolso, retirando algo que quase esqueci.

— Guardei isso aqui pra você — diz ele, entregando o broche que pertenceu à minha mãe. — Eu sempre soube que você voltaria.

A luz do sol parece iluminar ainda mais o objeto que sempre foi tão cintilante aos meus olhos. Eu o pego e me familiarizo com o peso na palma da mão.

— Obrigado, Cian. Por tudo. Eu sei que dei a impressão de que não queria ver você de jeito nenhum, mas tive um motivo para isso. E você nunca desistiu de mim. Eu não mereço a sua amizade.

— Ah, para com isso — diz, balançando a cabeça. — Você é meu melhor amigo. Isso nunca mudou. Mas...

NÃO CAIR EM TENTAÇÃO

— Mas o quê? — eu o pressiono a continuar.

Ele estufa a bochecha, pensando em algo.

— Mas algumas coisas *mudaram*.

— É por isso que Rory não está aqui?

Ele assente, devagar.

— Ele não pode me perdoar?

Quando Cian baixa o olhar, deduzo logo a resposta.

— Sinto muito por todo o sofrimento que causei a vocês. Eu teria feito as coisas de maneira diferente, mas o lance com o retrospecto é que é algo inútil pra caralho.

Cian gargalha, e percebo que senti falta desse som.

— Vamos tomar uma cerveja quando você estiver pronto. Passarei por aqui mais tarde com a Hannah.

Ele me abraça mais uma vez, como se não pudesse acreditar que estou bem aqui.

Nós nos despedimos, e fico observando seu carro fazer a volta na entrada circular e desaparecer de vista. Quando me certifico de que estou sozinho, eu me curvo, apoiando as mãos sobre as coxas, e respiro fundo três vezes. Preciso de um instante para me recompor.

Somente quando meu coração desacelera é que aprumo a postura e observo o entorno.

Apesar de o castelo nunca ter sido o meu lar, odeio ver o estado em que se encontra. Estes escombros agora me pertencem, e tenho toda a intenção de restaurá-lo ao seu esplendor original. Seria algo que Connor gostaria, assim como minha mãe.

Com passos hesitantes, sigo em direção à construção edificada com o sangue, suor e lágrimas dos Kelly. As risadas fantasmas dos gêmeos são carregadas pelo vento – minha mente pregando peças e me transportando à época mais simples no meu passado.

Cruzo o umbral da porta de entrada, sendo golpeado com a nostalgia pungente. As riquezas já não existem. Este lugar se tornou uma mera carcaça do que já foi um dia. Detritos cobrem os pisos – embalagens de comida, bitucas de cigarro e garrafas de cerveja quebradas.

Este lugar se tornou um paraíso para os desajustados.

Continuo seguindo em um tour, a mente sendo atropelada com lembranças do presente e passado, comparando o agora com o antes. Um colchão bizarro se encontra agora no local onde antes havia a imponente mesa de jantar de Fiona. Detesto imaginar que atos obscenos ocorreram no material detonado e nojento.

Velas queimadas se espalham por todo o piso e também nos nichos das paredes, resolvendo o problema da falta de luz. A atmosfera é assombrada. Não é de se estranhar que histórias de fantasmas tenham sido criadas a respeito. Hannah me contou que os jovens gostam de vir aqui para farrear, encher a cara e assustar uns aos outros com as lendas sobre o Bicho-papão – vulgo, eu.

Lanço uma olhadela ao andar superior e vejo a luz solar espreitando pelos buracos no telhado. Os pisos polidos de antes agora estão arruinados por conta das condições do tempo e da passagem dos anos. Há gravuras pintadas nas paredes de pedra, de pessoas que passaram por aqui.

Arrasto os dedos pelos entalhes, imaginando se as iniciais dos amantes, gravadas no centro dos corações, ainda formam casais apaixonados. É nítido que eles queriam que outros soubessem sobre o amor compartilhado, mas nada dura para sempre.

Depois do tour no interior do castelo, saio pela porta dos fundos e observo o vasto campo. Fico ali de pé, erguendo o rosto para o céu. Inúmeras lembranças me sobrevêm. Eu amava esta área da propriedade – onde os jardins da minha mãe já existiram.

O broche em formato de rosa pesa em meu bolso, e, por instinto, enfio a mão e acaricio a joia.

— Vou replantar tudo por você, mãe — declaro, em voz alta. — Eu transformarei este lugar no que ele já foi um dia.

Continuo andando pelo terreno, assimilando o péssimo estado de conservação. Dói ver tudo desse jeito, porque este castelo tem sido da minha família há gerações. Fico enfurecido por Sean, um Kelly, não ter dado a mínima a isso. Ele não somente permitiu que definhasse, como também o usou para suas ações escusas – como se encontrar com Ethan aqui.

Contraio a mandíbula só em pensar.

Sigo até o edifício dos estábulos. Os jardins estão cobertos por ervas-daninhas e infestados por garrafas e guimbas de cigarro. Quando subo a encosta, suspiro, tomado por uma profunda emoção. Este lugar foi o meu santuário, o lugar onde eu podia me lamentar pela vida que eu não queria levar.

Percorro o mesmo caminho que fiz dez anos atrás, porém agora muita coisa mudou. Aquele garoto não sabia quem ele estava destinado a se tornar. Estou surpreso ao ver que a porta ainda permanece intacta. Está destrancada, é claro, então eu a abro e espio o interior. Mesmo que esteja diferente, os sentimentos que me dominam são os mesmos — estou em casa.

    Entro no local e paro bem no meio da sala, observando tudo ao redor. Meus bens materiais desapareceram, mas as lembranças nunca sumirão. Fecho os olhos, e tudo o que vejo é Babydoll. Consigo ouvir sua risada, seus ofegos e gemidos conforme nos perdíamos um no outro repetidas vezes.

    Eu me recordo da maneira como ela me testava, recusando-se a retroceder. Ela era a pessoa mais forte que já conheci.

    Seu cheiro, seu gosto... tudo se amplifica aqui, pois este foi nosso oásis particular, onde o mundo exterior não existia. Éramos nós contra eles. Eu sinto uma falta absurda dela.

    Nunca me permiti pensar nela, porque quando eu fazia, eu sentia este imenso buraco cavado no meu peito. Eu nunca soube o que era o amor, mas agora sei que amei Babydoll com todas as fibras do meu ser. Não há uma ocasião ou período específicos em que me apaixonei por ela; foi simplesmente inevitável.

    Estar separado dela é como se eu tivesse perdido uma parte minha, e agora que sei que ela não é minha irmã, não posso mais parar de pensar na forma como ela me fez sentir. Eu quero aquele sentimento de volta.

    Eu a quero de volta.

    E, simples assim... meu desejo é concedido... e posso, finalmente, respirar outra vez depois de longos dez anos.

    — Oi, Punky.

DOIS
PUNKY

Eu me viro devagar, com medo de a minha mente estar me pregando peças, pronto a deparar com um fantasma do passado. Mas quando contemplo aqueles olhos verdes expressivos, percebo que ela está aqui. Ela realmente está aqui.

Preciso de um minuto para assimilar, porque ela mudou, embora, de alguma forma, ainda pareça a mesma.

Seu cabelo comprido agora ostenta um suave tom castanho, com mechas loiras. Eu me lembro de que quando nos conhecemos, o tom era um loiro platinado. Eu me pego pensando se ela o descoloriu para ajudar a disfarçar quem realmente era. Ela veste uma calça jeans justa e um suéter curto de tricô. Seu rosto está levemente maquiado, e meu olhar se foca em seus lábios cobertos por um brilho rosado.

Como quero saboreá-los...

— Eu queria... — ela pigarreia — eu queria ter passado para te buscar.

Meu corpo reage na mesma hora ao som de sua voz, e fico assombrado em refletir como consegui viver sem isso por dez anos. Só agora percebo que estava vivendo pela metade.

— Mas eu não sabia se deveria. Eu não sabia se você ia me querer por lá.

Sua respiração sai ofegante. Ela está nervosa.

— Você parece... — Ela franze o nariz ao reparar nos hematomas que cobrem meu rosto. — Do mesmo jeito que me lembro. Só que mais velho.

Quero falar, mas estou viciado no som de sua voz, então fico calado.

Ela coloca uma mecha de cabelo atrás da orelha.

— Acho que é isso o que acontece depois de dez anos. Nós ficamos mais velhos.

Não consigo desviar o olhar dela, e quando suas bochechas ficam vermelhas, sei que ela também sente a mesma atração entre nós. Uma atração que nunca desapareceu. Apenas permaneceu adormecida por dez anos. No entanto, a besta acordou, e precisa ser alimentada.

— Você não vai dizer nada? — pergunta, mordiscando o lábio inferior. — Você quer que eu vá embora? Não está feliz em me ver?

Ela parece desesperada por eu não ter pronunciado uma única palavra. Estou com medo. Estou com medo de dizer a ela que a amo, porque nunca disse isso a alguém antes.

— Isso foi um erro.

Ela se vira, com a intenção de sair correndo dali, mas eu avanço e seguro seu braço para impedi-la. As faíscas entre nós quase me incendeiam. Tocá-la me deixa com um tesão absurdo, pois me lembro de todas as vezes em que devorei cada pedacinho de sua pele.

Mas quando um ofego escapa por entre seus lábios entreabertos, percebo que ela desconhece o fato de que não somos irmãos de verdade. Então eu a solto, porque não quero que ela se sinta envergonhada pela atração que ainda vibra entre nós.

— Estou feliz em te ver — digo, por fim, observando sua postura tensa esmorecer diante das minhas palavras. — Sinto muito. É só que... é muita coisa para absorver.

Ela assente, baixando o olhar.

— Eu te entendo. E não faço ideia de por onde começar.

— Sim. É esquisito pra caralho — confesso, desejando ser um pouco mais articulado com as palavras. — Você parece... bem.

Quero dizer que ela está linda, mas seria inapropriado.

— Como você está? Quero dizer... — Ela rapidamente cobre o rosto com as mãos, balançando a cabeça. — Não sei o que dizer. Por que isso é tão difícil?

Entendo totalmente seu sentimento. Quero dizer um monte de coisas, mas as palavras me escapam.

Dando um passo à frente, gentilmente afasto suas mãos do rosto, de forma que possa ver seu semblante. Ela me permite tocá-la livremente. Não solto suas mãos, sentindo sua pulsação acelerar.

— Está tudo bem se sentir nervosa assim. Eu também estou.

— Você está? — ela pergunta, dando um sorriso singelo. — Você não parece nervoso.

— Como eu me pareço então?

Exalando audivelmente, seus olhos se enchem de lágrimas.

— Você se parece com você — confessa, baixinho. — Por que você não quis me ver? Escrevi centenas de cartas. Fui até lá para te visitar. Mas você simplesmente... me esqueceu? É isso? Você não pôde me perdoar? O que você me disse, anos atrás... você falou a sério?

Sua insegurança me machuca, porque ela entendeu tudo errado. Fui forçado a permanecer longe de todos, para protegê-los. Mas, ao que tudo indica, apesar de ter garantido sua segurança, causei mais sofrimento do que imaginei.

Acariciando os nódulos de seus dedos, digo:

— Eu não queria te ver lá. Não do jeito que eu estava... enjaulado como um animal. E eu nunca te esqueci.

Uma lágrima escorre pelo seu rosto.

— Eu sinto muito... por tudo. Achei que estava fazendo a coisa c-certa.

— Shhhh... Está tudo bem. Todos nós cometemos erros. Como está sua mãe? E sua irmãzinha?

Ela funga e seca as lágrimas.

— Minha mãe está bem. Está em remissão por quase oito anos. Minha irmã já não é tão pequenininha agora — diz ela, com um sorriso.

— Ah, fico feliz em saber que sua mãe está bem.

— Ela está bem por sua causa, pelo que você fez. Você foi para a prisão por mim. Por todos nós. — Aperta minhas mãos.

"Estou fazendo isso para que estejamos quites. Mas não quero te ver de novo. Não importa o que fez, você mentiu para mim, e agora tenho a morte da minha família em minhas mãos. Não posso te perdoar. E você não deveria me perdoar."

Estas foram as últimas palavras que eu disse a ela, e, ainda assim, ela me vê como o herói da história.

— Senti tanto, tanto a sua falta — declara em um sussurro, envergonhada. — Uma parte minha morreu quando você foi levado. E tenho estado à procura disso desde que sumiu...

— Preciso te dizer uma coisa — eu a interrompo, incapaz de lidar com seu sofrimento por mais tempo. Mas o que ela diz, em seguida, muda tudo para sempre.

— Eu conheci alguém — dispara, baixando o olhar. — Eu sinto muito. Eu só... nós não podemos ficar juntos. E... porra. Ele é um bom homem. Sinto muito, Punky. Ele me faz f-feliz.

Ela se lança entre os meus braços, soluçando contra o meu peito.

Suas palavras ecoam repetidamente na minha cabeça enquanto tento digerir o que ela compartilhou.

Ele é um bom homem.
Fechando os olhos, amaldiçoo cada maldita respiração que dou, pois eu poderia muito bem estar morto.

Eu a abraço, inspirando seu perfume e memorizando tudo, porque tudo o que sempre quis foi a felicidade dela. Se este homem é capaz de oferecer isso a ela, então eu tenho que deixá-la ir em paz.

— Não se sinta culpada. Você fez o que eu queria que fizesse... continuou vivendo. Isso foi o que sempre quis pra você. Que fosse feliz.

Ela chora, agarrada a mim, enquanto eu a conforto, ignorando a dor em meu peito. Se eu contasse a ela o que sei, de que adiantaria? Babydoll está feliz. Eu nunca poderia dar isso a ela, já que não faço ideia do que a felicidade realmente é.

Tudo o que posso oferecer é sofrimento. Tudo o que represento são os erros do nosso passado – um passado pavimentado com derramamento de sangue e mentiras. Ela pensaria nisso toda vez que olhasse para mim.

Eu a amo mais do que a vida, motivo pelo qual tenho que deixá-la ir. Vou carregar este segredo comigo para o túmulo, e nunca a sobrecarregarei com uma escolha, pois ela acredita que partilhamos o mesmo laço sanguíneo – então, não há escolha a ser feita. Ela viverá feliz e em segurança sem mim.

As palavras de Connor, pouco antes de morrer, me assombram:
"Você é um líder nato. Lidere com a compaixão que sua mãe lhe deu. E governe com a crueldade que te ensinei, porque é a única maneira de sobreviver em nosso mundo."

O amor te enfraquece. Permite que você seja humano. Babydoll é uma garantia, e me recuso a deixar que minhas necessidades egoístas a coloquem em risco outra vez.

— Eu queria que...

— Vamos lá, não podemos mudar o que aconteceu — digo, sem querer ouvir o que estou desejando desesperadamente, com medo de me desfazer ali mesmo e contar a verdade. Não quero ser egoísta assim.

Esta é a chance de Badydoll viver uma vida longe de mim e de toda a vergonha que ela sente pelo que compartilhamos.

— Eu sei — ela sussurra, ainda abraçada a mim. — É muito bom ter você em casa.

— Casa? — indago. — Você mora aqui agora?

Gentilmente, ela recua um passo, afastando o cabelo da frente do rosto.

— Não, mas meu... noivo, sim.

Noivo?

Eu acabei de aceitar que ela está saindo com alguém, mas disposta a se casar? Porra.

No entanto, sorrio, apesar de estar morrendo por dentro.

— Ele é um cara de sorte. Estou feliz por vocês.

Ela assente, mas não parece acreditar.

Um silêncio desconfortável se instala entre nós, e, de repente, não consigo respirar. Só de pensar em outro homem a tocando... Quero quebrar cada maldito osso do seu corpo.

Babydoll inclina a cabeça, como se estivesse tentando decifrar meu silêncio. Sei que para que isto soe convincente, tenho que dar um jeito de afastá-la dali. Não posso ficar perto. Ela representa tudo o que não posso ter.

— Obrigado por ter dado uma passada aqui. Mas preciso ajeitar algumas coisas — digo, dando uma dica nem um pouco sutil de que nosso reencontro acabou.

Ela assente, rapidamente enxugando as lágrimas.

— É claro. Me desculpa. Quando você estiver acomodado, talvez possamos nos ver de novo?

— Nos ver de novo para quê? — questiono, cruzando os braços.

Uma enxurrada de sentimentos está percorrendo meu corpo nesse exato momento, e o mais predominante é a necessidade de destruir tudo ao meu alcance.

Ela pisca diversas vezes, parecendo meio chocada com minha grosseria.

— Acabamos de fazer isso, não é mesmo?

— S-sim... claro, c-como quiser — rebate, tropeçando nas palavras. — Foi bom ver você.

— Okay. Diga 'oi' para o seu namorado por mim.

Ela entrecerra os olhos, detectando o meu sarcasmo. De repente, somos transportados para dez anos atrás, onde Badydoll e eu poderíamos nos amar e odiar em um piscar de olhos. Algumas coisas nunca mudam, e outras, sim – como Babydoll estar noiva.

Ela balança a cabeça em concordância, e parece querer dizer algo mais, porém decide se calar no último segundo.

— Adeus, Punky.

— Tchau, Babydoll.

Um ofego escapa de seus lábios quando ouve o apelido que lhe dei, mas ela sempre será Babydoll para mim. Ela sai apressada, e eu me obrigo a não seguir atrás dela. Isso não vai adiantar de nada.

Não sei por quanto tempo permaneço ali, encarando a porta aberta, processando tudo o que ela acabou de dizer. O tempo não parece ter feito a menor diferença, pois meus sentimentos por ela não mudaram em nada. Eu ainda a desejo com todo o meu ser.

No entanto, ela seguiu em frente, e preciso aceitar isso. Dizer a verdade a ela não servirá de nada. É melhor ficar calado mesmo.

Então, por que desejo matar alguém, como, de preferência, o noivo de Babydoll?

Incapaz de lidar com isso agora mesmo, decido limpar o lugar para me manter ocupado. Levará meses para organizar tudo do jeito que era, mas como tenho bastante tempo agora, nada melhor do que já começar.

Perdido em pensamentos – algo perigoso a se fazer –, não reparo que tenho companhia. Graças a Deus, é apenas Cian, porém preciso me manter focado, pois não quero cometer os mesmos erros.

— Precisa de ajuda? — sonda, estendendo uma garrafa de uísque em uma mão e uma vassoura na outra.

— Obrigado.

Na mesma hora, ele sente a mudança no meu humor.

— O que aconteceu?

— Nada — rebato, arrancando a garrafa de sua mão. Quando abro a tampa e entorno uma generosa quantidade da bebida, Cian arqueia uma sobrancelha.

— Nem vem com essa merda.

— Argh, deixa isso quieto — resmungo, virando as costas para ele.

Mas Cian não acata.

— Para com isso! Entendo que você precise de tempo, mas não me deixe de fora, porra. Você faz ideia do que todos nós passamos? Nós ficamos presos, junto contigo!

— Duvido muito disso — ironizo, me virando para enfrentá-lo. — Fui eu que fiquei atrás das grades. Não compare nossas situações, porque não há comparação, porra!

— Todos tentamos de tudo para te ajudar, mas você não permitiu. Eu me senti um inútil do caralho! — ele argumenta, incapaz de conter as emoções. — Você tem ideia do que isso fez comigo? Eu convivi com essa culpa por dez anos! Eu teria trocado minha liberdade pela sua. Sem pestanejar. Mas você simplesmente nos deixou... você me destruiu, porra.

— Eu não tive escolha — digo, entredentes.

— Besteira! Você podia ter aceitado minha visita ou ter respondido as minhas cartas. Mas escolheu não fazer isso.

— Eu nunca escolhi nada! — esbravejo, abrindo os braços. — Brody Doyle me fez prometer não entrar em contato com nenhum de vocês! Se eu desobedecesse, ele mataria cada um, incluindo os gêmeos. Eu precisava desaparecer, ser esquecido, para manter todos vocês em segurança! Você acha que eu queria ficar sozinho, apodrecendo naquela cela? Eu teria dado tudo para ver você. Para ver todos vocês!

Paro por um segundo.

— Mas eu não podia. Eu estava tentando manter vocês a salvo. Estava tentando fazer a coisa certa, pela primeira vez na vida. Além do mais, se eu sumisse do mapa, vocês teriam a chance de levar uma vida melhor. Uma vida que vocês *escolhessem*, não a que tinha sido imposta!

Cian permanece imóvel diante de mim, boquiaberto. Nunca quis dizer tudo isso a ele, mas não consigo lidar com o fato de ele imaginar que fiz tudo isso porque quis.

— Ele queria Belfast para si mesmo, e não conseguiria seu intento se eu ainda estivesse em cena. Eu precisava ser esquecido.

— Como poderíamos ser capazes de esquecer alguém como você, Punky? — Cian diz, balançando a cabeça. — Eu te amo, porra. Você é meu irmão. E eu precisava de você.

Meu coração não aguenta mais disso. Tentei ser forte. Por dez anos, eu me recusei a pensar neles, porque simplesmente doía demais. Mas agora que estou livre, não posso permitir que eles pensem que nunca me importei. Foi por me importar que fiz o que precisava ser feito, para mantê-los em segurança.

— Eu queria uma vida normal pra você.

— Normal? — Cian zomba. — Não há nada de normal em Doyle assumindo o controle de Belfast! Não éramos nada sem os Kelly. Meu pai colocou uma bala na cabeça por causa do que aconteceu com o seu! Agora me diga, como isso é normal?

— Ah, caralho, Cian — digo, com remorso. — Eu sinto muito. Eu não sabia.

O pai dele está morto? Essa guerra já viu muitas vítimas.

— É isso aí, você nunca soube, porque nos trancou de fora! Tudo o que eu queria era o meu melhor amigo, mas você simplesmente... — Um soluço escapa dele, e eu o abraço, incapaz de vê-lo sofrer desse jeito.

NÃO CAIR EM TENTAÇÃO

— Eu sinto muito. Me perdoa.

Ele retribui meu abraço, soluçando contra o meu ombro. Eu falhei com ele. Falhei com todos, na verdade. Acreditei que estava salvando a todos, mas tudo o que fiz foi magoá-los profundamente.

Brody Doyle e Sean Kelly pagarão por isso, porra.

— Preciso te dizer uma coisa — confesso, me dando conta de que não posso fazer isso sozinho. Eu queria que Cian levasse uma vida normal, mas este é o nosso normal.

Cian se afasta devagar, limpando as lágrimas.

— Hannah encontrou o diário de Sean, no depósito — revelo, precisando relatar tudo no meu ritmo. — Brody Doyle não é o meu pai.

Cian arregala os olhos.

— Então, quem é?

Com um suspiro, conto toda a verdade – a verdade que me atormenta desde que descobri quem sou.

— Eu *sou* um Kelly, Cian. Sean é o meu pai.

Cian abre a boca, mas a fecha em seguida, antes de roubar a garrafa da minha mão e tragar um generoso gole.

— Ele matou a minha mãe porque ela ia contar a Connor que Sean estava fazendo negócios com os Doyle. Era ele por trás de tudo isso. Hannah o viu aqui. Ele está tentando recrutar Ethan, pois precisa de uma marionete a quem controlar. Eu não me encaixo no perfil. Por isso ele não teve o menor problema em me usar de bode expiatório.

— Você está me zoando? — Cian arfa, depois de conseguir elaborar uma frase inteira.

— Tenho tudo isso documentado com a própria letra dele. Tudo o que ele fez.

— Mas nós o enterramos, não foi?

— Não sei quem vocês enterraram, mas não era o Sean no caixão. Ele tem estado esperando, às sombras, pronto para dar o bote quando a hora chegar. Ele falhou uma vez, mas aprendeu com seus erros. E conseguiu o que sempre quis... Connor e eu fora da jogada. Era impossível ser o mandachuva se estivéssemos vivos. Sua ganância, a necessidade de ser o número um, foi o que deu início a tudo isso. Minha mãe cometeu um erro. Caiu nas mentiras dele. Todos nós, para dizer a verdade. E isso custou a vida dela. Ela estava naquele bangalô, tentando fugir, para dar uma vida melhor para mim, mas ele a encontrou e a fez pagar por sua traição.

MONICA JAMES

— Por que, então, o Brody disse que era seu pai?

— Porque Brody acreditou que isso o beneficiaria a longo prazo. Se fosse eu a renunciar o meu sobrenome Kelly, isso deixaria Sean a cargo de tudo. Além do mais, Brody acreditou que comigo longe da jogada, ele poderia roubar Belfast de Sean quando fosse o momento.

— Eles iam trapacear um ao outro? — Cian sonda, sacando todo o plano.

— Sim. Eles nunca confiaram um no outro. Estavam se usando para conseguir o que queriam. Mas Sean foi mais esperto que nós ao fingir sua morte. Brody não pode lutar contra um cara morto. Só que Sean está agindo pelas costas, com os capangas de Brody, do mesmo jeito que fez com os nossos. Ele está conquistando a confiança deles, mostrando que pode ser um chefão muito melhor. E quando a hora chegar, quando estiver com um exército reunido, ele poderá atacar e destruir Brody.

— Puta merda — Cian diz, chocado. — Não dá nem pra acreditar. Era ele o tempo todo? Agindo pelas nossas costas e recrutando os mais fracos? Ele prometeu a eles o mundo, e eles acreditaram em cada uma de suas mentiras! Ele é o responsável pela morte de Connor. E do meu pai — dispara, furioso. — E agora ele está tentando arruinar a vida de Ethan. Aquele filho da puta desgraçado!

Eu deixo que ele desabafe, porque é muita informação para assimilar.

Foi por este motivo que nunca quis contar nada. Ele já sofreu o bastante. Mas eu preciso de Cian.

— Ele vai pagar, eu te prometo isso. Mas para isso acontecer, preciso trabalhar com Brody Doyle.

Cian, por fim, se dá conta do que falei.

— Para de zoeira.

Porém quando percebe que falei a sério, ele empalidece.

— Só há uma pessoa que pode me ajudar. Preciso de um homem lá dentro, e esse homem é Brody. Ele não faz ideia dos planos de Sean. O cara nem mesmo sabe que ele está vivo, ou, se sabe disso, não acredita que Sean possa passá-lo para trás.

— E você acha que ele vai simplesmente acreditar quando você contar isso?

— Sim — afirmo, pois tenho muito tempo para aperfeiçoar esse plano. — Ele vai trabalhar comigo porque nós dois precisamos um do outro para conseguir o que queremos. E quando eu conseguir... vou, finalmente, dar um fim ao que comecei dez anos atrás. Eu quero Belfast de volta. É nossa. E não posso fazer isso com a posição que Brody agora ocupa.

Ele é poderoso demais, e os homens que são fiéis a ele são capazes de tudo para protegê-lo. Os que não são, com certeza são leais a Sean. Dos males, o menor.

— Acho esse plano muito idiota — Ciam diz, com firmeza. — Não podemos simplesmente matar Brody?

— E como você propõe que façamos isso? Ele sabe que fui solto, e é só uma questão de tempo antes de ele aparecer por aqui. Não temos homens para lutar ao nosso lado. E quanto aos nossos antigos aliados, dez anos se passaram. A lealdade deles já não está conosco. Além do mais, agora é com Connor que eles fazem acordos, não com a gente. Precisamos começar do zero, descobrir quem está por trás disso. Todo mundo sabe que Brody é o chefão de Belfast. O sobrenome Kelly é coisa do passado. Estou supondo que o pai de Rory não está mais envolvido nos negócios?

Cian nega em um aceno de cabeça.

— Não. Assim como o meu pai, ele também ficou perdidão sem o Connor. Ele não sabia o que fazer, então entregou tudo ao Brody. Tentei lutar contra eles, mas ninguém queria fazer acordos com a gente. Era com os Kelly que eles negociavam, e como já não havia mais nenhum no esquema, aquele filho da puta do Brody conseguiu assumir sem maiores problemas. Tentei armar a morte dele várias vezes, mas sem Connor, com Sean morto, e você na prisão, ninguém ajudaria. Ficamos por nossa própria conta. Quando meu pai morreu, eu desisti de tudo — ele confessa, com tristeza. — Esqueci aquela parte da minha vida e segui em frente. Da última vez que soube, os Doyle estavam comandando Belfast com uma mão de ferro. Nossos homens, nossos fornecedores, agora são deles. Somos uma lembrança há muito esquecida.

Com os punhos cerrados, inspiro profundamente.

— Está na hora de mudar isso. Não sei o que Sean está esperando para que nossos aliados façam negócios com ele. Então, estou deduzindo que ele só está esperando pela hora certa para atacar, porque, quando ele fizer, ele se tornará imbatível.

Paro para respirar, antes de continuar:

— Se eu achasse que poderia fazer isso sozinho, eu faria. Mas não tenho homens ao meu lado, apenas um nome que *uma* vez incitou medo. Preciso recuperar ambos. E para fazer isso, tenho que trabalhar com o cara que agora controla tudo. Preciso me infiltrar lá dentro. Sei que não é o plano ideal, mas se eu não me aliar a Brody, estarei lutando contra ele e contra Sean. Odeio admitir, mas não sou páreo para Brody. Ele é o menor dos dois males.

Cian suspira; se ele tiver uma ideia melhor, sou todo ouvidos.

— Não espero que você... — No entanto, ele não me deixa terminar.

— Estou contigo nessa — afirma, com convicção. — De jeito nenhum aqueles dois filhos da puta vão se safar com essa. Eu devo isso ao meu pai.

Entendo o que ele quer dizer. Portanto, também sei que não há como fazê-lo mudar de ideia.

— Hora de reivindicar outra vez a Irlanda do Norte. Nossos pais desejariam que fizéssemos isso.

— Isso é verdade — concordo.

Mesmo que Connor não fosse meu pai, ele iria querer que eu lutasse pelo que é meu. O que me faz pensar em Babydoll.

— Babydoll está noiva — revelo, embora Cian não pareça nem um pouco surpreso. — Ela veio me ver.

— Sim, eu sei. Você está com raiva disso? — ele pergunta, confuso. — Quero dizer, ela é sua irmã... — Ele para, ao perceber o que acabou de dizer.

— Não, ela não é minha irmã.

Cian enfia a mão pelo cabelo bagunçado, suspirando audivelmente.

— Porra, isso é menos bizarro. O que você pretende fazer?

O que quero fazer *versus* o que devo fazer são duas coisas completamente diferentes.

— Ela disse que é feliz. Que o cara é um bom homem.

Cian assente com um meneio.

— Claro, olha, o que posso fazer? Ela não podia ficar me esperando, é óbvio. E mais, ela ainda pensa que somos irmãos, e quero deixar as coisas por isso mesmo.

— O quê? — ele ofega, surpreso. — Você não vai contar pra ela? Não acho que isso seja uma boa ideia.

— Não vou contar. Se ela está feliz, então também estou. O que posso oferecer a ela, Cian? Uma vida onde ela terá que ficar atenta a cada passo? Sempre olhando por cima do ombro? Minha mãe viveu essa vida, e acabou morrendo por isso. Não quero o mesmo destino para Babydoll.

— E sobre a sua felicidade? Você vai viver com esse segredo enquanto observa a mulher a quem ama com outro cara?

Dando de ombros, respondo:
— Sim. Este é o melhor caminho.
— Melhor pra quem? — ele sonda.
— Para todos. É a única maneira de mantê-la em segurança.
Cian sacode a cabeça, nitidamente discordando dessa ideia.
— Ela é mais forte do que parece. Quando você estava na prisão, ela fez de tudo para tentar te ajudar. Nada a assustava. Ela trabalhou até que ficou... doente.
— Doente? — questiono, e Cian parece ter se arrependido de abrir a boca.
— Todos nós sofremos com a sua ausência, Punky. Babydoll nunca deixou de te amar, mesmo sabendo que era errado. Ela ficou enojada consigo mesma ao pensar que eram irmãos; por isso acho que ela deveria saber a verdade.
— Eu conto pra ela e aí? — Como ele não responde, continuo: — Voltamos a machucar um ao outro. Esse parece ser o nosso padrão; nós queremos salvar um ao outro, mas acabamos fazendo uma merda maior ainda. Então, é melhor que seja assim. Preciso me concentrar em Sean e Brody. E não posso fazer isso se estiver preocupado com Babydoll.
— E você está de boa em saber que ela vai se casar com outro cara?
— Sim — retruco, mas sei que é uma mentira. Não estou de boa porra nenhuma. — Se ele a faz feliz, então é o suficiente para mim. Você não pode contar a ninguém sobre isso, entendeu?
Cian não é bobo, mas não insiste no assunto. E também não menciona quem é o noivo dela.
— Você é mais macho que eu. Se Amber...
Mas quando ele interrompe as palavras, de repente, percebo que tem guardado um segredinho também. Só então me dou conta de que todo mundo, realmente, seguiu em frente, enquanto eu estava preso.
— Está brincado! Você e Amber?
Amber foi a babá dos gêmeos, e desde sempre, Cian era meio a fim dela. Fico feliz em saber que ele, finalmente, a conquistou.
— Sim. Isso é não... estranho?
— Não, de jeito nenhum. Por que seria estranho?
Ele dá de ombros.
— Não sei. Achei que pudesse ser.
Só então entendo o que ele quer dizer. Amber era a fim de mim, mas nunca dei bola para ela. Só havia uma garota nos meus pensamentos.

— Estou feliz por você — afirmo.

— E você? Quando será feliz?

Considero sua pergunta e dou um sorriso.

— No dia em que matar Sean e Brody, o que me fez pensar...

Cian assente, indicando que está ouvindo atentamente.

— Eu preciso saber de quem é o corpo que foi enterrado. Talvez encontre algumas das respostas que estou procurando.

— E? — Cian insiste, ciente de que tenho mais a dizer.

— E preciso encontrar Brody Doyle antes que ele me encontre.

Essa é uma jogada arriscada, e se Cian estiver querendo desistir, eu não o culparia de forma alguma. No entanto, quando ele dá uma risada zombeteira, é como se estivéssemos voltando no tempo, onde havíamos parado.

— Fique de olhos abertos. Está na hora de tomarmos de volta o que nos pertence.

— Argh, com certeza, mas é agora que as coisas vão melhorar.

TRÊS
PUNKY

— Isso seria bem mais fácil se Rory estivesse aqui — sussurro, discretamente, para Cian, de forma que a velha detrás do vidro verde não me ouça.

Já faz dois dias, e ainda não tive sorte de descobrir quem realmente foi enterrado na cova de Sean. Além disso, Brody Doyle está escondido em algum lugar; sei que ele está agindo com a maior cautela, pois não faz ideia de quais são os meus planos. No entanto, ele não poderá se esconder para sempre.

Ainda não vi Rory. Entendo que ele precisa de mais tempo para assimilar às coisas, mas sinto saudades dele. E suas habilidades com computadores seriam muito bem-vindas para nos ajudar.

— Sinto muito, rapaz, mas não posso te ajudar — diz a mulher atrás do balcão, martelando o teclado com os dedos.

Estamos no cemitério onde 'Sean' foi enterrado. As informações que obtivemos online foram inúteis. Tudo parece estar acima de qualquer suspeita, mas não sou idiota. E preciso saber quem foi enterrado naquela sepultura.

— É melhor pedir essa informação pessoal à família — acrescenta, olhando para nós por cima da armação prateada de seus óculos.

Eu até faria isso, mas Fiona não falará comigo, e Hannah também não será capaz de arrancar essa informação dela. Tenho que descobrir quem foi o médico legista, pois ele assinou a certidão de óbito de Sean. Além disso, temos que descobrir quem foram os agentes funerários que 'cuidaram' do corpo.

Porém, não consigo nenhuma das respostas, pois essa velha não abre o bico.

Rory conseguiria hackear o sistema desse computador e me dar as respostas que preciso. Só que ele está de pirraça no momento.

Eu poderia alegar que sou da família, mas isso poderia levantar suspeitas. Eu teria que revelar à mulher que o motivo para não saber de tudo isso é porque estive na prisão, e que fui jogado atrás das grades por culpa do suposto morto. Isso é uma confusão das grandes.

— Tudo bem. Obrigado.

Cian e eu saímos, de volta à estaca zero.

— Caralho — praguejo, baixinho, seguindo pela calçada. — Isso é inútil. Se não consigo descobrir nada sobre Sean, então irei para Dublin. Pelo menos sei que lá encontrarei alguns Doyle.

Cian estala a língua no céu da boca.

— Pelo amor de Deus. Acalme-se. Você se lembra do que aconteceu da última vez em que pisamos o pé lá?

— É verdade — respondo, suspirando em seguida.

— Vou conversar com Rory.

— Não se incomode.

Não quero irritá-lo, já que, pelo visto, ele ainda está bravo comigo. Nunca imaginei que ele fosse me receber de braços abertos; sei que ele precisa fazer isso no tempo dele, mas esse tempo está me dando nos nervos.

O telefone de Cian toca, e quando ele atende, deduzo que se trata de Amber. Ele conversa com ela por alguns minutos, até que encerra a chamada.

— Preciso ir. Era Amber, e ela...

No entanto, eu o interrompo, pois não preciso de explicações:

— Vejo você mais tarde.

Sei que ele deseja que as coisas voltem a ser como antes, mas isso é impossível. Amber, Rory e os outros virão até mim quando estiverem prontos. Não estou à espera de nenhum milagre.

— Como você vai voltar para casa? — Cian pergunta, porém ainda tenho algo a fazer.

— Vou a pé.

É um longo trajeto, mas o ar fresco me fará bem. Cian me emprestou a caminhonete, mas ainda não me sinto pronto para dirigir.

— Tudo bem, então. Me ligue se precisar de qualquer coisa. — Ele me dá um rápido abraço, antes de seguir em direção ao carro.

Assim que ele se afasta, vou andando até o lugar que quis visitar desde que me lembro. Eu só não sabia onde procurar – até agora. Passo por uma floricultura no meio do caminho e compro uma dúzia de rosas vermelhas.

É tão silencioso aqui, mas suponho que os mortos não falam.

Passo por uma fileira de túmulos, imaginando como seriam as pessoas cujos nomes estão entalhados nas sepulturas. Será que foram amados? Não consigo evitar em pensar no meu próprio túmulo. O que estaria escrito em minha lápide? E quem lamentaria a minha morte?

Com um suspiro profundo, sigo a sinalização e percorro o gramado verde e macio até parar diante de uma sepultura modesta que tem resistido bem ao tempo. Fico ali de pé, mal conseguindo acreditar que estou diante do túmulo da minha mãe. Li o nome gravado pelo menos umas três vezes para me assegurar disso.

A lápide é simples. Mas era o que eu esperava, já que quando minha mãe morreu, não havia ninguém para lamentar sua morte. Ela foi enterrada como uma mentirosa e uma mulher adúltera.

Não há nem ao menos uma epígrafe, apenas seu nome e as datas de nascimento e morte. Por que meus avós não fizeram questão que ela tivesse mais do que isso?

Eu me agacho diante do túmulo e afasto as folhas e galhos caídos, levando um segundo para me recompor. Agora que estou aqui, não faço ideia do que dizer.

— Sinto muito, mãe — digo, com remorso. — Você não merecia isso. Estávamos tão perto de sair daqui. Às vezes, fico imaginando como teria sido a minha vida se tivéssemos conseguido dar o fora. Se aquele filho da puta do Sean não tivesse nos encontrado. Acho que teríamos sido felizes.

Suspirando fundo, agarro tufos da grama, tentando imaginar uma vida longe de tudo, longe da influência do sobrenome Kelly.

— Eu te prometo que ele vai pagar pelo que fez. Com você e com Connor. Eu sei que Connor te machucou, mas, no fim, ele me salvou, mesmo sabendo que eu não era seu filho, ainda assim, ele deixou tudo para mim. Isso diz muito sobre o caráter dele. Mostra que ele ainda te amava e que fez isso por você. Espero que esteja feliz. Eu te amo e vou dar um jeito de corrigir as coisas.

Retiro uma única rosa do buquê, antes de depositá-lo sobre o túmulo.

— Adeus, mãe.

Eu me levanto, prometendo a mim mesmo que não voltarei aqui até que Sean e Brody estejam mortos.

Com a rosa em mãos, sigo em direção à sepultura de Connor, localizada no lado oposto do cemitério. Sem sombra de dúvidas, isso foi obra de Fiona, como se ela não quisesse que Connor ficasse perto da minha mãe; vivo ou morto.

Sua lápide toda em mármore é bem elaborada. Fiona fez questão de que fosse a maior daqui.

Não me surpreende nem um pouco que ela não tenha me incluído. Eu sou o motivo para ele estar enterrado ali. Além de tudo, ele não era meu pai. Ainda assim, dói perceber o fato de que Fiona garantiu que eu nunca fosse lembrado.

Colocando a rosa vermelha em seu túmulo, digo a única coisa que consigo formular:

— Obrigado.

Mesmo sabendo de tudo o que fez, ele tentou o seu melhor para me salvar. Ele acreditou que iria para a prisão, não eu. No entanto, Sean se assegurou de que ambos sofrêssemos as consequências.

Quando estou prestes a sair dali, a atmosfera se torna carregada e, por instinto, me jogo atrás da imensa lápide de Connor, me protegendo de um tiro que passa zunindo por mim. Estou sendo alvejado na porra de um cemitério – pelo jeito, não há o menor respeito pelos mortos.

Espiando por trás do túmulo, avisto um homem usando uma balaclava preta e correndo na minha direção. Estava esperando que Cian me arranjasse uma arma, já que, legalmente, não posso portar uma, o que significa que estou desarmado. Desesperado em busca de uma arma, alcanço um vaso de porcelana repleto de flores, da sepultura ao lado – é o melhor que dá para fazer.

Com a pistola apontada para mim, o homem se aproxima cada vez mais, e sei que se eu não fizer alguma coisa, ele vai atirar em mim, já que não há outro lugar onde me esconder. Minha pontaria sempre foi muito boa, então dou um beijo da sorte no vaso antes de me levantar num pulo e arremessar contra o meu atacante.

As duas balas cortando o ar passam por mim, mas meu arremesso é certeiro e atinge o filho da puta bem no meio da testa. Ele cambaleia e a pistola escapa de sua mão. Sem demora, avanço em sua direção enquanto ele ainda tenta recobrar o equilíbrio.

Eu me jogo sobre ele, e nós dois caímos na grama; meu punho se conecta com seu queixo com força total.

— Quem te enviou? — esbravejo, erguendo-o pelo colarinho da camisa, nariz a nariz.

Ele não responde, o que me deixa mais pau da vida.

Dou uma cabeçada em sua testa, o ruído de osso com osso alimentando meu demônio interior – que sacode as barras de sua jaula, exigindo sair. Quando estou prestes a quebrar seu nariz, ele levanta uma mão trêmula em rendição, os olhos azuis suplicando por misericórdia.

E fico imóvel, porque esses olhos... Já olhei para eles antes.

— Ethan?

Eu me levanto de um salto, observando o homem se tremendo abaixo, que ainda é praticamente um garoto. Não quero acreditar que este é meu irmão caçula, mas sei que é.

— Responde logo, cara! — exijo, oferecendo a ele uma tábua de salvação, porque se fosse qualquer outro, já estaria morto a esta altura.

Ele sacode a cabeça, o peito arfante. É nítido que está com medo.

— Sean te enviou para fazer o trabalho sujo, não é? Eu te ensinei melhor do que isso, moleque. Se for atirar, é melhor não errar o alvo.

Eu me abaixo e pego a arma de Ethan no chão.

Um sibilo quase inaudível escapa de seus lábios quando ele levanta as mãos em rendição.

— Você acha que eu te machucaria? — questionou, triste. — Eu nunca faria isso.

Eu poderia, só para ensinar e ele e a Sean uma lição, mas não posso fazer isso com Ethan. Ele é apenas uma vítima, assim como eu.

— É apenas uma questão de tempo. Pense nisso, Ethan, porque se não estiver ao meu lado, estará contra mim. Agora, se manda daqui.

Sua confusão é nítida, mas quando ele percebe que estou lhe dando uma chance, uma única chance, ele se atrapalha até conseguir ficar de pé.

— Diga a Sean que você não conseguiu dar um tiro limpo — instruo, encarando Ethan. — Se não dizer isso, ele o verá como alguém fraco. Nunca pense que você tem um valor inestimável para ele; porque não tem. Quando ele se cansar de você, ele o descartará como se fosse nada. Assim como fez comigo, com minha mãe e com seu pai. Nunca se esqueça de que você é um Kelly; o filho de Connor Kelly.

Se Ethan dizer a Sean o que aconteceu, ele será punido pelo erro, e o garoto perceberá o que realmente representa para o tio. Ele não entende porque o estou deixando ir embora, mas também não faz questão de ficar para saber o motivo. Ele se afasta, olhando uma última vez por cima do ombro, só para ter certeza de que não estou em seu encalço.

Quando ele fica fora de vista, respiro profundamente, incapaz de acreditar que meu irmãozinho puxou o gatilho na minha direção. Se sua mira fosse boa, ele teria me ferido, e, pelo jeito, ele não dava a mínima para isso.

Ele está mais envolvido nessa porra do que imaginei.

Guardando a arma no cós da calça, às costas, olho mais uma vez para o túmulo de Connor.

— Vou salvá-lo. Eu prometo.

Decido não contar a Cian o que aconteceu no cemitério, mas envio uma mensagem perguntando se ele pode arranjar algumas armas e outro arsenal o mais rápido possível. Ele responde afirmando que me entregará tudo no dia seguinte, pois está ocupado esta noite.

Passo o resto do dia comprando produtos de limpeza, pois quero começar a trabalhar no castelo assim que puder. Quando estou recolhendo os lixos intermináveis do que antes foi a sala de jantar, ouço Darcy me chamar da porta de entrada.

Ela ficou de ligar na noite passada, mas enviei uma mensagem perguntando se poderíamos adiar. Não disse quando estava disposto, mas parece que ela não se importou com esse detalhe. Darcy quer alguma coisa, e fico só imaginando o que poderia ser.

— Estou aqui.

NÃO CAIR EM TENTAÇÃO 37

O som dos saltos de seus sapatos martelando o piso anuncia sua chegada. Não paro o processo de limpeza, o que não é impedimento para ela.

— Como você está?

— Ah, estou bem. Me desculpe por não ter arrumado tudo antes de você passar por aqui — caçoo, e ela sorri.

Ela observa o lugar, sem esconder que está horrorizada com o estado do castelo.

— Este lugar está uma zona — ela diz, apoiando uma mão acima da sobrancelha para conferir o telhado todo detonado.

— Parecia bem pior antes — considero, varrendo os cacos de vidro no chão. — Quero dizer, você chegou a ver a decoração horrorosa de Fiona?

Darcy olha para mim antes de cair na risada.

— É mesmo. Você vai precisar de ajuda para restaurar tudo aqui.

— Estou de boa — digo, pois não quero ajuda de ninguém. — Por que veio, Darcy?

Ela coloca uma mecha de cabelo atrás da orelha.

— Preciso que você assine uns documentos. Como Hannah disse antes, tudo isso aqui é seu. Connor deixou como herança para você, assim como uma vultosa quantia de dinheiro. Fiona ficou com a maior parte, mas ela gastou quase tudo bem rápido.

Hannah me contou tudo. Mas, com certeza, Fiona deve me culpar por ter ficado com 'nada' quando Connor morreu.

Darcy abre sua pasta de couro e me entrega alguns papéis e uma caneta, conforme deixo a vassoura recostada à parede.

— Assine aqui, aqui e aqui — instrui, o perfume floral se infiltrando em minhas narinas quando ela se aproxima para me mostrar onde assinar.

Rapidamente rabisco minha assinatura, mas paro assim que noto a data em que o testamento foi escrito.

— Esta data está correta? — pergunto, apontando com a caneta.

Ela assente em concordância.

— Sim. Essa data corresponde à última versão redigida do testamento. Algum problema?

Ao reparar na data, vejo que Connor testificou o documento depois que descobriu que eu não era seu filho legítimo. Ainda assim, ele deixou tudo para mim. Não é de admirar que Sean quisesse a nossa morte. Ele não fica com nada, se eu estiver vivo.

Será que Connor sabia que Sean era corrupto o tempo todo? Será que ele suspeitava que o próprio irmão o apunhalaria pelas costas? Nunca saberei essas respostas, mas o que sei é que Connor deixou tudo isso para mim, sabendo que eu não era seu filho.

Não sei bem como me sentir em relação a isso.

Odiei o velhote a minha vida inteira, porém é impossível conservar o rancor. Não depois de tudo o que descobri.

— Problema nenhum — retruco, assinando na linha pontilhada.

— Então, meus parabéns — diz ela, apertando minha mão. — Este castelo é oficialmente seu. Bem como a fábrica de alumínios.

— Puta que pariu — murmuro, pois Hannah esqueceu de mencionar isso.

Nosso principal negócio de fachada era essa empresa – uma companhia que produz alumínio fundido para a indústria automotiva. Era assim que conseguíamos importar e exportar nossos produtos – que não tinha absolutamente nada a ver com carros – sem sermos detectados.

— É isso mesmo o que ouviu. Isso tudo é seu. Embora não esteja mais em funcionamento, o terreno em que a fábrica se encontra é extremamente valioso. Você pode vendê-lo e faturar uma boa quantia.

No entanto, balanço a cabeça em negativa.

— Não, eu não pretendo vender. — E o motivo é porque planejo dar continuidade de onde Connor parou.

É a partir daí que vou me basear – para honrar o homem que deixou tudo isso para trás. Manterei tudo em segredo por agora, de forma que Brody não fique a par dos meus planos, mas como um predador experiente, esperarei e atacarei quando minha presa estiver desprevenida.

Darcy não questiona e volta a indicar onde devo assinar. Assim que passo por todos os documentos, ela guarda tudo em sua pasta.

— Vou organizar o esquema para pegar as chaves. O dinheiro será depositado em sua conta em uma semana.

Nem me incomodo em perguntar o montante. Isso não me interessa. Não quero o dinheiro, pois pretendo fazer o meu próprio.

Darcy dá sinais de que veio aqui para outra coisa, além dos documentos, quando não se prontifica a ir embora.

— Estou feliz por você estar em casa. Senti sua falta.

Seu comentário me deixa confuso.

— Sentiu? Por quê?

Ela sorri, parecendo impressionada por eu ter perguntado isso.

— Nunca consegui parar de pensar em você. Eu sei que é bobagem, mas eu realmente gostava de você.

NÃO CAIR EM TENTAÇÃO

— Ah — replico, incerto sobre o que dizer, já que ela me pegou de surpresa.

— No mínimo, você deve achar que sou boba.

— Não, Darcy, não acho isso. Como poderia pensar isso de você? — Estou sendo sincero. — Se não fosse por você, eu ainda estaria atrás das grades. Eu te devo tudo. Assim que eu pegar o dinheiro que Connor deixou, farei questão de pag...

— Não quero seu dinheiro — ela me interrompe.

— Então, o que você quer? — Não gosto de ficar em dívida com ninguém, mas a verdade é que não sei como retribuir o favor a ela.

Quando ela se aproxima um pouco mais, começo a suspeitar sobre o que ela realmente quer.

— Você me acompanharia esta noite? A uma festa?

Cruzando os braços, arqueio uma sobrancelha.

— Eu não gosto de festas. Ou de pessoas.

— Eu também não, então, nós podemos sofrer juntos.

— Não tenho nenhuma roupa adequada para vestir.

Ela dá um sorriso, e se aproxima um pouco mais.

— Vou ajeitar tudo. Tudo o que você tem que fazer é aceitar ser meu acompanhante.

Não existe essa coisa de 'sem compromisso' em nosso mundo, motivo pelo qual aceno em concordância.

— Tudo bem. Isso eu posso fazer.

O semblante de Darcy se ilumina, deixando claro que isso significa mais para ela do que quer transparecer. Nem me incomodo em perguntar de quem é a festa.

— Vou pedir para alguém entregar um terno pra você esta tarde.

Então, é uma festa a rigor. A última vez em que usei um terno, um monte de merda veio abaixo. Espero que esta noite seja diferente.

— Posso passar para te buscar às sete e meia?

— Sim. Estarei pronto.

Ela dá um sorriso, e com um toque apreensivo, espalma minha bochecha. Eu me esforço ao máximo para não recuar, pois sei que ela não tem intenção de me fazer mal. No entanto, toque físico é algo que precisa acontecer no meu ritmo.

— Você sempre teve a capacidade de me roubar o fôlego, Puck Kelly.

Abro a boca, meio chocado, quando ela se levanta na ponta dos pés e deposita um beijo no meu rosto, antes de sair e me deixar ali sozinho e refletindo sobre a merda em que me meti.

Assoviando, eu me abaixo um pouco para contemplar, através do para-brisa, a imensa mansão para onde Darcy se dirige. Esta propriedade privada tem um estilo gótico, adicionando um pouco mais de mistério ao que esta noite promete. Os jardins imensos embelezam ainda mais a vasta propriedade.

Um manobrista gesticula, avisando que irá estacionar o veículo. Pelo jeito, nenhuma despesa foi poupada.

Assim que desço do carro, abotoo o paletó do smoking, dando uma boa olhada na mansão. Com um sorriso tímido, Darcy calça os saltos dourados — já que não conseguia dirigir com eles —, complementando o vestido elegante de festa.

Eu lhe ofereço o braço e ambos adentramos a residência.

Posicionado em um canto do salão, um quarteto de cordas entoa uma suave melodia. A entrada está abarrotada de pessoas conversando animadamente. Não há indício algum do motivo da celebração, mas deve ser algo grandioso, a julgar pelos elegantes vestidos de festa.

Pego duas taças de champanhe oferecido por um garçom.

— Ainda bem que poli meus sapatos — caçoo, entregando-lhe uma das taças. Também sou grato por ter feito a barba, ou pareceria um selvagem nesse meio.

Ela aceita a bebida e dá uma risada.

— Vamos dar uma volta.

Não discuto e a sigo pela mansão; claramente, ela já esteve aqui antes. A escadaria toda de mármore se abre em duas direções. Darcy me guia para a esquerda, que parece bem menos tumultuada do que a ala direita.

— Não acho que deveríamos estar aqui em cima — comento, pois é evidente que esta área não é aberta ao público.

— Desde quando você segue as regras, Punky? — Darcy brinca, por cima do ombro.

NÃO CAIR EM TENTAÇÃO

— Okay — rebato, dando de ombros. A curiosidade está levando a melhor.

Inúmeras portas no imenso corredor me levam a crer que são quartos de hóspedes. As pinturas caríssimas penduradas nas paredes, além do lustre de cristal pendendo do teto, ostentam todo o luxo do lugar.

Darcy dá um sorriso malicioso antes de abrir uma porta à esquerda. Ela enfia a cabeça pelo vão da porta e gesticula para que eu a siga. Isso não está me cheirando boa coisa. Quando entro e avisto a cama de dossel com lençóis brancos, percebo que eu tinha razão.

— De quem é essa festa? — pergunto, observando Darcy se aproximar da janela imensa com vista para os jardins dos fundos.

Mas ela não me responde.

— Esta propriedade faz parte dos bens imóveis do meu pai — diz, ao invés. — Quando eu era pequena, adorava fingir que este era o meu castelo, e que esperava a volta do meu príncipe. Este príncipe era você.

Ajusto a gravata, me sentindo, de repente, sufocado.

Ela olha para mim por cima do ombro, e sorri.

— Você finalmente está de volta.

— Não sou nenhum príncipe, Darcy.

— Você está certo. — Ela vem na minha direção, parando a poucos passos de distância. — Você é bom demais para isso. Você é um rei. Então, agora a pergunta que te faço é: você está procurando por uma rainha?

Ela espera pela minha resposta, um sorriso lascivo despontando em seus lábios rubros.

No entanto, não tenho tempo de responder.

— Punky? — Hannah ofega, parando no umbral da porta ao me ver na companhia de Darcy.

Também estou surpreso em vê-la aqui, mas não tenho a chance de indagar, pois Cian e Rory quase tropeçam nela, tentando ver o que a deixou boquiaberta. Quando eles me veem, tenho a certeza de que eu não deveria estar aqui.

— Não fique bravo — Darcy sussurra no meu ouvido, ficando na ponta dos pés. — Eu te trouxe aqui, porque ninguém quer te dizer a verdade, e você merece saber.

— De quem é esta festa? — repito, em tom perigosamente baixo.

Nervosa, ela umedece os lábios.

— É a festa de noivado de Rory. Dele e da... Camilla. Eles vão se casar.

Mesmo tendo ouvido suas palavras, meu cérebro não consegue processar o significado. Mas quando Babydoll entra no quarto, rindo na companhia de Amber, completamente alheia ao que está acontecendo, não há como negar que o 'homem bom', o homem que pode fazer o que sou incapaz – fazê-la feliz –, é meu melhor amigo.

Meu melhor amigo vai se casar com a mulher que amo.

Porém Darcy não para por aí.

— Eu também queria que você viesse porque Brody estará aqui. Já está na hora de as pessoas pararem de te fazer de besta.

Quando o olhar de Babydoll se conecta ao meu, chego à conclusão de que Darcy está certa – está na hora de deixar de fazer papel de trouxa. Está na hora de declarar guerra.

Todos os olhos estão em mim – olhos que me encaram com um misto de culpa, pesar e vergonha. Então era sobre isso que Cian estava conversando com Amber hoje. Ele teve inúmeras oportunidades de me dizer o porquê Rory não queria me ver. Assim como Babydoll poderia ter me contado quem era o seu noivo.

Não é de admirar o motivo para Hannah agir de forma tão acanhada ao falar sobre Babydoll. Ela não queria partir o meu coração. Mas não dá para quebrar aquilo que já está espatifado e sem chance de conserto.

Diante de mim estão as pessoas que sempre levei em meu coração, mas tudo o que vejo são estranhos. Muita coisa mudou nestes últimos dez anos. Apesar de eu ter ficado congelado no tempo, meus amigos seguiram em frente; do jeito que eu queria que fizessem. Mas vê-los todos juntos, e percebendo que compartilham uma vida sem mim, dói pra caralho.

Pior de tudo – ver Rory enlaçar o corpo de uma abismada Babydoll cimenta ainda mais a ideia de que ela seguiu em frente com o meu amigo, porra. E ele fez o mesmo, com a mulher por quem ele sabia que eu seria capaz de sacrificar tudo. Porém ninguém sabe a verdade – que Babydoll não é minha irmã. Não posso odiá-los por viverem suas vidas.

Então por que não consigo afastar a vontade insana de esganar Rory com minhas próprias mãos?

Os olhos de Hannah estão repletos de lágrimas; lágrimas por mim. Mas não quero sua piedade.

— Parabéns — digo, quebrando o gelo ao erguer minha taça de champanhe.

— Punky... — Rory tenta se redimir por ter me traído da pior forma possível, mas eu o interrompo, nem um pouco interessado em suas desculpas.

— Ao feliz casal.

Darcy dá uma risada zombeteira, brindando a taça à minha antes de ambos entornarmos nossas bebidas.

Babydoll parece estar à beira de um desmaio, mas isso não é problema meu mais. Nada disso é.

Um brinde aos novos começos.

QUATRO
CAMI

Por que ele está aqui?

Nós não o convidamos exatamente para evitar algo desse tipo – o silêncio desconfortável. O braço de Rory ao redor do meu corpo, de repente, parece um peso. Sutilmente, eu me afasto de seu toque. Ele suspira, enquanto Punky parece prestes a rasgar a garganta do amigo.

Não consigo fazer nada direito.

Quando vejo o sorriso de Darcy, percebo que Punky está aqui por causa dela. Ela sabia o que isso causaria. Ela sabia o quanto isso me deixaria incomodada. E também queria reafirmar sua posse sobre ele, mas não há necessidade disso.

Ela venceu.

Sou grata por ela tê-lo ajudado, porque, se não fosse por ela, Punky ainda estaria atrás das grades. Mas ainda há uma espécie de competição velada entre nós e que não faz o menor sentido. Quando 'trabalhei' para sua família, ela sempre fez questão de deixar claro que eu estava abaixo dela.

Não que isso fosse algo que eu pudesse esquecer.

E, mesmo agora, dez anos depois, ela ainda insiste em me machucar.

Ela e Rory tiveram um relacionamento, e sei que ele ainda nutre alguns sentimentos por ela. Não me incomoda nem um pouco. Eu sei que deveria, mas não me incomoda, porque me sinto da mesma forma com Punky.

Anos de terapia me ajudaram a 'lidar' com meu amor por ele, mas vê-lo aqui, agora, deixa claro que ainda o amo, e não como uma irmã deveria amar ao irmão.

Isso é doentio, eu sei, mas não consigo evitar. Tentei, de todas as formas, não me sentir desse jeito, mas não posso. Meu amor por ele nunca mudou, e por isso concordei em me casar com Rory. Pensei que se tentasse levar uma vida 'normal', os sentimentos desapareceriam com o tempo.

Mas não desapareceram. Eles apenas aumentaram.

Só de olhar para ele, agora, eu os sinto na alma. É como se algo estivesse faltando quando ele não está por perto, mas todo o ruído, nesse instante... some por completo, e posso voltar a sentir outra vez.

Meu terapeuta assegurou de que isso era normal, porém não há nada de normal em querer seu meio-irmão da forma como quero Punky. Há algo de muito errado comigo.

Envergonhada, ergo meus muros e parto para a defensiva.

— O que você está fazendo aqui?

Até mesmo eu me encolho diante do meu tom de voz, mas ele não pode ficar aqui. Não posso fazer isso. Não posso fingir que Rory é o homem com quem quero me casar, quando Punky é único que consegue enxergar minhas mentiras. Ele verá quão enojada me sinto.

Rory me faz feliz, e eu o amo muito. Mas com ele, eu me acomodei. Aprendi a amá-lo. No entanto, ele não me traz aquele frio na barriga que sempre senti com Punky. Até mesmo agora, só em estar em sua presença, me sinto sem ar.

Cair de amores por Punky foi natural, e acho que nunca sentirei o mesmo por outra pessoa.

— Ele é meu acompanhante — Darcy diz, com arrogância.

Punky se mantém em um silêncio mortal. Fico imaginando o que está se passando em sua cabeça.

— Ah, fico feliz em poder comemorar essa ocasião tão especial com vocês — ele ironiza, o olhar nunca se desviando do meu.

Ele se sente traído, tenho certeza disso.

À sua frente estão as pessoas a quem ele considerava como sua própria família. Mas família não exclui o outro, e foi exatamente o que fizemos com ele.

— Será que posso conversar com você? — Rory pede, pigarreando.

Ele estava evitando Punky, dizendo que precisava de tempo, mas eu sabia que o real motivo era evitar esse confronto. Não há como abordar algo assim de maneira mais fácil. Mesmo que eu e Punky nunca possamos ficar juntos, isso não ameniza a culpa que sentimos.

Rory me faz feliz, e sou grata por ele querer passar o resto da vida ao meu lado. No entanto, há sempre um 'mas' persistente que não consigo identificar.

Cian e Punky trocam um olhar estranho, que se desfaz um segundo depois.

— Claro — Punky diz.

Eu me afasto para o lado, para deixá-lo passar, incapaz de encará-lo quando ele sai do quarto na companhia do meu noivo. Assim que ele sai, exalo baixinho, precisando de um minuto para me recompor.

— É melhor eu dar atenção aos convidados. — Tento mascarar meus pensamentos, mas as garotas sabem que é apenas uma desculpa.

Assim que me viro, ouço Hannah me chamando. Quero seguir em frente, mas não posso.

— Você está bem? — ela pergunta, tocando meu braço com gentileza.

— Sim — minto, e ela percebe na hora.

— Não finja que o que aconteceu não foi esquisito.

Dou de ombros, em resposta.

— Todos sabíamos que não seria fácil, mas não queria que ele tivesse descoberto dessa forma — confesso, estremecendo. — Eu queria contar a ele na hora certa.

— E haveria uma hora certa para isso? — Hannah questiona. Ela não está me afrontando, mas havia sugerido que eu contasse tudo ao Punky antes que algo assim acontecesse.

— Acho que não. Porra, que confusão. — Eu me recuso a chorar e estragar a maquiagem que Amber passou horas fazendo em mim. — Ele nunca vai me perdoar.

Hannah esfrega meu braço, me consolando.

— Não se apresse em julgá-lo. Ele entende que dez anos se passaram e são um tempo longo demais. Você tinha todo o direito de seguir em frente.

— Mas com o melhor amigo dele?

— Sim, isso é meio chocante, mas vocês não podem controlar os sentimentos.

Se ao menos ela soubesse como realmente me sinto...

— Obrigada, Hannah. Era eu quem deveria estar te dando conselhos, já que sou a adulta aqui.

Ela dá uma risada.

— Eu só quero que todo mundo seja feliz. E sei que Punky será feliz se você for. Vai levar um tempo até que ele se acostume, mas ele quer o melhor pra vocês, e se isso significa vê-los juntos, então ele aceitará em algum momento.

— Além do mais, parece que Darcy ainda está na dele. Ele poderia encontrar alguém pior. — Só de mencionar o nome de Darcy já me faz travar os dentes.

NÃO CAIR EM TENTAÇÃO

— É, você está certa. Ela tem dado muito apoio a ele.

Não estico a conversa, porque Hannah não vai gostar do que tenho a dizer.

— É melhor eu descer antes que as pessoas comecem a falar.

Ela percebe que cortei o assunto, mas não insiste.

Controlando minhas emoções – já que me tornei mestre em esconder como realmente me sinto –, planto um sorriso forçado no rosto e desço a escadaria. Todos os rostos ali são de amigos que fiz através de Rory, pois meus próprios amigos e família se encontram nos Estados Unidos.

Eles prometeram que compareceriam ao casamento, porém não espero que apareçam. Além do mais, Rory e eu nunca decidimos realmente uma data. Quando ele me pediu em noivado, seis meses atrás, foi uma grande surpresa. Estávamos em uma espécie de relacionamento vai-e-vem ao longo dos últimos três anos.

Nosso namoro se tornou meio difícil, porque ao longo dos últimos dez anos, eu ficava aqui e nos Estados Unidos. Quando meu dinheiro acabou, voltei para casa e cheguei a trabalhar quase dezoito horas seguidas em qualquer emprego que pagasse o suficiente para que pudesse juntar e voltar para Belfast.

Mas quando voltei para a Irlanda do Norte, dessa última vez, para visitar meus amigos e, quem sabe, rever Punky, Rory disse que queria se casar comigo. Aceitei, cansada de estar sozinha. Apesar de meus sentimentos de solidão não terem se dissipado, eles diminuíram na companhia de Rory.

Eu só não tinha ideia de que as coisas aconteceriam tão rápido.

Poucos dias depois, Hannah me contou que viu Punky. Eu nem consegui acreditar que ele concordou em receber sua visita. Também não acreditei quando ela disse que Darcy havia encontrado uma maneira de tirá-lo da prisão. Na mesma hora, me senti culpada por ter aceitado a proposta de Rory. Eu me senti como se estivesse desapontando Punky.

Eu sabia que não poderia ficar com ele, mas nem isso amenizou a culpa.

Ainda não ameniza.

Contemplo a belíssima aliança de brilhantes no meu dedo, e isso não altera o fato de que eu queria estar usando a aliança de Punky.

Engolindo em seco o desgosto, forço um sorriso e finjo ser a noiva feliz, pois Rory ao menos merece isso. Ele tem sido maravilhoso e me apoia em tudo, compreende quando preciso de espaço, e, ainda assim, quer se casar comigo.

Um dos amigos de Rory, em companhia da esposa, conversa amenidades enquanto finjo prestar atenção, mas tudo em que consigo pensar é na raiva que senti ao ver Punky com Darcy. Eu não deveria ter voltado para a Irlanda. Este país está repleto de fantasmas que continuam a me assombrar a cada dia.

Minha mãe e minha irmã, Eva, estão em Chicago. É difícil acreditar que Eva agora tem a mesma idade que eu tinha quando vim para cá pela primeira vez. Como eu era ingênua dez anos atrás. Nunca imaginei que não somente me apaixonaria, como também encontraria minha alma gêmea – em cada sentido da palavra.

Quando Punky foi para a cadeia, recebi uma sentença de prisão perpétua também. É óbvio que nosso cárcere era diferente, mas, todos os dias, semanas, meses e anos em que ele se recusou a me receber, se transformaram em muros que me enclausuraram. Eu me perdi, porque Punky era meu verdadeiro norte.

Não fazia a menor diferença, mesmo sabendo que o que fizemos foi impróprio, pelo nosso parentesco. Eu ainda o amava. E apesar de ele se recusar a me ver, eu nunca desisti. Tentamos de tudo para ajudá-lo, mas depois de esgotar todas as alternativas possíveis, aceitamos nosso fracasso.

Fui até a prisão para visitá-lo, semana a semana. Escrevi para ele, todos os dias, durante dez anos. Algumas cartas cheguei a enviar. Outras se tornaram uma forma de terapia. Mas não se passou um dia sem que eu tivesse tentado. No entanto, ele deixou claro que não estava interessado em me ver, ao negar minhas visitas constantes.

Não sei se ele chegou a receber as cartas, já que nunca respondeu.

Depois de meses de tentativas, tive que voltar para a América, para ver como minha mãe e Eva estavam. Brody cumpriu sua palavra, e o dinheiro que ele enviou salvou a vida da minha mãe. Os medicamentos experimentais funcionaram. Com o dinheiro extra, consegui matricular Eva em uma boa escola, para que ela recebesse a educação que merecia.

A vida deu uma melhorada, mas isso não significa muito para mim, pois não conquistei a felicidade tão sonhada. Eu era muito ciente de que Punky estava preso por causa da minha traição.

Por esse motivo, assim que minha mãe e Eva se instalaram em uma casa, voltei para continuar de onde parei. Eu não poderia esquecer. Não poderia seguir em frente, sabendo onde Punky se encontrava. Rory e Cian também tentaram desesperadamente ajudar ao amigo, mas ele recusava suas visitas.

Foi aí que eu e Rory nos aproximamos. Nós dois compartilhávamos o mesmo sofrimento – sentíamos saudades de Punky, e esse era o laço que nos unia. Encontramos consolo um no outro, e parecia algo bom estar com alguém a quem Punky amava.

Tempos depois, aceitei que nunca mais veria Punky outra vez, e foi quando abri meu coração para Rory. Foi uma época difícil. Acho que ainda é. Mas estar na companhia de Rory é algo fácil. Ele tem um excelente trabalho como especialista em TI, e acabou se afastando da vida no crime, porque, sem Punky, não havia mais o que negociar.

E Brody Doyle, *meu pai*, fez questão de assegurar que os Davies e os Walsh soubessem que seu reinado havia acabado. Agora era ele quem mandava em Dublin e Belfast. Sem os Kelly, não tivemos outra escolha, a não ser recomeçar. Muitos diriam que devo ser grata a isso, mas é difícil esquecer alguém que te deu tanto.

Entre minhas idas e vindas entre Estados Unidos e Irlanda do Norte, pelos últimos dez anos, quando aceitei o pedido de Rory, tomei consciência de que aqui seria o meu lar, e achei que estava de boa com isso. Mas agora, com Punky fora da prisão... Não sei como me sentir.

Nunca concluí meu curso de Artes Cênicas, porque não consegui me comprometer com os estudos. Meu objetivo de vida era libertar Punky. Por causa disso, não tenho uma carreira bem-sucedida como Darcy. Quando voltei para casa, trabalhei em qualquer emprego que pagasse o necessário.

Como só aceitava empregos casuais, isso me permitia viajar entre os dois países sem ter que me preocupar com tirar férias ou folgas. Eu simplesmente pedia demissão e aceitava outro trabalho quando voltava para os Estados Unidos.

Moldei minha vida ao redor de Punky, porque, lá no fundo, nunca senti que merecia viver uma vida plena e próspera, quando ele se encontrava sozinho. Agora que ele está livre, não consigo olhar para os últimos dez anos sem sentir um pouco de arrependimento.

Eu teria feito tantas coisas de maneira diferente. Mas não posso mudar o passado.

— Aqui está você — Rory diz, enlaçando minha cintura.

Seu colega e esposa param de falar e o felicitam pelo noivado. Eu me sinto horrível por não ter ouvido uma única palavra do que disseram.

Outro grupo se junta a nós, beijando nossas bochechas. Todo mundo está em clima festivo, e eu também estava até alguns minutos atrás. Rory percebe minha mudança de humor e, educadamente, apresenta uma desculpa para que saíamos dali. Atravessamos o salão lotado, e a cada passo dado, sinto o colapso nervoso se aproximando.

Com gentileza, Rory me guia rumo ao corredor, para longe dos convidados. Em seguida, ele me abraça com suavidade.

— Você está bem?

— Para dizer a verdade, não — confesso, contra o seu ombro. — Eu não queria que Punky ficasse sabendo dessa forma. Era por isso que eu queria ter contad...

— Ah, eu sei — ele me interrompe. — Sinto muito. Eu não imaginei que Darcy o traria aqui.

Entrecerro os olhos, pois tenho certeza de que ela fez isso de propósito. No entanto, não deixo transparecer minha raiva.

— Agora já era. O que ele disse?

Eu me afasto de seu abraço, esperando por uma resposta. Quando ele suspira fundo, já imagino o teor da conversa.

— Ele disse que está feliz por nós.

— E... — instigo, sabendo que há muito mais que isso.

— E que devo te tratar muito bem, do contrário, ele não terá problema algum em quebrar meus ossos.

Não consigo reprimir o sorriso.

— Errei em não ter contado a ele antes. Você pode me perdoar?

Coloco uma mão em sua bochecha.

— Rory, não há nada a ser perdoado.

— Eu sei que não foi o melhor momento, mas não dava para colocar nossa vida em espera. Já desperdiçamos tempo dem...

Agora é a minha vez de mudar de assunto:

— Eu sei. Você tem razão. Não há necessidade de explicar.

Rory coloca sua mão sobre a minha, seu amor por mim refletido em seus tocantes olhos verdes. Ele e Punky são o oposto um do outro. Punky sempre ostentou a imagem de *bad boy*, enquanto Rory era mais conservador. Acho que por isso os três – Punky, Rory e Cian – eram tão amigos: porque os opostos se atraem.

O pai de Rory, Cormac Walsh, aparece, sem disfarçar a aversão que sente por mim. Rory garante que ele gosta de mim, mas ambos sabemos que isso é uma mentira. Acho que ele pensa que o filho é bom demais para mim, e ele está certo.

Seu filho merece alguém que não é tão ferrada como eu.

NÃO CAIR EM TENTAÇÃO

— Estamos todos aguardando no salão de festas. Vamos brindar à felicidade do casal.

Rory assente e eu dou um sorriso, fazendo de tudo para não dar sinais a Cormac de que estou tremendo por dentro.

Cian, Amber e Hannah aparecem logo mais, com sorrisos tensos em seus rostos. Eu sei o quanto isso é difícil para Cian. Ele e Punky sempre foram muito mais chegados do que Rory e Punky. Odeio que ele tenha que pensar em escolher um lado.

Ele já passou por muita coisa. Quando seu pai tirou a própria vida, uma parte dele morreu também. Todos perdemos muito, e isso graças ao homem que me recuso em reconhecer como pai.

Ele pode até ter cumprido sua parte do acordo, mas não significa que sou grata pelo que ele fez. O homem arruinou as nossas vidas, e pelo quê? Ganância. Ele me deixa enojada. Não é de admirar que minha mãe não tenha querido nada com ele. E agora que ele se tornou o homem mais importante da Irlanda e Irlanda do Norte, ele pensa que pode comprar o meu amor.

Não faço ideia do que ele quer.

Ele já tem Erin e Liam, filhos que, obviamente, querem conviver com ele, mas ele não para de me enviar flores e mensagens, expressando seu arrependimento por como as coisas acabaram entre nós. Ele só pode estar louco se acha que vou perdoá-lo depois de tudo.

Ao pensar em seu outro filho, Punky, sinto o nó retorcer o estômago.

Darcy e Punky descem as escadas, rindo de alguma coisa. Escondo meu ciúme, porque ele nunca mais rirá comigo daquele jeito. Nossos olhares se encontram pouco antes de ele me ignorar, voltando a se concentrar em Darcy, que parece encantada.

Os dois ficam ótimos juntos. Sob seu braço, ela parece reluzir.

Punky diz algo no ouvido de Cian, que ri em resposta.

Ele não parece nem um pouco aborrecido por ter acabado de descobrir que vou me casar com seu melhor amigo. *Isso é uma coisa boa*, faço questão de relembrar a mim mesma. Então, por que me sinto à beira das lágrimas?

Eu sei o motivo – porque não me sinto da mesma forma ao vê-lo junto com Darcy. Tudo o que quero é arrancar os olhos dela com minhas próprias unhas.

Eu preciso superar isso. Preciso me lembrar de que Punky é meu meio-irmão.

Um garçom passa por ali, e eu o impeço de seguir em frente, pegando duas taças de champanhe da bandeja. Rory pensa que entregarei a ele uma delas, mas ele está errado. Entorno o líquido de ambas, franzindo o cenho quando o álcool atinge meu estômago vazio.

— Vamos — Rory diz, gentilmente beijando minha bochecha, e quando ele faz isso, vejo algo que me dá um prazer imenso: Punky entrecerra os olhos, encarando Rory com ódio.

Este gesto me dá a esperança de que ele se importa, de que isso é tão estranho para ele quanto é para mim.

Sabemos que nunca poderemos ficar juntos como antes, porém sua reação me faz sentir bem melhor. Isso prova que tudo o que vivenciamos não era só coisa da minha cabeça.

Rory me conduz até o salão de festas, com nossos amigos seguindo logo atrás. Arrebato outra taça de champanhe de um garçom conforme entramos no ambiente.

O silêncio recai pouco antes de ser preenchido por palmas festivas. Todos nos parabenizam à medida que atravessamos a multidão, e, de repente, sou dominada pela claustrofobia. É demais para mim.

No piloto automático, sorrio e finjo ser a noiva perfeita, mas, por dentro, estou prestes a desmoronar. Rory não percebe e me guia até a parte da frente do salão, onde estão seus pais.

Há um belo bolo branco decorado, a alguns passos, e, subitamente, me dou conta de que o próximo bolo que verei desse tamanho, será o do meu casamento. Gotas de suor se formam acima das minhas sobrancelhas, e umedeço meus lábios ressecados.

Nossos convidados esperam que façamos um discurso, mas Cormac assume a liderança:

— Obrigado a todos pela presença esta noite, onde celebramos o noivado de nosso filho com sua belíssima futura esposa, Camilla.

A multidão irrompe em aplausos, enquanto tento sorrir diante das palavras mentirosas de Cormac.

— Aileen e eu estamos muito orgulhosos de você, filho. Você nunca retrocedeu e mostrou uma atitude corajosa em todas as decisões tomadas em sua vida.

Rory assente e Cormac ergue sua taça em um brinde.

— Você é um bom homem com um coração de ouro. E está disposto a ignorar o passado.

Eu me mexo, inquieta, porque, de repente, sinto que esse discurso é direcionado a mim.

— Você dá segundas chances às pessoas. E as perdoa. Sua bondade foi herdada de sua mãe.

Os convidados riem e eu gesticulo para que o garçom me traga outra taça de champanhe. As palavras de Cormac foram uma forma de dizer que o filho é perfeito demais, enquanto eu sou a vagabunda que trepou com o próprio irmão.

— Então, ergamos nossas taças e celebremos a felicidade deste casal. Saúde!

O som do tilintar dos cristais ressoa, todos bebendo em homenagem ao nosso noivado; entorno a bebida de um gole só, e começo a me sentir meio embriagada por tanto champanhe em tão pouco tempo.

Rory parece completamente alheio ao fato e pega o microfone da mão de seu pai, de forma que possa agradecer aos convivas. Eu permaneço ao seu lado, encarando a multidão, que, do nada, parece ter duplicado de tamanho.

— Ah, é difícil superar suas palavras — Rory brinca, olhando para o pai que dá um sorriso zombeteiro.

De repente, sou dominada pela raiva. As palavras escolhidas por ele são desnecessárias, porque sua abordagem passivo-agressiva sempre foi uma constante. Sei muito bem o que ele pensa ao meu respeito. Ele não precisava me envergonhar diante de nossos convidados – convidados que não têm o menor direito de me julgar, já que Cormac não é nem um anjo.

Ele foi um dos melhores amigos de Connor Kelly, o maior traficante e mafioso de toda Belfast. Ele não tem o direito de me fazer sentir mal pelo meu passado.

Nenhum direito.

Quando Rory se vira e me encara por cima do ombro, percebo que falei isso em voz alta. Tento agir com normalidade, mas quando meu olhar pousa em Darcy sussurrando alguma coisa no ouvido de Punky, meu estratagema esmorece.

Rapidamente, entorno mais uma taça, torcendo para que isso suprima minha vontade de vomitar.

— À minha bela noiva, Camilla. Eu te amo. Mal posso esperar para passar o resto da minha vida ao seu lado. — Rory ergue sua taça e os convidados fazem o mesmo, brindando nossa feliz união, todos alheios ao conflito fervilhando em meu interior.

Tudo isso se torna demais, e meu estômago embrulha.

Antes que Rory tenha a chance de me beijar, sigo apressada até a porta, com a mão cobrindo a boca para conter o vômito. As pessoas se afastam do caminho, fofocando, sem sombra de dúvidas, sobre minha saída súbita. Mas deixe que falem. Não dou a mínima mais.

Assim que encontro um banheiro, abro a porta de supetão e esvazio o conteúdo do estômago sobre o vaso. Agarrada ao sanitário, torço para que a ânsia possa expelir o vazio que sinto por dentro. Mas eu me sinto pior.

Tem algo de muito errado comigo.

Arrancando o papel higiênico do rolo, seco a boca e jogo tudo no vaso. Eu me levanto, com as pernas trêmulas, dando descarga antes de ir até a pia. Confiro meu reflexo no espelho, chocada com minha palidez. Estou horrorosa.

Meu vestido de festa vermelho deixaria qualquer princesa da Disney no chinelo, porém, de repente, me sinto uma fraude. Os braceletes grossos e repletos de joias confirmam isso, pois escondem o que fiz. Tudo isso é demais para lidar, e fico imaginando se por esse motivo estou tentando me redimir por algo que não existe. Penso que se eu me parecesse com uma noiva feliz, certamente eu me sentiria assim.

Mas não me sinto.

Tudo o que sinto é dormência.

Abro a torneira e bebo um gole de água para clarear a mente, mas a interferência não é por causa da quantidade de bebida que ingeri – não. Estou bêbada por algo, *por outro alguém*, e não sei o que fazer a respeito.

Quando enfio uma balinha de menta na boca, convenientemente disponível no vasilhame sobre a pia, ouço a batida à porta. Antes que eu tenha a chance de dizer que sairei em um minuto, a porta se abre, e me agarro à bancada de mármore assim que vejo quem é; tenho medo de desabar ali mesmo.

Punky fecha a porta e gira a chave na fechadura. Ele não se move. Ao contrário, ele se recosta à superfície de madeira, e me observa atentamente.

Meu coração começa a galopar, e, de repente, sinto uma excitação varrendo meu corpo de maneira imprópria.

— Belo discurso — ele diz, por fim, compreendendo o motivo da minha saída súbita para vomitar as tripas. — Não deixe Cormac te afetar. Ele sempre foi um bastardo arrogante.

Assinto, envergonhada por estar hiperventilando.

Punky se afasta da porta e eu engulo em seco, ainda agarrada à bancada.

— Qual é o problema, Babydoll? — ele pergunta, o tom de voz calmo, suave. — Este deveria ser um dia feliz.

— E-eu estou f-feliz — pontuo, mas as palavras vacilantes provam que sou uma mentirosa.

Ele arqueia uma sobrancelha, ainda vindo na minha direção.

— Aos dias felizes, então.

Quando fica a poucos passos, ele para e me encara com um olhar predatório. Eu tenho que sair daqui. No segundo que faço menção de escapulir porta afora, ele estende o braço e agarra meu punho. O toque me incendeia, e mordo as bochechas por dentro para reprimir o gemido.

— Me deixe sair.

Punky dá uma risada zombeteira, lambendo o lábio inferior. Sou atingida na mesma hora pela lembrança do piercing que ele costumava usar ali. Gemo baixinho ao me lembrar da sensação.

— Então... o Rory? Não imaginei que você sentisse alguma atração por ele.

— Nem eu — respondo, brusca, tentando me soltar de seu agarre. — Mas ele esteve ao meu lado quando mais precisei. Quando você se recusou a receber minhas visitas.

— Isso foi bem conveniente, não é? — debocha. — Eu só achei... estranho. Não acho que vocês têm muita coisa em comum.

Ele está certo.

Nós discordamos nas pequenas coisas, mas opostos se atraem, e amo a forma como ele me desafia. De que ele não é um pau-mandado.

— Ele é seu melhor amigo. Você não deveria achar isso estranho — argumento, aprumando a postura. — Você sabe que ele é gente boa.

Quando ele avança, esqueço que tenho que respirar, ainda mais quando ele passa o dedo pela comissura dos meus lábios.

— Ah, sim. Ele é o melhor. Ainda bem que você encontrou sua felicidade com ele. Quando será o casamento?

— E-eu não s-sei — respondo, sentindo o toque de seu dedo. — Não marcamos uma data.

— E você vai se casar aqui? Vai morar em Belfast?

Assinto, e meus joelhos vacilam quando sinto o cheiro de seu perfume. Ele se parece com o meu Punky, só que mais velho, mais áspero talvez. Suponho que dez anos na prisão fazem isso a uma pessoa.

Seus olhos azuis ainda são capazes de me tornar uma prisioneira, assim como sua presença. O smoking abraça seu corpo talhado, me permitindo imaginar os músculos definidos que ele cultiva por baixo. O cabelo está mais comprido, as mechas em tom loiro escuro pendendo de uma maneira sexy e desleixada.

Por mais que esteja usando um traje de gala, não o confundiria nunca com um cavalheiro porque ele passa longe disso. E Deus me ajude, mas eu adoro isso. Sua estatura ainda se eleva à minha, mesmo em meus saltos altos. Eu me recordo do peso de seu corpo contra o meu. Eu me lembro de como ele poderia ter me machucado, mas nunca o fez.

Ele me pressionava até quase me desfazer, mas era um tipo de dor que sempre foi mais do que prazerosa. Sinto minha calcinha encharcar com a lembrança.

Minhas bochechas ficam coradas em puro embaraço, por não ser capaz de me controlar em sua presença. Preciso me lembrar de que compartilhamos o mesmo sangue. Eu preciso me lembrar de que sou noiva.

— Acho que sim. Rory e eu ainda não discutimos os detalhes. Agora, se me der licença...

No entanto, ele não me deixa ir. Ao invés disso, ele me puxa contra o seu corpo, nossos peitos agora colados. Ele me olha de cima, o semblante inexpressivo.

— Por que você não me contou que Rory era o seu noivo quando foi até a minha casa?

Umedeço os lábios, nervosa.

Eu queria ter contado, mas não sabia como. E prometi a Rory que faríamos isso juntos.

— Não sei — confesso, perdendo a noção do que é certo e errado.

— Por que você não me disse que agora é o novo bichinho de estimação de Darcy?

Eu me arrependo das palavras na mesma hora. Mas é tarde demais.

Com um rosnado, Punky me empurra contra a parede, me mantendo cativa com seu corpo avantajado.

— Não sou o bichinho de ninguém — grunhe, o nariz colado ao meu.

Dou uma risada em resposta.

— Quase me convenceu. Eu te vi a seguindo por todo lugar, como se fosse um filhotinho perdido.

Ele agarra minha garganta, inclinando meu pescoço para trás.

— Se eu fosse, o que você tem a ver com isso?

— Nada — arfo, quando ele aperta com mais força. — Não te culpo. Depois de ficar na seca por tanto tempo, qualquer coisa pareceria apetecível.

NÃO CAIR EM TENTAÇÃO 57

Punky dá uma risada maldosa.

— Você acha que a sua boceta foi a última que comi, Babydoll?

Sinto meu rosto vermelho diante de suas palavras. No entanto, elas me fazem fervilhar; o que ele quis dizer?

— Odeio te desapontar, mas sua boceta é uma lembrança distante. Houve algumas que me atenderam de mais de uma maneira.

Não posso deixar minhas emoções me traírem, mas isso significa que ele *recebeu* visitas íntimas na prisão? Ou a equipe prisional ultrapassou os limites? De um jeito ou de outro, estou furiosa.

— Que história fofa. Conte para alguém que dê a mínima. — Tento empurrá-lo, mas ele me imprensa ainda mais à parede, erguendo meus braços acima da cabeça e segurando meus punhos com apenas uma mão. — É bom ver que você continua sendo um escroto. Me solta!

Ele estala a língua enquanto me debato contra ele em vão.

— Ainda tem uma boquinha suja, não é? O que mais continua do mesmo jeito?

Ele se curva e inspira profundamente o perfume do meu pescoço. Com um murmúrio baixo, diz:

— Doce como sempre.

O decote acentuado do meu vestido deixa o colo dos meus seios à mostra; estou respirando com dificuldade, transparecendo meu estado de excitação. Quanto mais ele fala, mais molhada eu fico, e mais me odeio por isso.

— Doçura que seu melhor amigo desfruta uma vez atrás da outra. — Continuo meu ataque, precisando dar um fim nisso antes que faça algo do qual me arrependerei pelo resto da vida.

Punky ri com deboche, mas sem achar a menor graça.

— Muito bem.

Estou esperando que ele me solte, mas ele não se move. Ao contrário, ele me examina com atenção, e começo a tremer sob seu olhar aguçado.

— Seu coração está acelerado.

— Não está, não — argumento, inutilmente, porque, quando ele posiciona a mão sobre meu peito, ele pode sentir os batimentos descompassados do meu coração traidor.

Com as pontas dos dedos, gentilmente ele traça o contorno dos meus seios. Milhões de arrepios se espalham pela minha pele.

— Você costumava mentir melhor. Parece que isso mudou.

Na mesma hora, baixo o olhar, morta de vergonha. Foi por causa das minhas mentiras que Punky desperdiçou dez anos da sua vida.

— Apesar dessa pedra brilhante no seu dedo, sei de uma coisa que nunca mudou.

— Punky, por favor, não... — murmuro, quando ele se abaixa e paira os lábios acima dos meus. Mas minha advertência é débil, porque tudo o que mais quero é isto: eu o quero.

— Não o quê? — sonda, a centímetros da minha boca; com uma mão apoiada à parede, ladeando a minha cabeça, sinto seu hálito quente e mentolado, e quero me perder nesta sensação para sempre.

— Por favor, não faça *isso*. — Ele precisa ser a pessoa a parar com essa loucura, pois não tenho força suficiente.

— Não cair de joelhos e enfiar minha cabeça entre as suas pernas perfeitas?

Um gemido escapa por entre meus lábios. Eu quero isso e muito mais.

— Não levantar seu vestido e te foder contra a parede do jeito que nós dois queremos?

Ele pressiona a ereção maciça contra mim, sarrando de um jeito lento e delicioso. O material volumoso do meu vestido serve como um amortecedor, mas, ainda assim, posso senti-lo por inteiro, e minha boca se enche de água com a sensação.

— Não, n-nós não p-podemos. — Mas minha determinação está esmorecendo.

— Por quê? — ele pergunta, os olhos azuis consumindo minha alma.

— Porque somos parentes?

Sim, este é um bom motivo, mas temo que se cruzarmos essa linha, eu me perderei novamente nele, e, desta vez, os danos que causaremos a outras pessoas serão irreparáveis.

— Não, porque Rory não merece isso. Só porque somos fodidos da cabeça, não significa que temos que arrastá-lo para o esgoto junto.

Minha confissão o faz fechar os olhos com força. Um segundo depois, ele esmurra a parede. Eu me encolho, temendo o que virá a seguir.

Ele deposita um beijo singelo no meu rosto antes de se afastar.

Espero que ele me ataque novamente, mas ele não o faz. Ele se vira de costas, os ombros tensionados diante das respirações profundas que dá. Eu deveria estar aliviada, mas não estou. Pelo contrário, estou decepcionada por ele ter parado. Isso só mostra quão ferrada eu sou.

— Claro, você tem razão. Não vamos falar sobre isso novamente.

Abraço meu corpo, reprimindo a torrente de lágrimas. Fazer a coisa certa nunca pareceu mais errado na minha vida.

NÃO CAIR EM TENTAÇÃO

Com um suspiro profundo, Punky destranca a porta e a abre, mas sibila na mesma hora, recuando e me protegendo com seu corpo. Minha tristeza é substituída por terror quando vejo o motivo, ou melhor, *quem* causou essa reação a ele.

— Ah, até que enfim estão juntos — diz Brody Doyle, nosso pai; o homem que destruiu as nossas vidas.

CINCO
PUNKY

Meu primeiro instinto é protegê-la.

E o segundo? Bem, o segundo instinto é o de arrancar o baço do filho da puta e enfiá-lo goela abaixo.

O ritmo respiratório acelerado de Babydoll indica que ele não foi convidado. Ela parece tão surpresa quanto eu ao vê-lo aqui. No entanto, Darcy deu a entender que ele compareceria à festa. E eu me pergunto como ela sabia...

Essa merda eu posso descobrir depois, porque, agora, tenho dez anos da minha vida para recuperar.

Brody entra no banheiro e fecha a porta, deixando claro que quer privacidade. Mantenho-me firme diante de Babydoll. Se ele quiser chegar a ela, terá que passar por cima de mim primeiro.

Eu estava prestes a contar a verdade a ela – de que não somos irmãos. Porém quando perguntei o porquê ela não poderia se render ao que ambos queremos, sua resposta acabou direcionando minha mente.

"Porque Rory não merece isso. Só porque somos fodidos da cabeça, não significa que temos que arrastá-lo para o esgoto junto."

Ela está certa.

Perdi a noção das coisas, porque tudo o que eu conseguia ver era ela.

Não me importei se meu amigo estava feliz e vivendo a vida que sempre desejei para ele. Tudo o que me importava era cair em tentação, porque minha fome por ela cresce a cada dia, e sei que independente de ser certo e errado, ela sente essa mesma atração.

Seu corpo reagiu ao meu da mesma forma que aconteceu há dez anos. Ela pode até amar Rory, mas é nítido que nossos sentimentos não diminuíram com o tempo. Motivo pelo qual nunca vou contar a verdade a ela. Se ela realmente acreditar que não podemos ficar juntos, então, em algum momento, seus sentimentos desaparecerão, e ela e Rory terão a chance de viver a vida que merecem.

Cada pedacinho dentro de mim se rebela diante do pensamento, mas o que quase aconteceu só prova que, juntos, somos como um trem desgovernado, prestes a destruir um ao outro pelo caminho. E não permitirei que isso aconteça. Preciso aceitar que é melhor que eu e Babydoll fiquemos longe um do outro.

A fome que ela desperta em mim é insuportável, mas não cederei. Vou tratar Babydoll como se fôssemos parentes de sangue, e esquecer que a desejo mais do que a porra do ar que respiro.

— Como vai, filho? — pergunta Brody, sorrindo alegremente. — Olhe só pra você... Já é um homem feito agora.

Ele parece quase orgulhoso do fato, como se meu período na prisão, por causa dele, tivesse servido como uma grande lição de vida.

— Como você se atreve? — Babydoll rosna às minhas costas. — Você diz isso como se fosse motivo de orgulho. Puck estava na prisão por sua causa. Você não é bem-vindo aqui. Dê o fora antes que eu te expulse na marra!

Brody dá uma risada zombeteira, nem um pouco intimidado por suas exigências. E por que ele se incomodaria? Ele é o rei dessa porra de cidade.

— Fiquei um pouco magoado por não ter sido convidado para sua festa de noivado — diz ele, conforme Babydoll zomba.

— Você pode ter sido o doador de esperma, mas não é meu pai. Até onde sei, não tenho pai nenhum. E estou muito bem com isso.

Brody apenas sorri em resposta. Mas o que digo na sequência apaga o sorriso besta de seu rosto:

— Achei que você tivesse coisas melhores a fazer, como rastrear Sean. Quero dizer, tenho certeza de que você sabe que ele não está morto, não é?

Babydoll arfa, enquanto Brody trava a mandíbula.

— Não estou sabendo de nada.

Mas ele está mentindo.

Embora ele não queira acreditar, tenho certeza de que ouviu os boatos sobre o assunto. No entanto, sem uma prova concreta, tudo pode passar apenas como um rumor. E estou aqui para mudar essa porra.

— Acho que temos algumas coisas para conversar em particular.

— Eu não vou sair daqui — Babydoll argumenta, e já sei que não tenho como vencer essa discussão.

Então, decido colocar meu plano em andamento ao confrontar Brody.

MONICA JAMES

— Nós dois sabemos que isso é mentira, mas suponho que honestidade não seja algo que você possua. Você é negligente. E um arrogante do caralho. Você não é intocável, sabe? Talvez pense que seja, mas não é. Sean é muito mais esperto que você. E ele também tem algo que você não tem: o sobrenome Kelly. Nunca se esqueça de que nós já dominamos a Irlanda do Norte, e se Sean tem a intenção de reassumir, você não será páreo. Ele já te passou a perna uma vez. Da próxima, ele não será tão generoso.

— Você anda muito informado, considerando que esteve na prisão por tanto tempo. Não deveria acreditar em tudo o que ouve por aí.

Dou uma risada debochada, adorando ver que ele está incomodado.

— Você quem sabe. Mas depois não diga que não avisei...

Brody cruza os braços sobre o tórax.

— E por que isso te interessa, de qualquer forma?

— Porque aquele filho da puta está ludibriando meu irmão, e só por isso, vou fazer de tudo para destruí-lo. Não vou ficar parado e ver o babaca arruinar a vida de Ethan. Ele é como um câncer; um câncer que precisa ser extirpado.

Babydoll acompanha a troca de palavras em completo silêncio, deixando claro que isso tudo é novidade para ela.

— Então, o que você propõe?

Eu detalho o meu plano, ciente de que ele dará ouvidos, pois, lá no fundo, tem medo do poder que Sean ainda detém.

— Eu vou atraí-lo. Sean acredita que não faço ideia dos seus planos, mas ele subestima o meu ódio por ele.

O espasmo do músculo na pálpebra de Brody me prova que ele leu nas entrelinhas – e chegou à conclusão de que já sei de toda a verdade. Ele sabe que descobri quem é meu verdadeiro pai.

— E você anda subestimando seus homens, dando a eles mais crédito do que merecem; Sean recrutou inúmeros dos seus capangas. Ele está formando um exército, e está apenas esperando o momento certo para te derrubar. E quando ele fizer isso, você não terá a menor chance.

Brody não diz uma palavra, mas sabe que se estou dando essa informação, é porque tenho uma fonte – o diário de Sean. Escrito de próprio punho, tenho todos os planos detalhados, e o fato de Hannah tê-lo avistado, bem como o recente ataque de Ethan contra mim, só prova que ele está colocando esses planos em ação.

— Por que você está me dizendo tudo isso?

NÃO CAIR EM TENTAÇÃO

— Porque nós dois queremos a mesma coisa. Queremos Sean morto, mas, dessa vez, de verdade.

— E acha que preciso de você para isso? Se eu o quisesse morto, ele estaria mais do que enterrado. As coisas mudaram, Punky. Você não está mais no comando por aqui. Sou eu quem controlo tudo.

Dou uma risada de escárnio.

— Ah, é mesmo? É por isso que Sean conseguiu te fazer de besta ao pensar que ele está morto? Ou que vocês seriam sócios depois de se livrarem de mim e Connor?

O rosto de Brody fica vermelho de raiva.

— Você é um moleque insolente. E não sabe de merda nenhuma.

— Então, tá. Acredite no que quiser. Mas quando Sean tirar tudo de você, não diga que não te avisei.

Eu me mantenho firme, ciente de que venci a discussão.

— O que você tem na manga, que uma centena de homens não têm?

Tirando o fato de que esse é um assunto pessoal para mim, tenho a única coisa que ninguém, nem mesmo Brody, tem.

— Sean tem medo de mim — afirmo, confiante, pois é a verdade. — Ele sabe que não tenho nada a perder. E não vou parar até que um de nós esteja morto.

Brody reflete sobre minhas palavras, dando-se conta de que pretendo cumprir cada uma delas.

— Eu conheço meu… tio — digo, fazendo questão que ele entenda que a pausa foi intencional. — Sei como ele pensa, como pode conquistar sua confiança sem que você sequer perceba isso. E também sei que quando tiver você no lugar em que ele quer, ele não vai hesitar em atacar. Seus dias estão contados.

— Então o que você quer é fazer uma aliança? — pergunta, com uma risada de escárnio. Seu sorriso esmorece quando assinto com firmeza.

— É isso aí. Quero me aliar contigo, porque você precisa de mim, e eu preciso de você.

— Como? — questiona, com os olhos entrecerrados. Ele tem todo o direito de não confiar em mim, mas para que ainda esteja aqui, é porque sabe que estou certo.

— Você precisa de alguém que faça seus homens se lembrarem de que *você* é o líder, não o Sean. Eles se desviaram, assim como aconteceu com os nossos, porque você já não é mais temido ou respeitado.

Brody avança e agarra as lapelas do meu paletó, grudando o nariz ao meu.

— Solta ele! — Babydoll exige, mas meu sorriso dá mostras de que sou eu que estou no comando aqui. O fato de ele ter perdido a calma só fortalece essa certeza.

— Vá se foder. Eu deveria te matar agora mesmo.

— Vá em frente, então — desafio, sem romper o contato visual. — Mas tenho uma forte suspeita de que se você me quisesse morto, eu já estaria mais do que enterrado. Estou vivo porque você sabe que precisa de mim. Você sempre soube que sou mais valioso vivo do que morto.

— Se o que disse é verdade, então devo esperar que você não vai me passar a perna como o seu tio fez?

Estalando a língua, não mordo a isca lançada. Ele quer que eu perca o controle. Quer que eu confesse que sei que Sean não é o meu pai. Mas isso não vai rolar.

— Não quero fazer parte dessa porra — declaro, resoluto. — Além do mais, que outros aliados eu tenho? Dez anos são um tempo longo demais. Eu teria que começar do zero, e não tenho paciência para isso. Quero me vingar de Sean por ter matado Connor, e por estar roubando a minha vida. Então, você pode ficar com Belfast. Tudo o que quero é a cabeça de Sean.

Brody me solta, bufando de raiva. No entanto, ele acredita em mim, porque acha que quero me vingar de Sean por ter mentido sobre ser meu pai, e por ter matado a minha mãe. E é o que quero. Mas também quero meu legado de volta.

Dito isso, sei que ele não vai confiar em mim, mas trabalhará comigo por necessidade. E eu preciso dele. Ele sabe que sou o único que é páreo o bastante para destruir Sean, pois sou um Kelly. Eu penso como um Kelly. E sou o filho de Sean.

Esta parceria é muito parecida com a que ele fez com Sean. Se ele tivesse cumprido sua parte do jeito acordado, da primeira vez, ele não estaria enfrentando esse dilema. Porém sou grato por isso, porque, agora, poderei matar os dois pelos erros cometidos.

— É muita coisa para digerir. Você sabe onde me encontrar quando fizer sua escolha. Mas pode acreditar em mim: Sean está te caçando, e ele não vai parar até conseguir o que quer. Lembre-se do que ele fez com a minha mãe. Ela o ludibriou, e, em contrapartida, ele a matou.

Brody arqueia as sobrancelhas, assombrado.

— Aaah, então você já sabe de toda a verdade?

— Sim. Eu sei que ele a matou porque ela guardava um segredo que poderia destruí-lo. Sei que ele matou Connor porque queria o que agora é seu. Nunca cometa o erro de achar que está seguro, porque não está. Nenhum de nós está.

Se ele se tocou que encobri o fato de ser ele o terceiro homem que participou do assassinato da minha mãe, não faço ideia. Mas, em algum momento, ele vai sacar isso.

— Toda essa história é bem interessante, mas você é um... ex-Kelly, e não faço acordos com os Kelly. — Eu *sou* um Kelly, mas ele não quer que Babydoll saiba disso. — Aprendi da pior maneira. Em todo caso, não tem acordo nenhum. Aproveite seus dias de liberdade, e lembre-se: se tentar me trapacear, eu vou te matar.

Dou uma risada debochada.

— Você e que exército? Seus homens são traíras, e mais cedo ou mais tarde, você verá que precisa de mim. Sei disso, porque Sean fez isso com meu pai. Com seu irmão de sangue. Você consegue imaginar o que ele fará contigo?

Brody já ouviu o suficiente, e sabe que estou certo.

— Parabéns mais uma vez, Camilla. Deixei seu presente lá embaixo. Annette te mandou lembranças.

Annette? Será que é a esposa dele?

Antes que ela possa retrucar, Brody abre a porta e sai, me deixando mais confiante. Ele vai voltar. Dei a ele muito em que pensar, e logo, logo, ele verá que precisa de mim.

Porém, agora, preciso lidar com a ira de Babydoll.

— Mas que *porra* é essa que você está pensando? — indaga, horrorizada com o que testemunhou ali.

Serei o mais honesto possível.

— Quisera eu poder fazer isso sem a ajuda dele. Mas seremos muito mais fortes juntos. E não vou deixá-lo me trapacear de novo. É melhor eu ter um filho da puta me caçando do que dois, que é o que vai acontecer caso Brody não fique do meu lado. Eu terei que lutar contra ele e Sean, e sei que serei derrotado.

— Você acha que só porque ele é seu pai, ele vai simplesmente confiar em você?

Escondo bem meus sentimentos, porque ela não faz a menor ideia de quão fodida é essa porra toda.

— Você está errado, Punky. Ele vai te matar. Você deu as informações de bandeja para ele, sobre o Sean, e agora ele vai dar um jeito nisso. E que porra é essa? Sean está vivo? Ele... matou a sua mãe? Como você sabe de tudo isso?

Ela começa a andar de um lado ao outro, e me dou conta de que não olhei para ela desde que Brody entrou no banheiro. Ao me virar devagar, sou açoitado pela sua beleza, assim como todas as vezes em que coloquei os olhos nela.

Dou tempo a ela e me distancio, ciente de que é muita coisa para assimilar. Por isso eu queria conversar com Brody em particular. Mas conhecendo essa garota, de jeito nenhum ela permitiria que isso acontecesse.

— Ethan tentou me matar. Fui visitar os túmulos da minha mãe e de Connor, e ele apareceu por lá, usando uma balaclava, covarde demais para me enfrentar cara a cara. Sean o enviou, e foi uma espécie de teste onde ele falhou.

Babydoll cobre a boca com a mão trêmula.

— Eu o deixei ir embora, porque não vou desistir dele. Sean não vai destruir a vida do meu irmão como fez com a minha. Desapontei Ethan e Hannah, mas vou corrigir essa merda — revelo, ainda sentindo a culpa me comer vivo. — E se isso significa ter que me aliançar com Brody, então que seja.

— Não entendo por que Sean esperou tanto tempo. Quero dizer, ele poderia ter acabado com Brody a esta altura. Como você sabe que ele está vivo? O que ele está esperando?

— Sei que ele está por perto, pois predadores ficam onde se sentem mais à vontade. Belfast é o lar dele. Ele está esperando pela hora certa, Babydoll. Ele quase conseguiu o que queria, mas nunca previu que nós arruinaríamos seus planos. Agora, ele não vai permitir que aconteça o mesmo.

— Por que você não pode simplesmente matar os dois?

— Bem que eu queria. Mas a verdade é que os homens de Brody sabem onde Sean tem se escondido. E, com certeza, eles me dirão onde. Ou, do contrário, arrancarei suas línguas. Se eu matar Brody, o que acontece em seguida? Preciso dele vivo, para que possa roubar seus aliados e os poucos homens que ainda são leais a ele. Sei que esse plano está longe de ser perfeito, mas é mais fácil trabalhar lado a lado com ele do que contra. Nós dois queremos Sean morto. Ele vai ver que não pretendo parar até conseguir o que quero.

NÃO CAIR EM TENTAÇÃO

— E o que vai acontecer? — Babydoll pergunta, os olhos marejados.

— Suspeito que Brody confrontará seus capangas e castigará alguns para usar como exemplo. Mas é tarde demais para isso, assim como aconteceu com a gente. Sean planejou roubar tudo de Connor, e seu plano teria dado certo se não fosse por nós.

Respiro fundo, antes de prosseguir:

— Nós fomos a força que ele não previu. Se eu não tivesse feito perguntas, cavando informações, e você não tivesse se infiltrado entre nós, Sean teria saído vitorioso.

— Isso não desculpa o que fiz — ela choraminga, incapaz de olhar para mim. — Você perdeu dez anos da sua vida por causa das minhas mentiras.

Dando um passo adiante, gentilmente ergo seu queixo com a ponta do meu indicador.

— Não, aquilo foi escolha minha. Não culpe a si mesma por isso.

Seu lábio inferior treme.

— Como assim?

Com um longo suspiro, balanço a cabeça.

— Agora não é o momento. Rory deve estar à sua procura.

Algo que não consigo decifrar a domina, e ela sutilmente se afasta do meu toque. Ela está com raiva porque não estou lhe dizendo a verdade.

— Isso não faz sentido. Por que você não pode procurar a polícia?

— Como tudo terminou da última vez em que os tiras foram envolvidos? — saliento. — Entendo que isso é imprudente e perigoso pra caralho, mas não tenho ninguém. Eu preciso começar do zero.

— Você tem a mim — ela declara, em um sussurro.

— De jeito nenhum. Não vou permitir que você arrisque sua vida de novo.

Ela apruma a postura.

— Não cabe a você decidir isso. Estou envolvida, quer você queira ou não.

— Eu não quero — argumento, me esquecendo de quão teimosa ela pode ser. — Essa guerra não é sua. Rory vai concordar comigo nisso.

Ela entrecerra os olhos, sabendo que estou certo.

— Vão se foder os dois. Eu decido por mim mesma. Nenhum dos dois tem o direito de me dizer o que posso ou não fazer.

— Tudo bem, você está certa. Mas não preciso de você. — E o que digo a seguir tem o impacto que eu pretendia: — E não quero você.

Ela pisca uma e outra vez, surpresa. Ela está levando isso do jeito que imaginei – para o lado pessoal. Porém é a única forma de mantê-la em segurança.

— Mas você quer a Darcy? É isso?

Meu silêncio responde tudo.

— Está bem. Faça do seu jeito. Como sempre faz. — Esbarra em mim ao passar, abre a porta e a fecha com brutalidade.

Assim que me vejo só, encaro o espelho, minha aparência exausta confirmando a forma como me sinto. Não posso envolver Babydoll nessa merda. Ela e Rory têm uma chance de ser felizes, e não vou atrapalhar seu futuro.

Uma batida soa à porta, antes que ela se abra e dê passagem a Cian.

— O que aconteceu?

Com uma risada, eu me viro de frente a ele, balançando a cabeça.

— São em momentos como este que sinto saudades do confinamento na solitária.

— Ah, não enche o saco. Já disse que sinto muito. E eu prometi sigilo ao Rory.

Entendo a situação em que Cian foi colocado. Ele acabou se vendo em uma posição desconfortável, porque não era seu direito me contar que Rory e Babydoll estavam noivos. Mas não consigo evitar em sentir que sou eu contra todas as pessoas em quem já confiei na vida. Com exceção de Darcy.

Ela é a única que tem sido honesta em todo esse tempo.

— Vi Brody indo embora. O que ele queria?

— Não importa o que ele quer. Está na hora de tomarmos o que é nosso por direito. E não tenho dúvidas de que será muito em breve.

— Você contou a ele os planos?

— Sim. Ele vai aparecer mais cedo ou mais tarde — digo, totalmente confiante. — Agora que plantei a semente, é só esperar ela florescer.

Cian estufa as bochechas e exala um longo suspiro.

— E o que fazemos agora?

— Agora, você volta à festa. E eu vou para casa.

Cian parece meio culpado com isso, mas não tem problema. Essa é uma ocasião festiva para Rory. Ele merece ao menos um amigo aqui para celebrar. Antes que ele possa protestar, eu o puxo para um abraço e saio do banheiro.

— Ah, aí está você — Darcy diz, assim que me avista no corredor.

Eu pretendia sair sem ser notado, mas, tecnicamente, eu a acompanhei até aqui, então lhe devo ao menos uma explicação.

— Vou pegar um táxi. Fique aqui e divirta-se.

Ela nega com um aceno.

NÃO CAIR EM TENTAÇÃO

— Não. Eu te levo. Além do mais, acho que não sou mais bem-vinda aqui. Eu sei que o motivo é porque ela me trouxe até a festa.

Não discuto, mesmo querendo saber como ela tinha conhecimento de que Brody apareceria por aqui. Nós saímos da mansão sem nos despedir de ninguém.

Quando o manobrista traz o carro, Darcy gesticula com a cabeça para que eu dirija.

— Não tenho mais carteira de motorista — digo, mas Darcy apenas ri.

— E desde quando você segue as regras, Puck Kelly?

— Okay, acho que você tem razão — replico, ignorando o bom senso e me acomodando ao volante.

Assim que Darcy afivela o cinto, eu piso fundo no acelerador e disparo pela entrada circular de carros. Ela grita, agarrando a alça do teto, mas eu não diminuo a velocidade. Não dirijo há muito tempo. Esqueci a adrenalina que corre pelas veias em estar no controle.

Darcy desliga o rádio, como se eu precisasse de silêncio para me concentrar, mas isso só faz com que eu pise mais fundo.

— Você, obviamente, não esqueceu de como dirigir — ela atesta, agarrando o cinto trespassado ao peito com força.

Seu medo só me atiça ainda mais.

— Como você sabia que Brody apareceria hoje à noite?

— Meu pai faz negócios com ele.

Eu me viro um pouco, e pergunto, horrorizado:

— Como é que é?

— Mantenha os olhos na pista! — ela grita, se agitando no banco quando ultrapasso o carro à frente em uma manobra arriscada.

Mas estou no controle.

O que me tira do sério, no entanto, é saber que Patrick Duffy está fazendo negócios com o homem que fez parte do conluio para matar Connor e acabar com o reinado dos Kelly.

— Por que seu pai está negociando com aquele filho da puta?

Darcy parece arrependida por ter falado demais.

— Pelo mesmo motivo que todo mundo nesta cidade faz negócios com ele: por medo. Se você não estiver do lado dele, está morto. Não há como contornar, e por esse motivo que... — Sua pausa faz com que eu agarre com mais força o volante. — Por isso eu precisava te tirar da prisão. Você é o único que pode detê-lo.

Não estou surpreso e nem com raiva por Darcy ter tido segundas intenções. Mas não entendo o porquê de ela estar tão confiante de que posso acabar com aquele desgraçado

— É mesmo? — indago, interessado em saber um pouco mais sobre seu raciocínio.

— Sim. Eu sei que ele tem medo de você. Ele fazia questão de se gabar disso. Por isso eu precisava de você fora da cadeia. Ele roubou Belfast de você. Estes últimos dez anos foram um verdadeiro inferno sem você por aqui, Punky. Todo mundo vivendo com medo. Quando os Kelly comandavam, pelo menos sabíamos que eles cuidavam de nós. Mas agora, ninguém confia em ninguém mais. Brody governa à base do terror, enquanto Connor governava com respeito.

Travo a mandíbula porque suas afirmações me deixam desconfortável. Falar sobre Connor dessa forma demonstra que, por mais que ele tenha perdido o respeito da maioria dos homens, ainda assim, aqueles com quem ele fazia negócios se sentiam seguros. Eles confiavam nele, e por isso seus parceiros nunca lhe viraram as costas, motivo pelo qual Sean precisou da ajuda de Brody para ajudá-lo a destruir Connor.

— Brody estava conversando com meu pai, e eu, casualmente, mencionei a festa de noivado, e que o levaria como minha companhia. Eu sabia que ele morderia a isca.

Darcy é mais astuta do que imaginei. Por conta de sua tramoia, consegui implantar o primeiro passo dos meus planos. Brody e eu fomos capazes de conversar sem partir para a violência, porque ele não queria causar uma cena em meio a tantas possíveis testemunhas.

— Obrigado, Darcy. Você fez muito por mim. Pela minha família. Não sei nem como retribuir.

Quando ela gentilmente coloca a mão na minha coxa, tento manter a calma.

— Apenas mate aquele filho da puta e o faça sofrer. É tudo o que quero.

— Por que isso é tão pessoal para você?

Ela afasta a mão, e percebo que tem muito mais nessa história.

— Vamos apenas dizer que você não é o único que quer se vingar dos Doyle.

— O que eles fizeram com você? — sondo, virando a cabeça para olhar para ela.

Cabisbaixa, ela tenta esconder as lágrimas. No entanto, eu as vejo, e isso me mostra que eles a machucaram de alguma forma.

NÃO CAIR EM TENTAÇÃO 71

— Eu não sabia quem ele era, mas deveria ter desconfiado de que nosso encontro não foi uma mera coincidência.

— Quem?

Ela vira a cabeça e contempla o lado de fora através da janela, incapaz de me encarar.

— Liam Doyle. Ele me seduziu no intuito de seu pai se aproximar do meu. E quando os dois conseguiram o que queriam, ele me descartou. Ele me humilhou e mentiu para mim — ela admite. — E por esse motivo, quero que ele pague caro. Se não fosse por mim, talvez meu pai nunca tenha concordado em fazer negócios com Brody. Eu me culpo por isso.

— Não se culpe dessa forma — digo, tentando tranquilizá-la. — Os Doyle são como um veneno, e infectariam seu pai com ou sem a sua ajuda.

— Mas eles tiveram a minha ajuda — argumenta, rapidamente secando as lágrimas com o dorso da mão. — E nunca me perdoarei por isso.

De repente, passo a enxergar Darcy sob uma nova ótica. Ela também quer corrigir os erros do passado, e a respeito por isso. Então, é óbvio que vou ajudá-la.

— Pensei que ele realmente me amava — declara, em tom vacilante, antes de cobrir o rosto com as mãos. — Qual é o meu problema, Punky? Por que sempre me apaixono pelos homens errados?

Não sei o que dizer; a maioria das pessoas diria algo confortador, como "o cara certo está em algum lugar", ou "não é você o problema, e, sim, eles". Mas a verdade é que a vida, às vezes, é muito injusta.

Eu me dirijo até a entrada de veículos de frente à minha casa e estaciono o carro, com um milhão de pensamentos se atropelando na minha mente. Darcy percebe que as respostas que procura não estão aqui, e sai do carro. Ela não diz uma palavra enquanto eu também desço, e, na sequência, se acomoda ao volante e sai a toda velocidade, me deixando com mais perguntas do que respostas.

De repente, a liberdade já não é o que pensei que seria.

SEIS
PUNKY

    Estou calado, perdido em pensamentos e refletindo sobre o que Darcy compartilhou a respeito de Liam Doyle.
    Cian está me a ajudando a limpar o castelo, e quando ele, de brincadeira, tenta me derrubar, eu ataco e dou um murro em seu queixo. Foi uma reação por puro reflexo, algo que aprendi depois de ficar trancafiado com os presos mais perversos.
    — Porra! — ele trageja, segurando o queixo. — Eu estava só brincando.
    — Sinto muito. — Eu me apresso em pedir desculpas, estremecendo ao ver que seu lábio agora está sangrando. — Acho que os maus hábitos custam um pouco a desaparecer.
    — O que aconteceu com você lá? Você... mudou.
    É claro que ele deve ter pensado que Riverbend House era uma prisão 'normal', onde os agentes penitenciários zelariam pelo bem dos prisioneiros. Mas não há nada de normal naquele lugar.
    — Seja lá o que você imaginou sobre Riverbend House, apague da memória. Os guardas são mais depravados do que os próprios detentos.
    Entendo que ele esteja curioso em saber o que se passou na minha vida pelos últimos dez anos. Mas a verdade é que ainda não me sinto confortável em compartilhar isso com ele. Não quero que ele saiba das coisas vis que fiz lá dentro e adorei fazer.
    — Quero saber o que aconteceu com meu melhor amigo — ele insiste, com sinceridade.
    Eu até sou grato pelo interesse.
    — Talvez algum dia, mas não hoje.
    Ele assente, aceitando minha resposta.
    — Vamos jogar fora aquele sofá nojento — diz ele, mudando de assunto.

Cian me ofereceu ajuda para limpar o castelo, porque é um trabalho que um homem sozinho não seria capaz de fazer. Um empreiteiro que Hannah contratou online virá mais tarde hoje, para avaliar os danos. Estou esperando o pior.

Eu disse a Cian para não se afastar demais de mim. Não porque estou preocupado que a estrutura venha abaixo e ele acabe sob os escombros, mas, sim, porque não sei quem poderia estar espreitando nas sombras — poderia ser qualquer um.

O ruído de cascalho triturado faz com que eu e Cian nos viremos para deparar com uma viatura policial percorrendo o trajeto até a entrada.

— Que porra eles querem aqui? — ele pergunta, e eu dou de ombros.

As armas e facas que Cian trouxe para mim estão escondidas, então estamos limpos. O armamento ainda não é o arsenal que preciso, mas será suficiente até que eu consiga me apossar de algo mais substancial e que faça um maior estrago.

Esperamos o policial descer do carro. Não faço ideia de quem seja, mas quando Cian pragueja baixinho, fica nítido que ele conhece o tira. O homem ajeita o cinturão, fazendo questão de que vejamos sua arma. Reviro os olhos diante de sua tentativa desesperada de mostrar autoridade.

— Bom dia — ele cumprimenta, nos observando mais atentamente ao notar o lábio partido de Cian.

— Olá — Cian responde, mas eu nem me dou ao trabalho.

É nítido que ele me vê como um criminoso.

— Passei aqui para me apresentar — explica. — Sou o delegado Shane Moore.

Lanço um olhar inquisitivo a ele, deixando claro que se ele tem algo a dizer, que faça logo de uma vez. Não me dou conta do sobrenome, ou da reação intempestiva de Cian, até que ele anuncia:

— Donovan Moore era o meu pai.

Cian espera por alguma resposta da minha parte, e quando dou uma risada debochada, ele suspira, ciente de que essa conversa vai dar em merda.

— Aaah, o filho do chefe de polícia, em carne e osso. A que devo essa honra? — ironizo, porque esse filho da puta não é bem-vindo aqui.

O pai dele foi o motivo para que eu fosse jogado na prisão, de forma que pudesse subir de hierarquia, não dando a mínima se eu estava apodrecendo no inferno. Não me passa despercebido que ele disse o verbo no passado.

— Então... O que aconteceu com ele? Eu adoraria bater um papinho pelos velhos tempos...

Cian disfarça a risada com uma tosse.

As bochechas de Shane adquirem um tom rubro.

— Meu pai morreu dois anos atrás, de infarto.

— Só os bons morrem jovens — caçoo, fazendo questão que o babaca saiba que estou muito feliz pela morte do cretino. — E o que você quer aqui? Passou para dar uma mãozinha?

As veias saltadas em seu pescoço deixam claro que ele está se segurando para não me esganar com as próprias mãos ali mesmo.

— Estou aqui porque quero que saiba que estou de olho em você.

— Então você é tipo um comitê de boas-vindas? — digo, sem romper o contato visual. — Vou deixar uns trocados no potinho da delegacia para expressar meus agradecimentos.

Se esse filho da puta pensa que pode vir aqui e me intimidar, ele está redondamente enganado. Já lidei com monstros muito piores do que ele.

— Seu pai foi muito atencioso com os Kelly também. Tal pai, tal filho. Agora, se me der licença, estamos atolados de trabalho desde as sete e meia da manhã. Tenho que jogar fora dez anos de entulho e tranqueiras, então é melhor eu voltar a colocar as mãos na massa. Você também deve estar bastante ocupado, não é? Combatendo o crime e essas coisas.

Sarcasmo escorre das minhas palavras, algo que Shane não gosta nem um pouco.

Ele avança, mas se lembra de que está usando um uniforme e estaca em seus passos. Suas narinas estão infladas, expressando toda a sua raiva.

— Eu te vejo por aí, Puck Kelly.

— Tudo de bom pra você, Stuart — digo, e dou um aceno, decidido a provocá-lo um pouco mais ao usar o nome errado.

Ele não me corrige, marchando até a viatura e saindo cantando pneus, deixando poeira para trás.

— Aquele mané tem a cara de um bulldog mascando uma vespa — Cian comenta, balançando a cabeça.

— Ele é um desperdício de espaço, assim como o pai foi, e cometeu um erro ao vir aqui. Agora sei que ele está nos vigiando. Temos que ser mais cuidadosos.

Cian assente.

— Que burro. Ele veio aqui se gabar, quando poderia ter feito tudo na surdina.

— Não há cura para a estupidez, Cian, e os genes de Shane Moore estão encharcados com burrice. Ele queria mostrar sua autoridade, mas ele é peixe pequeno. Agora sabemos que os tiras não estão do nosso lado.

— E quem está? — Cian sonda, expressando sua preocupação.

Não respondo, porque, honestamente, não faço ideia. Há muitas perguntas não respondidas, mas estou certo sobre uma coisa: Brody entrará em contato em breve. E assim que ele fizer isso, nós poderemos seguir adiante com o plano.

Avistamos uma caminhonete descendo a entrada da propriedade, indicando que o empreiteiro chegou. Ele estaciona o veículo e quando sai, eu e Cian nos entreolhamos, chocados.

Nós o conhecemos.

Ronan Murray.

Sou transportado ao passado quando Ronan estava amarrado à cadeira, implorando pela sua vida. Rory, Cian e eu decidimos poupá-lo, mesmo ele sendo um traidor. Ele foi o bode expiatório de que precisávamos e foi usado para atrair os Doyle.

Mas as coisas se complicaram.

— O que você está fazendo aqui, porra? — Cian pergunta, num misto de incredulidade e irritação. — Nós te demos uma chance lá atrás, e você estragou tudo.

Quando ele faz menção de pegar a arma no cós da cintura, eu o impeço. Quero saber o porquê Ronan viria aqui por vontade própria. Esse endereço é conhecido, e tenho certeza de que ele ficou sabendo que fui solto. Então, por que se arriscar?

— Qual é o lance, Ronan?

Ele mantém distância de nós.

— Oi, Punky. Você cresceu.

— É, isso acontece quando se passam dez anos — rebato, nem um pouco interessado em conversa-fiada. — Por que motivo você viria aqui, mesmo sabendo das consequências?

Ronan olha para o chão.

— Porque quero uma segunda chance?

Cian ri em deboche, enquanto eu mal posso acreditar naquela besteirada.

— Segunda chance com o quê?

— Quero reconquistar sua confiança e te ajudar a reconstruir seu império. A Irlanda do Norte é sua por direito. Seu pai deve estar se revirando no túmulo. Que Deus o tenha.

Dou uma risada desprovida de humor.

— E por que diabos eu confiaria em você, porra? Depois de tudo o que você fez. Eu deveria cortar a sua língua e te enfiar goela abaixo por falar esse monte de merda.

Ele sabe que estou falando a verdade, porque esteve presente quando cortei fora os lábios de Aidan Doyle.

— Você ficou feliz em sacrificar meus irmãos para salvar sua própria pele. Não faço negócios com gente como você.

A lembrança de Ronan oferecendo os gêmeos como barganha me enfurece da mesma forma que aconteceu dez anos atrás.

— Eu não teria feito nada com eles — explica, desesperado. — Eu diria qualquer coisa para dar o fora dali.

Suas desculpas me fazem curvar o lábio em total desgosto.

— Você é um fracote, e ainda é um traidor do caralho. Dê o fora daqui, antes que eu termine o que comecei anos atrás.

Ronan não se move, e isso me mostra que ele sabe de algo, ou melhor, de *alguém*, que me interessa.

— Sei onde Sean está.

E, sem mais nem menos, Ronan assina sua sentença de morte.

— Como você poderia saber disso? — inquiro, cruzando os braços.

— Porque ele entrou em contato comigo, perguntando se eu queria voltar — revela, respirando com dificuldade. — Eu disse a ele que estava levando uma vida nos eixos. Que minha empresa estava indo bem. Ele disse que se eu mudasse de ideia, que poderia aparecer em um encontro que vai rolar amanhã.

Respiro fundo.

— Onde?

— Ainda não sei.

Cian dá uma risada de escárnio, já cansado daquela merda.

— Bem, então para que precisamos de você então?

Ele dispara e corre em perseguição a Ronan, que usa sua caminhonete como uma barricada.

— Mas ele disse que enviaria uma mensagem uma hora antes do evento marcado. Posso dar essa informação assim que receber — ele alega.

— Cian, já chega — digo, baixo, já que essa corrida de gato e rato está me deixando zonzo.

— Não é possível que você esteja acreditando nesse babaca — Cian esbraveja, olhando para mim. — Ele estava trabalhando com Sean e Brody. Ele é um trapaceiro que não merece confiança.

E ele está certo. Mas Ronan é a oportunidade que precisávamos. Mesmo que isso seja uma armadilha, ficarei cara a cara com Sean.

— Por que você quer me ajudar?

— Foi por causa de Sean e Brody que fui exilado, obrigado a sair de Belfast quando eles não quiseram mais nada comigo — ele declara, com sinceridade. — Vocês poderiam ter me matado, mas pouparam a minha vida. Eu devo isso a vocês. Essa é a forma que encontrei de me desculpar. Ou de pagar de volta, de forma que não esteja mais em débito com vocês. Essa é a minha forma de pedir desculpas ao seu pai.

Provavelmente me arrependerei dessa decisão, mas acredito nele.

— Punky, não — Cian diz, ao decifrar minha expressão.

Entendo sua preocupação, porém essa escolha é minha. Se ele decidir virar as costas e me deixar enfrentar as consequências por minha própria conta e risco, não ficarei chateado. Mas conheço Cian – ele nunca me abandonaria.

— Se você estiver mentindo, e há uma grande chance de que esteja, fique sabendo que vou te colocar para assistir enquanto torturo e mato sua família. Cada um deles.

Minha ameaça não é vazia. Estou falando mais do que sério.

Ronan assente.

— Eu entendo. E não vou te decepcionar.

— De novo — Cian emenda, balançando a cabeça.

Com tudo acertado, Ronan abre a porta do carro, fazendo menção de ir embora, e eu arqueio uma sobrancelha.

— Aonde você está indo?

Ele para na mesma hora, meio confuso. Então decido esclarecer:

— Você é um empreiteiro, não é?

— Sim.

Gesticulando em direção ao castelo, dou um sorriso.

— Então faça o seu trabalho. Eu te chamei aqui por um motivo.

Cian pragueja baixinho, enquanto Ronan rapidamente pega suas ferramentas na carroceria da caminhonete.

— Não ache que pode me trapacear. Do contrário, vou retribuir o favor, mas, dessa vez, vou arrancar fora seu fígado.

Ronan dá um sorriso tenso, porque sabe que está na corda-bamba. No entanto, se o que ele disse é verdade, então se provará um dos nossos maiores aliados. Por sorte, não o matamos, afinal de contas.

O orçamento de Ronan foi bem razoável, mas tenho certeza de que ele me deu um baita desconto, temendo pela sua vida se eu não ficasse satisfeito com o preço.

Cian fez questão de me lembrar, o tempo todo, que era uma ideia estúpida acreditar em Ronan — caso eu tenha esquecido —, mas a decisão está tomada. Não tenho outro meio de chegar até Sean, e mesmo que isso seja uma armação, pelo menos estarei no mesmo ambiente que ele.

Ele é narcisista demais para não querer acabar com a minha vida por si próprio. Ele quer que seu rosto seja o último que eu vá ver quando ele acabar o que começou há dez anos. Por isso estou tão seguro de que ele estará lá. Ele não permitiria que nenhuma outra pessoa matasse seu filho.

Pegando meu uísque, tomo um longo gole, precisando afogar a realidade de que Sean Kelly é meu pai. Ainda é uma verdade difícil de engolir. O pai caçando o próprio filho. O filho caçando o próprio pai. Ironicamente, nunca chamei Connor de pai, e nunca farei isso com Sean também. Mas pensando bem, Connor sempre será uma figura paterna muito mais evidente do que Sean.

Meu telefone toca, interrompendo minha sessão de autocomiseração.

É um número privado, o que parece bem suspeito. Decido, então, deixar a chamada cair no correio de voz. Assim que recebo o sinal de que uma mensagem foi deixada, me prontifico a ouvir.

De início, tudo o que escuto é o barulho de fundo, como se a pessoa estivesse em um pub, rodeada de gente, mas sem sombra de dúvidas, eu reconheceria aquela voz até no fogo do inferno.

— Não sei mais o que estou fazendo — Babydoll diz, com a voz arrastada, pouco antes de desligar.

Ouço a mensagem três vezes, caso tenha deixado passar batido alguma coisa, e quando detecto o som distante da torre do sino, já sei onde ela está. Não faço ideia do que sua mensagem significa, mas não ficarei esperando para descobrir.

A coisa mais certa a fazer é ligar para Rory, mas se Babydoll ligou para mim, sem que ele soubesse, então não quero aborrecer a ambos. Pegando as chaves da caminhonete de cima da mesinha que Hannah me trouxe de presente hoje, rapidamente saio porta afora.

Não tenho mais a carteira de motorista, mas não estou nem aí. Tenho uma sensação de que há algo errado. Tudo o que me importa agora é chegar até onde Babydoll está. Não penso duas vezes conforme insiro a chave na ignição, passo a marcha e saio em disparada.

O toque do sino indica que ela está em algum lugar próximo da Queen's Square. Há inúmeros pubs por lá, mas vasculharei cada um deles até encontrá-la. Eu poderia enviar uma mensagem a Hannah e pedir o número do celular de Babydoll, mas não quero envolver mais ninguém nisso.

Tento o máximo possível manter o limite da velocidade, porém, quanto mais me distancio, mais ansioso fico para encontrar Babydoll. O trajeto leva metade do tempo que levaria se eu tivesse dirigido de acordo com as leis, e eu estaciono o carro no primeiro buraco que encontro.

Acionando o alarme, rapidamente uso o Maps do meu celular para localizar os bares mais próximos, já que muita coisa mudou ao longo dos últimos dez anos. Há lugares dos quais me lembro, e outros que nunca vi na vida.

Começo minha busca no primeiro pub que acho, e continuo por mais uma dezena, em vão. No entanto, nada vai me deter até que eu a encontre. Ela tem que estar por aqui.

Reparo que muitos estabelecimentos que eu costumava frequentar agora estão fechados. Fico pensando no que deve ter acontecido, já que muitos destes lugares estavam aqui há décadas.

Um dos que ainda está aberto é o *Bull and Crow*, um pub irlandês que funciona há gerações. O lugar está abarrotado – do jeito que me lembro que sempre estava. Cian, Rory e eu costumávamos frequentar este pub, e quando percorro o local com o olhar, avisto Babydoll sentada sozinha em uma cabine no canto. Uma dúzia de garrafas vazias de cerveja lota a mesa, e me pergunto se ela veio aqui acompanhada de alguém. Talvez ela tivesse vindo com amigos? Decido esperar um pouco, para conferir.

Eu me sento ao balcão, discretamente observando quando ela pega mais uma garrafa e bebe o conteúdo, encarando o vazio. É como se ela estivesse perdida em outro mundo.

— Puck Kelly? — uma voz familiar diz, surpresa.

Dou uma olhada e vejo Ollie Molony, o dono do pub, atrás do balcão. Ollie era muito amigo de Connor, mas ele nunca nos expulsou daqui quando aparecíamos e ainda não tínhamos idade para beber, e eu o respeito por isso.

— Ollie. — Sorrio, estendendo a mão por cima do balcão, para um cumprimento. — É bom te ver.

— Nem consigo acreditar. Olhe só pra você — diz ele, os olhos castanhos assimilando os dez anos de mudança no meu físico. — Deixe-me te dar uma dose.

No entanto, aceno em negativa.

— Não precisa. Estou aqui para buscar uma amiga.

Ele arqueia uma sobrancelha, e quando volto minha atenção para onde Babydoll está sentada, o velho suspira.

— A mocinha está aqui há horas. Pensei que Rory apareceria em algum momento, mas ela está bebendo sozinha... o que nunca é um bom sinal.

— É verdade — concordo, olhando para ela. — Foi bom te ver, Ollie.

Estou prestes a me levantar quando ele segura meu braço. Eu o encaro, confuso. Há um toque meio desesperado na forma como ele me aborda.

— Posso falar com você um minutinho?

— Claro. Está tudo bem?

Ollie se assegura de que ninguém está nos ouvindo, e se inclina para mais perto.

— Você está de volta?

Ele não quer fazer a pergunta com todas as letras, porque, não importa o quão cuidadosos possamos ser, sempre há alguém à espreita.

— Talvez. Mas tenho muito chão pela frente. O que Connor deixou para trás... está acabado.

— Queremos te ajudar — murmura, baixinho, o olhar varrendo ao redor.

— Ajudar?

Ele assente.

— Aquele filho da puta, Brody Doyle, está arrancando nosso couro. Se não fizermos negócios com ele, nos tornamos inimigos na mesma hora. Dê uma olhada ao redor, Punky, e verá o que aconteceu com aqueles que se rebelaram.

Isso explica a quantidade de comércios fechados.

— O que ele quer com vocês?

— Com os Kelly mortos, ficamos à mercê de outras famílias rivais, esperando para assumir o comando. Brody nos ofereceu proteção, por uma taxa, é claro.

— Aquele maldito — murmuro, baixo. — Quanto?

— Metade dos nossos rendimentos mensais — revela, chateado. — Estamos à beira da falência. Mas se não pagarmos, acabamos como o resto que disse 'não' aos Doyle. Liam Doyle é tão cruel quanto o pai.

Os Doyle estão oferecendo 'proteção', mas a verdade é que estão extorquindo grana. Se Ollie não pagar as taxas, fica à mercê do ataque dos Doyle, bem como dos outros que querem assumir o controle de Belfast.

— Que confusão — digo, passando a mão pelo meu cabelo.

Nunca soube o que Connor realmente fazia por essa cidade. Agora vejo que era um bocado. Quando ele estava no comando, não havia rivais, porque todo mundo sabia que não devia se meter com os Kelly. Porém, tudo veio por água abaixo desde a sua morte.

Nunca respeitei meu 'velho', mas isso mudou.

— Nunca quisemos nos aliar a ele, mas meus netinhos...

— Está tudo bem, Ollie — interrompo. — Não precisa explicar nada.

Não tenho ressentimentos. Ninguém sabe a verdade. Todos pensam que fui enviado para a prisão por ter orquestrado a morte de muitos homens, incluindo Sean e Connor. Tenho certeza de que meus amigos defenderam a minha honra, mas com Brody manchando meu nome e aterrorizando geral, rapidamente fui esquecido.

— Nunca acreditei no que os jornais diziam. Sempre soubemos que você nunca roubaria do seu pai ou lhe faria mal.

— Obrigado, Ollie. Agradeço por isso. E você está certo. Brody Doyle armou para cima de mim. Ele me chantageou. Não tive muita escolha, a não ser desaparecer.

Eu me arrependo dessa decisão, pois eu deveria ter lutado contra. Mas, na época, acreditei que merecia ser preso como punição pelas mortes de Sean e Connor. Sean me conhecia bem o suficiente e sabia que esse seria o único jeito de se livrar de mim.

Se eu soubesse a história verdadeira, as coisas teriam sido muito diferentes.

— Eu sabia! — diz ele, dando um murro no balcão. — Você sempre foi um bom rapaz, Punky, e agora, é um homem, um homem do qual seu pai teria orgulho. Seja lá o que precisar de mim, saiba que minha lealdade se encontra com você.

Não sei como responder a isso, então apenas assinto, precisando de um momento para internalizar tudo.

Se Brody está extorquindo Ollie, é certeza de que ele está fazendo isso com outros comerciantes, e é essa informação que vou usar para restabelecer o nome Kelly.

Connor nunca explorou os amigos — ele cuidava bem deles, assim como de Belfast. Mas agora, esta cidade está uma verdadeira bagunça. Brody não tem apego algum. Aqui é apenas um lugar onde ele faz negócios. Mas é o meu lar, e vou tomar o que me pertence de volta.

Ollie é alguém em quem confio. Ele não teria motivos para mentir para mim.

— Diga a todos que estou de volta — afirmo, sentindo a adrenalina correr pelas veias. — E que trarei Belfast à sua antiga glória. Sou o novo líder agora, e protegerei vocês contra os Doyle, e contra qualquer filho da puta que queira tomar o que é meu. O que é de vocês.

Não posso contar a Ollie sobre Sean.

— Agora, sim, as coisas vão mudar! — Ollie comemora, os olhos brilhando de empolgação.

— Entrarei em contato em breve. Há algumas coisas que preciso reorganizar. Mas não se preocupe com nada. Os dias de Brody Doyle estão contados.

Aperto a mão de Ollie, e dou por encerrada nossa conversa. A próxima vez que conversarmos, será longe de ouvidos curiosos.

Eu o deixo com um sorriso no rosto, voltando a ser o homem a quem conhecia, porque, simplesmente dei a ele algo que nos tem sido roubado, graças a Brody Doyle: esperança.

Quem não está sorrindo, no entanto, é Babydoll, que ainda não se deu conta da minha presença. Ela está sentada como uma estátua, bebericando a cerveja de vez em quando.

Eu me sento na cadeira de frente a ela, me recostando à cabine.

— Beber sozinha é meio bizarro, Babydoll. E pelo visto, parece que você já passou da sua cota.

Ela sai do transe, os olhos enevoados tentando se focar em mim. Ela está bêbada pra caralho.

— O que te faz pensar que estou aqui sozinha? E eu sei quando tenho que parar ou não.

Ela leva a garrafa aos lábios, derramando a maior parte da bebida na frente do vestido, em uma tentativa de provar que está em seu perfeito juízo.

— Tudo bem, então. — Estendo a mão por cima da mesa e abaixo seu braço. — Já chega. Vou te levar para casa.

Ela se afasta com brusquidão, a bebida espirrando sobre ela e a mesa. A garota está uma bagunça – por dentro e por fora.

— Por que você está aqui? — pergunta, com a voz engrolada, secando os lábios com o dorso da mão.

— Porque você me ligou — retruco, baixinho.

— Não liguei, não — ela argumenta, mas ambos sabemos que não passa de uma mentira. — Eu nem sei o seu número.

— Tudo bem, você não me ligou e nem está bêbada como um gambá. Vamos embora.

Eu me preparo para levantar, mas Babydoll se recosta à cabine, cruzando os braços em uma atitude desafiadora.

— Não vou a lugar nenhum com você. Eu odeio essa sua cara.

— Okay, eu também odeio a minha cara — concordo, torcendo para que essa conversa tenha fim. — Assim que sairmos daqui, você não vai mais precisar olhar para mim.

Ela só vira o rosto, se recusando a cooperar.

Eu me inclino sobre a mesa e seguro seu queixo, virando seu rosto para mim, nossas bocas a centímetros de distância. Um suave ofego escapa por entre seus lábios entreabertos. Cada parte minha deseja devorá-la ali mesmo.

— Você pode vir por bem ou...

— Ou? — ela desafia, o hálito doce me tentando a avançar e capturar sua boca.

— Ou vou te colocar sobre meu ombro e te carregar daqui, espernando e gritando.

— Você não se atreveria — zomba, entrecerrando os olhos.

Um sorriso debochado se espalha pelo seu rosto, e esse desafio é um que terei grande prazer em aceitar.

Quando avanço em sua direção, ela grita e tenta escapulir pela cabine.

— Não me toque, seu bruto!

Quando ela se levanta, quase perde o equilíbrio e cai de bunda no chão. Eu agarro seu antebraço, ignorando a forma como meu corpo reage ao dela, porque, nesse instante, eu só preciso me concentrar em tirá-la daqui. Já estamos causando uma cena.

Felizmente, ela me deixa ajudá-la a atravessar por entre a multidão, em direção à saída. Assim que chegamos à rua, ela sacode o braço e se afasta do meu toque, cambaleando. Eu fico imóvel, balançando a cabeça em divertimento diante do espetáculo.

Ela grunhe, irritada, e se recosta à parede quando tropeça ao tentar retirar os saltos altos. Tudo o que consegue fazer, no entanto, é oscilar de um lado ao outro.

— Ah, que saco, me deixe ajudar.

Antes que ela seja capaz de protestar, eu me agacho e tiro um de seus sapatos. Ela não tem escolha, a não ser apoiar a mão no meu ombro, para se equilibrar. Repito a ação e tiro o outro salto, mas quando olho para cima, perco o fôlego, porque o brilho em seu olhar me incendeia.

Ela não afasta a mão do meu ombro. Ao invés disso, lentamente a acomoda contra a minha nuca, brincando com o meu cabelo. Seu toque é tudo o que quero e preciso, e eu me rendo diante dela.

Cubro sua mão com a minha, entrelaçando nossos dedos à minha nuca. Ela umedece os lábios, as bochechas coradas.

— Sinto muito — sussurra, baixinho, e quase não a ouço. — Eu menti. Eu te liguei. E não te odeio. Eu gosto da sua cara idiota... e muito.

Não sei o que dizer. Pensei que não lhe dizer a verdade fosse mantê-la em segurança, mas quando arrasto o polegar sobre uma cicatriz pronunciada em seu pulso, percebo que fiz o oposto. Ela tenta se afastar, mas é tarde demais.

Com raiva, ergo seu pulso bem diante dos meus olhos, rosnando quando vejo a dor que lhe causei na forma de uma cicatriz com cerca de sete centímetros de comprimento. Há uma cicatriz igualzinha no outro pulso.

— O que é isso? — pergunto, agarrando seus punhos com mais força quando ela tenta escapar. — Me responda!

— Me solta! — exclama, se debatendo loucamente.

Mas eu não a deixo ir.

— Você fez isso a si mesma? Você... cortou seus pulsos, porra? É isso?

Todos os meus sentidos estão aguçados, só de pensar em Babydoll machucada, já fico louco da vida.

— Você está bem, querida? — alguém pergunta, em tom apreensivo.

Mas tudo o que vejo é uma ameaça, ainda mais quando outra pessoa tenta se colocar entre mim e Babydoll. Eu me levanto, empurrando o homem contra a parede de tijolos aparentes, prestes a quebrar seu pescoço.

— Punky, não! — Babydoll grita, tentando, desesperada, me afastar do Bom Samaritano.

Mas não consigo parar.

A fúria me domina, e até que eu machuque alguém para expurgar essa raiva de dentro de mim, nunca serei capaz de parar. Dou uma cotovelada no rosto do infeliz, e o sangue brota na mesma hora de seu nariz. A visão de todo aquele sangue apenas atiça meus demônios, que estão famintos por muito mais.

Ergo o punho, prestes a esmurrar e expulsar toda a raiva e sofrimento, mas Babydoll enlaça meu corpo por trás, colando o peito às minhas costas. Seu coração disparado está em sincronia com suas súplicas:

— Por favor... pare. Não posso te perder de novo. Me desculpe... por tudo. Por favor, não faça isso.

Sua respiração arfante se iguala à minha, e ela me abraça com mais força, implorando para que eu recobre a razão; seus demônios subjugam os meus, e eu largo o homem. Ele desaba no chão, choramingando de dor.

Ollie aparece, pois obviamente deve ter ouvido a confusão do lado de fora.

— Eu cuido disso — ele diz, olhando para o homem ensanguentado. — Vá embora antes que os tiras apareçam.

Ele está certo. Não posso ser pego aqui.

Babydoll segura minha mão, e ambos disparamos pela rua, tudo se tornando um borrão conforme seguimos até a caminhonete. Ela está sem fôlego, e percebo que também está descalça, mas não parou um segundo sequer ou reclamou. Ela me segue, me protegendo, do mesmo jeito que sempre fez.

Abro a porta e praticamente a jogo dentro do veículo, suspirando em alívio ao vê-la em segurança. Eu em acomodo ao volante, e o motor da caminhonete ganha vida. Saio da confusão em que nos meti, a toda velocidade; confusão que eu deveria ter evitado. Sei muito bem que não posso ser dominado pelas emoções, mas é o que acontece sempre que eu e Babydoll estamos juntos.

Nosso amor é tóxico, e só causa destruição.

Nenhum dos dois fala qualquer coisa. Ambos precisamos de um segundo para assimilar tudo o que aconteceu.

Babydoll recosta a cabeça contra o vidro.

— Eu sinto muito, Punky.

— Pare de se desculpar — digo, com aspereza, agarrando o volante com força. — Você não tem que pedir desculpas por qualquer coisa.

— Tenho, sim — ela argumenta, a voz trêmula. — Quando você foi preso, levou uma parte... não, você levou tudo meu contigo. Fiquei tão sozinha sem você, e a pior coisa era que eu tinha que parar de me sentir do jeito que sentia, porque éramos irmãos. Eu me senti tão desamparada. Eu queria te ajudar, mas não sabia como. Cada carta, cada visita que você se recusava a receber, eu só... eu me perdi. Sei que isso soa patético e débil, quando você teve que ser forte, mas eu... eu senti muito a sua falta. Muito mesmo.

Deixo-a desabafar, pois preciso saber por que ela atentou contra a própria vida.

— Eu estava no fundo do poço, e pensei... que podia fazer a dor e o vazio constantes desaparecerem. Isso era algo que poderia controlar. Parece clichê, cortar os pulsos em uma banheira. É algo do qual me arrependerei pelo resto da vida. Eu fui tão egoísta. Não deixei nem mesmo um bilhete para a minha mãe e minha irmã. Sou uma covarde.

Meu estômago retorce diante da raiva, e também da tristeza.

— Rory me encontrou e chamou uma ambulância. Ele salvou a minha vida, por isso devo tudo a ele — diz, recusando-se a olhar para mim.

Agora entendo o que Cian quis dizer quando falou que Babydoll tentou lidar com o que aconteceu até o momento em que adoeceu. Ela estava pendurada por um fio, por minha causa. Também entendo por que ela e Rory criaram um laço. Ele fez o que eu não pude – ele a salvou e a manteve em segurança.

Eu fracassei com ela. Com todos eles, para dizer a verdade.

— Eu me apaixonei por ele, porque... como não poderia? Ele salvou a minha vida.

O tom arrasado em sua voz arranca o resto do meu coração, pois só de pensar em ela não estar mais aqui, mostra que essa é uma vida que não quero viver.

— Você não é covarde — digo, quando acredito que é seguro falar sem que minhas palavras me traiam.

— Então o que sou? — inquire, virando-se para olhar para mim.

Seu desespero em busca de reafirmação me fere. Meu mundo sempre foi cheio de nada além do que escuridão; Babydoll era a luz que me guiava em meio às sombras. Sua luz agora se encontra apagada porque ela está perdida. Completamente perdida.

— Você é humana, Cami — digo, usando seu nome pela primeira vez.
— E é uma lutadora. O fato de estar viva é uma prova disso.

Ela cai no choro.

Felizmente, estamos perto do castelo, e assim que entro na propriedade, vou direto até o edifício dos estábulos. No segundo em que desligo o carro, eu a puxo para mim, por cima do console central, e a acomodo no meu colo. Ela vem de bom grado, chorando em meu pescoço conforme enlaça meu corpo.

— Shhh... vai ficar tudo bem — asseguro, esfregando suas costas e deixando-a chorar. — Sinto muito por ter te deixado. Mas tive que fazer isso.

— P-por quê? — gagueja, seu corpo se sacudindo com os soluços.

Nunca quis dizer esta verdade a ela, mas como foi honesta comigo, preciso retribuir o favor.

— Porque Brody ameaçou a vida de vocês, caso eu mantivesse contato. Se eu não assumisse a culpa, se não entregasse Belfast a ele, ele mataria todo mundo a quem... amo. Eu não podia machucar vocês dessa forma. Era melhor que eu sofresse, ao invés de vocês. Eu merecia a punição por tudo o que fiz. Eu só queria ter impedido seu sofrimento — confesso, odiando a mim mesmo pelo tanto de gente que fiz sofrer. — Então, se tem alguém covarde aqui, esse alguém sou eu.

Babydoll para de chorar, assim como perde o fôlego, congelando no lugar.

— O quê? — ela sibila, gentilmente se afastando do nosso abraço para me encarar. — Ele te chantageou?

Assinto, devagar.

— Entre outras coisas.

Com os olhos semicerrados, suas lágrimas cascateiam pelo rosto.

— Aquele maldito filho da puta. Eu o odeio. Odeio todos eles.

Ela abre os olhos, e o que diz a seguir quase me leva à insanidade:

— Hugh... fez umas coisas comigo.

— Que coisas? — pergunto, em tom ameaçador.

— Ele nunca cruzou a linha ou foi além, mas era... doentio. Ele não agia como se fôssemos irmãos. — Ela mordisca o lábio inferior, percebendo o que revelou. — Eu queria Liam e Brody mortos, assim como Hugh morreu. Ele sofreu?

Balanço a cabeça, afastando suas lágrimas com os polegares.

— O que você fez com ele? — Quando percebe minha hesitação, insiste: — Por favor, eu preciso saber.

Com um suspiro, revelo minha verdadeira face.

— Eu o torturei, e, então, ateei fogo nele... vivo.

Ela fica em silêncio, e por um segundo sinto medo de ter dito demais. Mas com o mais sutil dos movimentos, ela recosta os lábios aos meus, me beijando.

Eu me recuso a ceder à tentação, porque não se trata disso. Este beijo é como um desfecho.

— Obrigada — sussurra contra os meus lábios.

O beijo não é recheado de paixão, e, sim, de puro amor. É o primeiro beijo casto que trocamos, e me dou conta de que ao me dizer a verdade, ela se libertou.

— Posso ficar com você essa noite?

— E quanto ao Rory? — pergunto, afastando seu cabelo do rosto.

Ela se aconchega ao meu toque, entreabrindo os lábios.

— Eu lido com ele amanhã. Agora, só quero ficar com você.

Contra meu melhor julgamento, assinto, condenando nós dois a um destino que sempre foi selado com um beijo.

Abro a porta do veículo e desço com Babydoll agarrada a mim. Ela é tão delicada, tão frágil. Sigo em direção à minha casa e destranco a porta.

— Sinto muito pela bagunça aqui — digo, chutando um esfregão e um balde para longe.

Ela simplesmente me abraça mais apertado.

Vou até o quarto, desejando que tivesse algo mais confortável para lhe oferecer. Tudo o que tenho aqui é um colchão de casal no chão.

— Ainda não tive tempo para comprar uma cama — explico, mas ela só balança a cabeça.

— Não me importo.

Eu a deposito no colchão, e ela se solta dos meus braços, rastejando para debaixo das cobertas. Seu longo cabelo castanho contrasta na mesma hora com a fronha branca do travesseiro. Ela parece tão perfeita na minha cama.

Precisando de fôlego, vou até o banheiro e me agarro à pia, levando um segundo para me recompor. Eu encaro o espelho, lutando contra as minhas emoções – será que devo dizer a verdade a ela? Será que devo dizer que Brody não é meu pai?

Pensei que guardar esse segredo poderia poupá-la de mais sofrimento, mas as cicatrizes em seus pulsos marcam a dor que ela tem carregado. Decido dormir e deixar para depois, pois contar tudo a ela, quando já está tão fragilizada, não é a melhor solução.

Escovando os dentes, tiro minha roupa e fico apenas de boxer, pois não consigo dormir com outra coisa. Desligo a luz e rezo para que Babydoll tenha caído no sono, mas quando entro no quarto, vejo que ela ainda está acordada.

Ela vira a cabeça para olhar para mim, e o brilho suave do luar, que incide pela janela, permite que ela veja que estou só de cueca. Rapidamente, ela desvia o olhar, envergonhada.

Eu afasto as cobertas, e me acomodo bem na beirada do colchão, precisando colocar a maior distância possível entre nós. Estou deitado de costas para ela, o que sei que pode ser encarado como grosseria, mas já tem bastante tempo que não divido uma cama com alguém, e não sei como agir ou me sentir.

— *Ex favilla nos resurgemus* — ela sussurra, recitando a frase que tenho tatuada no peito, repetindo as últimas palavras que dissemos um ao outro dez anos atrás. — Das cinzas renasceremos. Isso é tão apropriado ao que aconteceu nos últimos dez anos.

Quando fiz essa tatuagem, eu me senti conectado ao significado porque poderia me enxergar em cada palavra. E parece que Babydoll também vê o mesmo.

— Você acha que algum dia levaremos uma vida normal?

Reflito sobre sua pergunta.

— Achei que se casar com o homem dos seus sonhos fosse algo considerado normal…

Não há sarcasmo por trás das minhas palavras, apenas uma curiosidade genuína. Quando ela suspira, eu me arrisco em olhar para trás por cima do ombro.

Ela parece devastada, e me pergunto o porquê.

— Rory é tudo o que eu poderia desejar. É um bom homem e me ama.

Tento não transparecer minha mágoa.

— Mas ele não é isso.

— Não é isso o quê? — pergunto, confuso.

Ela lambe os lábios, antes de se aproximar um pouquinho mais. Como dois ímãs, somos atraídos um pelo outro, sem escolha.

— Não é o homem dos meus sonhos.

Não pergunto quem é, pois sei a resposta.

Ela coloca uma mão abaixo da bochecha, sobre o travesseiro, olhando para mim com atenção. Ela está esperando por uma resposta, mas fico calado. Não farei isso com Rory. Ele merece ser feliz, e Babydoll chegou a pensar que poderia encontrar essa felicidade ao lado dele.

Minha volta apenas trouxe velhas lembranças que deveriam ser deixadas enterradas.

Preciso ser forte. Se eu me render ao que realmente desejo, magoarei meu melhor amigo. Também ferirei a única mulher a quem sempre vou amar.

A respiração dela se torna irregular. Sei que está nervosa. Sei também que se eu cair em tentação, ela não me impediria. Mas quando o novo dia chegasse, ela se sentiria culpada por ter traído Rory e a si mesma.

Ao invés disso, ofereço a ela o que posso.

Gentilmente, eu a puxo contra mim e a abraço apertado.

— Às vezes, as escolhas erradas nos levam para os lugares certos. Rory é o cara certo pra você, Babydoll.

Ela suspira, compreendendo que sempre serei a escolha errada... não importa quão certo posso parecer.

SETE
CAMI

— Onde você esteve? Onde estão os seus sapatos?

Fechando os olhos, agarro a maçaneta, imaginando se ainda teria chance de sair fugindo dali. Mas cansei se fugir.

Fecho a porta com força, esquecendo o porquê saí voada da casa de Punky hoje cedo e caminhei até o apartamento de Rory, precisando do ar fresco da manhã para clarear as ideias. Devo a Rory uma explicação.

— Sinto muito por não ter ligado. Eu me enrolei — explico, me virando e tentando o meu melhor para dar um sorriso.

O cabelo de Rory está todo espetado, como se ele tivesse passado os dedos por entre os fios uma e outra vez. Seus olhos estão vermelhos, indicando que não dormiu um pingo.

— Se enrolou com o quê? Nós tínhamos um jantar com os meus pais. Você se esqueceu?

Não, não me esqueci.

O pensamento de ter que passar mais uma noite ao lado dos pais de Rory, fingindo que estava tudo bem, literalmente me levou a encher a cara.

Não consigo eliminar esse peso do meu peito. Está aqui desde o retorno de Punky. Mal consigo respirar.

Eu não deveria ter ligado para ele ontem à noite, mas dizem que a verdade vem à tona quando se está bêbado, e, pelo amor de Deus, eu despejei uma tonelada de verdades ontem à noite.

As palavras escaparam antes que eu pudesse me impedir, mas não me arrependo. Eu queria que Punky soubesse como me sinto. Ele talvez seja capaz de fingir que está tudo bem entre nós, mas eu não. Não consigo reprimir meus sentimentos por ele.

Eu tentei. Tentei e muito, mas parece que quanto mais tento, mais desapegada me sinto dessa nova vida que construí sem a presença de Punky.

E essa vida inclui me casar com Rory.

Eu quero amá-lo da mesma forma com que amo Punky, mas não consigo. Meu coração pertence ao homem que nunca poderei ter, porque ele é meu meio-irmão.

Esta manhã, acordei nos braços de Punky. Foi o sono mais pacífico que desfrutei nos últimos dez anos. Mas quando percebi que não era em seus braços que eu deveria estar, a culpa me comeu viva. De certa forma, traí Rory, e ele não merecia isso.

Saí voando da casa de Punky, sem nem me importar por estar descalça. Eu só precisava dar o fora dali. Quanto mais longe eu caminhava, mais pesada se tornava a aliança de Rory no meu dedo. Então me dei conta de que me casar com ele não é justo; eu não o amo da maneira que ele merece ser amado. E ele precisa saber disso.

— Rory, não posso fazer isso.

— Fazer o quê? — pergunta, inclinando a cabeça para o lado.

— Isto — esclareço, gesticulando entre nós.

Quisera eu poder suavizar, para poupar seus sentimentos, mas ele merece mais do que isso.

Rory infla as bochechas, antes de exalar audivelmente.

— Não entendo. Você está com medo, é isso? Eu espero. Posso te esperar para sempre, Cami. Eu te amo.

Viro o rosto para o lado, me sentindo mais do que culpada conforme ele confessa seu amor, porque não me sinto da mesma forma.

— Não estou com medo — digo, baixinho. — Eu... eu não posso me casar com você, Rory, porque não te amo do jeito que você merece.

Apesar de isso ser verdade, não me sinto melhor em estar partindo seu coração.

— Onde você esteve na noite passada? — ele sabe, mas pergunta do mesmo jeito. — Cami! Me responda.

Eu levo um susto, pois ele nunca levantou o tom de voz para mim. Meu silêncio faz com que ele deduza.

— Ele é seu irmão, pelo amor de Deus! Isso é nojento.

— Não aconteceu nada como está pensando! — grito, com raiva.

— Então o que aconteceu? — exige saber, cruzando os braços.

Ele está pau da vida, e tem todo o direito de estar. Mas me pressionar dessa forma não o favorece em nada.

— Eu sei que não posso estar com ele — atesto, afastando a tristeza.

— Mas não sinto o mesmo por você. Acho que nunca senti.

— Não sente o quê? Você está louca! Você tinha sentimentos por mim quando aceitou se tornar minha esposa. O que mudou?

Mordendo o lábio, dou de ombros.

— Não sei. Simplesmente, não sinto mais o mesmo.

Rory suspira, desgrenhando o cabelo ainda mais ao passar os dedos por entre os fios.

— A volta de Puck confundiu a todos — comenta, falando sobre ele abertamente pela primeira vez comigo. — Eu entendo. Mas você tem que se livrar disso.

— Não consigo — confesso, balançando a cabeça. — Ele é uma parte de mim. Eu te disse isso.

Rory debocha, cada vez mais furioso:

— É claro, porque ele é seu irmão.

— Eu sei — rebato, não gostando nem um pouco de seu sarcasmo. — Mas é muito mais do que isso. Você nunca entenderia.

— Não faça isso — ele me repreende, entrecerrando os olhos. — Não aja como se eu não estivesse lá. Ele também era meu amigo.

— Ainda é seu amigo — corrijo. — Você é que o está mantendo afastado. Nem se deu ao trabalho de ir falar com ele.

— O que você quer que eu diga, Cami? Dez anos são um tempo longo demais. Eu mudei e ele também. Nem sei o que dizer a ele, para falar a verdade.

— Que tal um 'oi, como você está?' — sugiro, ciente de que é mais do que isso. — Vocês foram inseparáveis naquela época.

— Não somos mais os mesmos — afirma. — Nenhum de nós é. Punky só atrai problemas. Não quero aquela vida. Estou mais do que satisfeito de ter saído fora.

— Você está *fora* porque Punky foi para a prisão, enquanto todos nós continuamos a levar uma vida normal — digo, caso ele tenha se esquecido. — Ele sacrificou sua liberdade para que nós tivéssemos a nossa.

— Aah, não me venha com essa de transformá-lo em um mártir — diz, irritado. — Foi escolha dele. E, a propósito, se ele não tivesse sido tão teimoso, nada disso teria acontecido.

Eu retrocedo, abismada com o que ele está dizendo.

— Você está falando sério, porra? Você se esqueceu de que todos estávamos envolvidos de alguma forma?

— Não, eu não me esqueci. Você não me deixou esquecer essa porra.
— O que quer dizer com isso?
— Quer dizer que você nunca deixou as coisas no lugar onde elas pertencem: na porra do passado! Você não consegue ser feliz porque adora um drama.

Seu insulto soa como um tapa na cara.

— Isso é um absurdo! As 'coisas' que você tem falado de forma tão leviana são sobre o homem que perdeu dez anos da vida dele, apodrecendo numa cela porque meu pai o obrigou!

— O que você quer dizer com isso? — Rory questiona, pois não sabe a verdade. Porém está prestes a saber de tudo.

— Brody deu um ultimato a Punky: ou ele assumia a culpa por toda a confusão que todos nós causamos, e entregava Belfast nas mãos dele, ou ele faria questão de que pagássemos caro por isso. Punky foi para a cadeia para nos proteger. Para que tivéssemos uma vida normal, longe do crime, longe dele!

— Eu estava lá. Ouvi o que foi dito — Rory esbraveja, com os braços abertos. — Mas por que ele se recusou a receber nossas visitas? Por que não nos deixou ajudá-lo quando podíamos?

— Porque ouvimos apenas uma parte do que Brody disse. Punky me contou o que ele disse quando saímos de lá; que ele deveria cortar todo o contato com a gente, ou Brody nos mataria — explico, a verdade ainda me deixando pau da vida. — Se Punky tentasse sair da prisão, todos nós pagaríamos caro por isso. Então, ele ficou lá para se assegurar de que vivêssemos a vida que ele não poderia mais.

Os ombros de Rory se curvam, em derrota, diante da verdade. Todos ficamos com raiva de Punky por ter se recusado a nos ver, pensando que ele estava apenas sendo teimoso. Mas a verdade é que ele não podia. Se ele nos recebesse, Brody teria matado todos nós.

Esse tempo todo, pensamos que Punky havia desistido da nossa amizade, mas ele nunca fez isso. Ele se sacrificou para nos salvar. Meu amor por ele se fortalece a cada instante.

— Puta que pariu — Rory murmura, surpreso.

Decido não contar a ele que sei que Sean está vivo, já que isso não sou eu quem deveria revelar.

— Cami, eu te amo. Não importa o que aconteceu, por favor, seja razoável. Você está agindo como uma louca!

NÃO CAIR EM TENTAÇÃO

Seu desrespeito pelos meus sentimentos me deixa furiosa, e antes que eu possa me conter, digo:

— Eu nunca vou te amar do jeito que amo o Punky.

Assim que a verdade vem à tona, sinto um detestável sabor amargo na boca. Quisera eu poder apagar tudo isso, mas não posso. Ele não entende agora, mas estou poupando Rory de uma vida de sofrimento, pois ele sempre será minha segunda escolha.

Rory estala a língua, parecendo refletir sobre o que acabei de despejar.

— Sinto muito. — Balanço a cabeça, ciente de que não queria que as coisas terminassem assim. — O amor que sinto por Punky vai muito além disso. Não consigo explicar. Não espero que você entenda, porque nem eu mesma consigo entender.

Esse é o melhor jeito que encontrei de explicar algo que não faz o menor sentido.

— Não quero ouvir o que tem a dizer. Você está me dizendo que ainda está apaixonada pelo meu amigo, e espera que eu leve isso numa boa? — afirma, enojado. — Bem que você poderia ter me dito tudo isso antes da festa de noivado. Agora vou fazer papel de idiota.

— Eu queria ter sido honesta — explico, percebendo que não faz diferença.

— Ah, quisera eu que você tivesse sido honesta assim antes de ter aceitado meu pedido, porra.

Ele tem todo o direito de ficar com raiva de mim. Até eu estou com ódio de mim mesma. Ele é um cara bacana que me ama e me proveu estabilidade, mas isso não é o suficiente. E não quero mantê-lo preso por mais tempo, esperando que meus sentimentos mudem. Isso não é justo com nenhum dos dois.

— Vou arrumar minhas coisas.

Ele não me impede.

Não tenho muitos pertences aqui, então consigo embalar tudo em uma bolsa de viagem que deixei em seu apartamento. Para dizer a verdade, acho que sempre imaginei que isso acabaria. Sempre dei inúmeras justificativas do porquê nunca trouxe o resto das minhas coisas para cá. Rory queria que eu morasse com ele quando voltei para Belfast, mas sempre me senti mais à vontade no hotel.

Eu deveria ter imaginado o motivo.

Assim que embalo tudo, calço um par de tênis e dou uma última olhada no apartamento, porque tive bons momentos nesse lugar. Só que não foram o bastante.

Rory está sentado no sofá, com a cabeça baixa, as mãos entrelaçadas entre as pernas abertas.

— Não faça isso, Cami. Você não precisa se casar comigo. Só não me deixe. Nós somos bons juntos.

Brincando com a alça da bolsa sobre meu ombro, balanço a cabeça.

— Não, Rory, *você* é bom. Eu sou fodida da cabeça. Você merece alguém muito melhor do que eu.

Não há razão em prolongar o inevitável, então retiro a aliança do meu dedo e a coloco sobre a mesinha de centro. Os ombros de Rory tremem diante de uma inspiração profunda. Eu simplesmente parti seu coração.

Com lágrimas nos olhos, deixo para trás a melhor coisa que já me aconteceu.

Porém, no segundo em piso os pés na calçada, sinto como se um peso tivesse sido arrancado do meu peito. Sei que nunca deveria ter concordado em me casar com ele. Eu queria tão desesperadamente acreditar que poderia ser feliz ao me tornar sua esposa, mas as coisas nunca pareceram certas.

Meus sorrisos, minhas risadas, eram sempre forçados. E mesmo que eu passe o resto da vida sozinha, estou de boa com isso, pois não me acomodarei com uma segunda opção.

Com um suspiro, aceno para um táxi, pois tenho algo que precisa ser feito.

Não consegui parar de pensar em algo que Punky disse – que Sean está vivo. E que ele matou Cara Kelly. Mas o que não entendo é: por quê?

Que motivos ele teria para matá-la?

O ódio de Punky por Sean é mais profundo do que o que ele sente por Brody, e isso me faz pensar que, seja lá o que Sean tenha feito, Punky vê isso como uma traição brutal muito maior do que a do meu pai, a ponto de estar disposto a se aliar a ele. Ambos são corruptos e cruéis, mas para que Punky esteja caçando o tio, ao invés de Brody, só posso deduzir que Sean fez algo mais com Punky.

Mas, o quê?

Assim que chego ao meu destino, pago ao taxista e dou uma olhada de relance ao redor antes que o carro se afaste. Está tudo tranquilo, mas sei que os espiões dos Doyle não estão muito longe. À medida que desço a rua, observo as lojas que costumavam ser lotadas, mas que agora fazem parte de uma cidade quase fantasma.

E tudo graças ao meu pai.

Entro no açougue e avisto Ron Brady atrás do balcão, então aceno e dou um sorriso.

— Oi, Ron. Como você está?

Não há nenhum cliente na fila, o que responde minha pergunta.

— Cami, como vai? Está tudo bem? Seu irmão ligou essa manhã — ele diz, nervosamente, secando as mãos no avental. — Eu já paguei o que devia.

Balanço a cabeça, horrorizada.

— Ah, não. Não é por isso que estou aqui.

Fico enojada que meu pai e meu irmão estejam explorando essas pessoas para seus ganhos pessoais. Eles ofereceram proteção contra os 'caras maus', mas eles *são* os bandidos aqui. As pessoas pagam, temendo por suas vidas caso não façam o que os Doyle ordenam.

Motivo pelo qual estou aqui.

— Posso falar com você rapidinho? Em particular — digo, com medo de ser ouvida pelos outros dois funcionários.

Ron entrecerra os olhos, com suspeita, mas assente.

— Claro.

Ele tira o avental e pega um maço de cigarros do balcão. Nós dois saímos e Ron gesticula com a cabeça para que eu o siga até os fundos da loja.

Assim que chegamos ao beco, ele acende o cigarro.

Pigarreando, rezo para que isso dê certo.

— Sei que você respeitava Connor Kelly. Você dizia que ele era seu amigo — saliento, observando suas reações. No entanto, ele continua fumando. — Quando eu, Cian e Rory viemos conversar com você, Puck estava preso — digo, e sei que ele está tentando descobrir o que estou fazendo aqui —, mas ele foi solto. E eu…

Antes que eu possa continuar, ele balança a cabeça, com os olhos arregalados.

— Shhh, querida — sussurra, olhando para todos os lados no beco. — Não diga o nome dele.

— Por que não?

— Porque você vai fazer com que sejamos mortos — adverte, e sei que não está sendo melodramático. Ele realmente acredita nisso.

— Mortos? — questiono. — Não entendo.

Ron joga o cigarro no chão e se vira para ir embora. Eu agarro seu braço, implorando por uma explicação.

— Ron e dezenas de homens e mulheres que eram leais aos Kelly ficaram fora de si quando descobriram o que aconteceu com Punky e Connor. Eles não acreditaram que Punky fosse culpado das alegações com que o acusavam, e quiseram ajudar da forma que podiam.

Mas, com o passar do tempo, Brody e Liam os forçaram a enxergar que se não estivessem dispostos a se aliar aos Doyle, por vontade própria, eles sofreriam as consequências. Então, precisando alimentar suas famílias, e temendo por suas vidas, todos se submeteram. A lealdade deles agora se encontrava com uma nova família – a minha.

Mas essa lealdade nunca foi genuína, assim como minha família nunca deu a mínima se Ron ou os outros estavam vivos ou mortos. Eles eram apenas cifrões. Cada pessoa representa a grana que Brody pode extorquir deles.

Não era assim que as coisas funcionavam com Connor. Ele se preocupava com todos, por isso a maioria o considerava um amigo. Descobri tudo isso quando tentei encontrar meios para libertar Punky. Embora ele não aceitasse merda de ninguém, e não hesitasse em matar qualquer um que lhe passasse a perna, ele realmente fazia com que pessoas como Ron se sentissem seguros.

Ele nunca os explorou e, com frequência, os ajudava. Se seus filhos estivessem comprando drogas com ele, Connor normalmente dava um sermão sobre como essa decisão poderia afetar seus pais. Ele nunca se recusava a vender para eles, já que isso prejudicaria seus negócios, mas fazia questão de deixar claro que as drogas que comercializava poderia foder com a vida deles.

Acabava que os jovens tinham a decisão ao final, mas só de saber que ele se preocupava o bastante a ponto de tentar alertá-los, já revela que tipo de homem ele era.

Ele era um escroto, mas não era um filho da puta tão grande assim.

Cian e Rory me contaram que também operavam dessa forma. Eles só não sabiam que Connor fazia o mesmo. Tinha um monte de coisas que eles não sabiam que Connor fazia.

Sei que ele era brutal com Punky, mas acho que ele estava tentando de tudo ser pai de um cara tão teimoso quanto ele próprio.

— Punky está de volta — continuo, baixinho. Eu vou ajudá-lo, mesmo que ele não queira. — E vai corrigir as coisas que têm acontecido pelos últimos dez anos.

Sei que Punky acredita que precisa se aliar a Brody, mas não ficarei olhando-o se rebaixar e trabalhar com o homem que matou sua mãe. Punky deve ter esquecido, mas sou uma Doyle também. As pessoas me conhecem. E têm medo de mim por causa do meu sobrenome.

Ele precisa de aliados. E planejo arranjar o máximo possível para ele.

— É só uma questão de tempo. Os dias de Brody estão contados. Ele não é páreo para Punky. Belfast pertence a ele, a um Kelly. Não aos Doyle.

Não me importo que, tecnicamente, Punky é um Doyle. Ele é conhecido como Puck Kelly, porque é quem ele é.

Ron suspira, passando a mão pela cabeça careca. Ele está dividido. Sei que Punky está preocupado que Sean tenha andado recrutando pelos bastidores, mas vim até Ron porque ele sempre manifestou não gostar de Sean. Ele nunca faria negócios com ele.

É por isso que confio nele.

— Ele sabe que Sean es...

Assinto, impedindo que continue a falar, pois me recuso a dar àquela criatura vil a satisfação de ter seu nome pronunciado em voz alta.

— Sim. Ele sabe que o filho da puta está de volta. Mas, na verdade, ele nunca saiu daqui, não é?

Ron assente, devagar.

— Não vou fazer negócios com ele. É como fazer um pacto com o diabo. É como trocar um demônio por outro. Mas se o que você disse sobre Puck for verdade, então, sim, quero ajudar. Nós devemos isso a ele.

Dou um sorriso, satisfeita e aliviada.

— Você acha que pode espalhar a notícia? Testar o terreno para ver quem topa se juntar?

— Vou dar um jeito — ele diz, e vejo o primeiro sinal de alívio se refletindo em seus olhos verdes. — Serei discreto, não se preocupe.

— Assim como eu — replico. — Não procure pelo Punky. Por agora, procure por mim quando precisar de qualquer coisa.

Ron arqueia uma sobrancelha, mas não discute.

— Se há alguém que pode nos salvar, é aquele garoto. Ele tem mais do Connor do que pensa. Os dois eram mais teimosos que uma mula, mas são leais. E eles fazem as coisas do jeito certo.

— Sim. E é o que Punky quer: ajeitar todas as coisas. E fazer com que os que o traíram paguem caro — acrescento, vendo o sorriso se alargar no rosto de Ron.

— Isso é bom. Estamos esperando por um milagre há muito tempo. Parece que nossas preces foram atendidas. Obrigado por ter vindo, Cami. Você me deu esperanças.

Meus olhos marejam e não faço ideia do motivo. Somente quando aperto a mão de Ron, e depois aceno por um táxi, direcionando o motorista a seguir para o hotel mais perto na cidade, é que compreendo.

Punky é a esperança.

Ele pode não acreditar nisso, mas eu, sim. Ele não se deu conta de como pode impactar esse mundo. Sua força e lealdade deram àqueles que se perderam no caminho um motivo para sorrirem outra vez.

Assim que me registro no hotel e entro no quarto, desabo na cama e sorrio. Se posso ajudar pessoas como Ron, enquanto destruo meu pai e ajudo Punky, então farei disso minha missão de vida, para garantir que meu plano não falhe.

Punky pensa que está sozinho nisso, mas não está. Ele acredita que todos o esqueceram, mas alguém como ele é inesquecível.

Meu celular toca, e quando vejo que é Brody, decido atender, caso um de seus cães de guarda tenha me visto conversando com Ron.

— O que é?

— Você atendeu — diz ele, surpreso.

— Sim, e já estou me arrependendo disso. O que você quer?

Brody dá aquela gargalhada confiante que tanto odeio.

— Preciso falar com você. — Antes que eu possa protestar, ele acrescenta: — É sobre o Punky. — Ele sabe que eu nunca me recusaria em relação a isso.

— Tudo bem. Então, fale.

— Não. O que tenho a dizer não pode ser dito por telefone. Estou no pub. Vejo você em breve — E desliga, ciente de que venceu esse round.

Com um grunhido, espanco o colchão, frustrada por esse filho da puta ter tanto poder sobre mim. No entanto, sem outra escolha, eu me levanto e combino um horário para um táxi me buscar logo mais.

Ao trancar a porta, decido enviar uma mensagem – caso isso seja uma armadilha –, torcendo para que não esteja a caminho da minha morte.

> Meu pai querido quer me ver hoje, no The Craic's 90. Se você não souber mais notícias minhas, pode concluir que estou morta. Do contrário, te aviso depois.
> P.S.: a noite passada foi um erro.

Desligo o telefone, sem me arrepender de qualquer coisa.

NÃO CAIR EM TENTAÇÃO

101

OITO
PUNKY

— Será mais fácil se derrubarmos a parede — diz o comerciante, em sua tentativa de me convencer, pela terceira vez, a destruir parte do castelo para facilitar seu trabalho.

— E será mais fácil ainda se eu arrancar a sua língua — saliento, mantendo minha decisão.

Ele empalidece, ciente de que minha ameaça não é vazia.

— Isso vai custar outro... — Mas ele se interrompe ao ver que minha sobrancelha está arqueada. — Okay, não vamos mudar nada.

— Ótimo — replico, grato por ele finalmente ter se tocado.

De jeito nenhum vou sair arrancando paredes ou adicionando a porra de uma sala de cinema só porque ele quer. Este castelo pertenceu aos Kelly por gerações. Era o lugar mais precioso para minha mãe. Mesmo que eu guarde poucas lembranças do tempo em que ela era viva, ainda assim, me lembro do orgulho que ela sentia pela sua casa, especialmente pelos jardins.

Tenho toda a intenção de restaurar a antiga glória deste lugar em homenagem a ela e a Connor.

Ronan enviou seus colegas para darem início às obras no castelo, porque esta noite é o encontro com Sean. Nós dois concordamos que é perigoso demais sermos vistos juntos, especialmente se Sean estiver vigiando o castelo. Não podemos dar mostras de que estamos unidos contra ele.

Até agora, não o vi em lugar nenhum. Mas isso não significa que ele não está de tocaia. Subestimar Sean é o que me trouxe aqui. Penso em tudo o que ele fez, em como achei que o fato de ter matado Nolen Ryan foi um favor para mim. Mas ele fez aquilo porque Nolen representava uma ameaça. Ele estava prestes a me dizer a verdade, porém Sean o matou antes disso.

Ele sempre esteve dez passos à frente.

Enquanto estou retirando os entulhos da suíte, pego meu celular no bolso para conferir o calendário, já que ainda estou me ambientando com a passagem de dias e semanas, mas quando leio a mensagem que Babydoll me enviou duas horas atrás, esqueço de tudo.

Preciso dar um jeito de ir até Dublin.

Acordei sozinho hoje de manhã. Pensei que ela tivesse recobrado o juízo. Que ela tivesse voltado para o Rory, aceitando que nós dois nunca poderemos ficar juntos. Ela fez questão de sair sem se despedir, porque estava com raiva de mim. Mas isso não é nenhuma novidade. Nós sempre ficamos bravos um com o outro. E agora ela foi a Dublin, só para me provar quão brava está.

— Porra! — praguejo, discando para o seu número só para cair na caixa de mensagem.

Entro às pressas na caminhonete, disparando pelo caminho e sem me importar em dizer a qualquer um para onde estou indo. Tudo o que me importa é chegar em Dublin. Não sei por que ela foi se encontrar com Brody, mas o que sei agora é que não deve ser coisa boa.

Decido não ligar para Cian. Quanto menos pessoas souberem disso, melhor, já que Brody Doyle sempre deixa um rastro de destruição por onde passa.

Confiro o horário no painel, e percebo que Ronan me ligará em breve com a informação sobre onde será o encontro dessa noite. Porém não posso me preocupar com essa porra. Chegar até Babydoll é prioridade acima de qualquer coisa.

Ela é tudo o que me importa.

Dou um murro no volante, passando a entender Connor cada vez mais.

"Governe com a crueldade que te ensinei, porque é a única maneira de sobreviver em nosso mundo."

Foi isso o que ele me disse antes de dar seu último suspiro. Ele sabia quais seriam as consequências de se apaixonar. Veja o que o amor que ele sentia pela minha mãe causou. Ele sempre soube que o amor pode ser usado como moeda de troca, e que nas mãos de pessoas erradas, o amor poderia destruir reinos inteiros.

Como destruiu o nosso.

Ele não queria isso para mim, então me ensinou a odiar ao invés disso.

No entanto, eu me rebelei quando deveria ter lhe dado ouvidos, porque eu rastejaria até o inferno, uma e outra vez, só para manter Babydoll em segurança. Ela é minha única fraqueza, e isso a torna valiosa para os meus inimigos. Essa merda a coloca em perigo, e alguém como Babydoll, que parece ter um ímã para problemas, precisa ser mantida ao alcance do braço.

O trajeto até Dublin leva mais tempo do que eu gostaria, mas preciso manter o limite de velocidade, já que não quero os tiras suspeitando de qualquer coisa, especialmente com o babaca do Shane Moore no comando.

Achei que seria fácil depois que saí da prisão – eu encontraria Sean e o mataria, e salvaria Ethan. Mas a cada vez que me viro, dou de cara com um obstáculo.

O mundo não é mais como costumava ser, e percebo que era tudo mais fácil naquela época, por causa de Connor. Ele se assegurava de manter tudo em ordem. Sim, ele se desviou do caminho e perdeu o respeito de seus homens no fim, mas porque confiou na pessoa errada: Sean.

Tudo isso tem ligação com ele. Todos nós confiamos no cretino, e por isso, agora pagamos o preço por nossa estupidez. Mal posso esperar para encontrá-lo e fazê-lo pagar, bem devagar e dolorosamente.

Assim que chego a Dublin, tento ligar para Babydoll mais uma vez, mas está desligado. Sinto um frio na boca do estômago.

Encontro uma vaga e desço da caminhonete, puxando o capuz para cobrir a cabeça. Este lugar deve estar repleto de espiões dos Doyle. Quero permanecer incógnito pelo maior tempo possível.

Dublin mudou bastante desde a última vez em que estive aqui, mas suponho que isso é esperado com o passar dos anos. Ainda está abarrotada de pessoas, o que sempre me levou a perguntar – por que Brody se incomoda tanto com Belfast, quando comanda Dublin?

Meu telefone toca, e quando vejo que é Ronan, sinto um misto de decepção e alívio ao mesmo tempo. Não paro de andar, no entanto.

— Qual é a novidade?

— Punky — ele diz. — Recebi a mensagem.

— E o que ela diz? — sondo, incapaz de disfarçar a frustração, já que não tenho tempo para joguinhos.

— Você nunca vai acreditar. O encontro vai rolar na Indústria de Alumínios dos Kelly.

Estaco em meus passos, certo de que ouvi errado.

— Você está me zoando!

— Eu juro — Ronan diz, percebendo que não acredito em suas palavras. — Por que ele faria isso, mesmo sabendo que você está de volta?

É nesse instante que a queimação no meu estômago quase me coloca de joelhos. Mais uma vez, Sean nos ludibriou.

— Cami! — grito, desligando e correndo até o pub.

Inúmeras emoções se atropelam dentro de mim, emoções das quais Connor me alertou. Mas não dei ouvidos, e, agora, muitas vidas estão em perigo.

Meus coturnos golpeiam o calçamento, e quando avisto Brody na frente do estabelecimento, fumando um cigarro, cerro os punhos, pronto para acabar com vida dele de uma vez por todas. Tomado de fúria, ele nem me vê chegar, muito menos o soco que acerto em seu queixo.

— Filho da puta! Onde ela está?

Não lhe dou chances de responder, esmurrando-o novamente. O ferimento que se abre em sua bochecha só me leva a um frenesi; não estarei saciado até que ele esteja morto.

— Me responda! Onde está Cami?

Brody cospe sangue, e tem o desplante de sorrir em reposta.

— Desculpa, garoto, mas qual foi a pergunta? Eu não ouvi enquanto estava sendo esmurrado.

Não tenho tempo para piadinhas.

— Vou te perguntar só mais uma vez. Onde está a Cami? Responda com bastante cuidado, porque sua vida depende disso.

Brody percebe que minha pergunta é séria, e sua expressão arrogante se desfaz.

— Ela está lá dentro, tomando uma cerveja. Mas acho que ela não quer papo com você.

— O que você disse pra ela? Se você a tiver machucado...

— Ela está bem. Não precisa acreditar em mim, vá ver por si só. Por quê?

— Ah, corta essa. Eu sei que você e Sean estão tramando alguma coisa. Por isso você pediu que ela viesse até aqui. Por isso Sean teve a coragem de marcar a porra de um encontro na fábrica de Connor. Ele não me queria por lá e sabia que eu viria até aqui para salvá-la. O que fez com ela?

No entanto, quanto mais revelo, mais nítido vejo que Brody não faz a menor ideia do que estou dizendo.

— Brody! — um homem o chama do fim da rua.

Nós dois nos viramos e vemos um entregador empurrando um carrinho com barris de bebida.

Brody está tão distraído com o que acabei de contar, que só acena para o homem entrar no pub, sem nem ao menos o cumprimentar. Ele sorri ao passar por nós, e quando nossos olhares se encontram, tenho um pressentimento de que alguma coisa está muito errada.

— Não tenho ideia do que você está dizendo — diz ele, limpando o lábio ensanguentado com o dorso da mão. — Se o que está dizendo for verdade, então que porra você está fazendo aqui? Você deveria voltar a Belfast para resolver logo esse problema.

Seu comentário só cimenta a sensação estranha na boca do meu estômago. Se Brody está dizendo a verdade, então é seguro deduzir que Sean marcou um encontro na fábrica de alumínio porque queria que eu soubesse que eu *escolheria* estar em outro lugar. Ele queria que eu estivesse aqui em Dublin, de forma que pudesse me sacanear e provar que ainda está no comando.

Eu poderia tê-lo confrontado, mas, ao invés disso, vim até aqui para salvar Babydoll.

Então, a pergunta que não quer calar é: por que ele queria que estivéssemos todos juntos?

— Por que você solicitou outra entrega? — Erin pergunta, enfiando a cabeça pela porta entreaberta. Ela olha duas vezes para mim assim que me vê. — Dê o fora daqui!

Não fomos oficialmente apresentados; ela me conheceu como Mike, da América, não Puck Kelly. Ela parece exatamente igual ao que me lembro.

— Agora não, Erin — Brody esbraveja. — Seu irmão, provavelmente, fez o pedido. Vá lá para dentro.

Mas a mulher teimosa vem marchando até nós. Ela olha para o pai, ferido, então para mim, balançando a cabeça em desgosto, antes de me dar um tapa no rosto.

— Seu babaca! Você mentiu pra mim, me usou... *Mike*.

— Ah, pois é — replico, movendo o queixo de um lado ao outro. Não me desculpo, porque eu faria de novo.

— Eu gostei de você — ela revela, curvando o lábio em repulsa. — E você é meu irmão. Isso é nojento.

— Não, não sou — digo, em tom afiado, cansado desse jogo. Nada de bom poderá vir com essa mentira, e tenho toda a intenção de dizer a verdade a Babydoll, independente das consequências. — Não sou um Doyle. Eu *sou* um Kelly, mas Connor Kelly não é o meu pai. Sean Kelly é. Não é mesmo, Brody? Você manteve essa farsa por seja lá qual motivo Sean te deu, me fazendo acreditar que era meu pai.

Erin fica boquiaberta, enquanto Brody retesa o corpo.

— Sei muito mais do que você imagina — afirmo, encarando-o com atenção. — E sei que Sean queria todos nós juntos aqui por...

"Por que você solicitou outra entrega?"

O motivo pelo qual ele me queria aqui detona dentro de mim antes de tudo explodir – literalmente.

— Sai da frente! — grito, desesperado para que Erin se afaste de forma que eu possa entrar e salvar Babydoll, mas é tarde demais.

Meu mundo está em chamas quando o *The Craic's 90* rompe o silêncio e é engolfado por uma fumaça preta, com um grande *BOOM* ensurdecedor. Eu me jogo no chão, atrás de um caminhão estacionado na rua, mas a ardência em meus braços e pernas indica que fui atingido.

Os alarmes dos carros disparam, se juntando ao caos, assim como as pessoas se esbarrando, desorientadas, na calçada, ensanguentadas e mutiladas. Não me incomodo em conferir se tenho lesões. Minhas pernas e olhos ainda funcionam; tudo o que preciso é passar pelos clientes que tropeçam para fora do que sobrou do pub.

A fumaça é tão densa, que mal consigo respirar, então uso meu antebraço para cobrir a boca e o nariz e corro para dentro. Há alguns focos de incêndios entre os detritos, mas a confusão é bem pior por causa da explosão da bomba implantada por Sean dentro daqueles barris.

— Babydoll! — grito, tossindo muito ao inalar a fumaça sufocante. Bebida alcóolica é um excelente combustível, e vai levar só mais alguns minutos antes que esse lugar exploda de novo.

Eu giro ao redor, avistando corpos espalhados para todo lado. Vítimas inocentes que nunca quiseram tomar parte nessa guerra. À medida que derrapo em minha busca frenética por Babydoll, me dou conta de que o chão está escorregadio por causa do sangue e entranhas. Sinto o estômago embrulhar, quase a ponto de colocar as tripas para fora.

Mas não tenho tempo a perder.

Quando vejo uma cabeça coberta por cabelo castanho a alguns passos adiante, rezo com todas as forças para que não seja Babydoll. Sei de fato que esta pessoa está morta, porque a cabeça está bem longe do corpo.

Eu me agacho e, segurando o fôlego, puxo a cabeça com meus dedos trêmulos, para ver o que sobrou do rosto. O alívio me domina ao perceber que não é ela, mas na mesma hora sinto o arrependimento por saber que essa pobre moça teve uma vida tão curta.

Vejo uma jaqueta ao lado e envolvo a cabeça da garota, colocando-a sobre uma mesa. É a única coisa que posso fazer para honrá-la em sua morte.

As sirenes soam à distância, alertando que a ajuda está a caminho, mas é tarde demais. Ninguém aqui está vivo. Há apenas um silêncio sinistro. Nada de gemidos em busca de ajuda. Apenas a morte pairando no ar.

A parte dos fundos do prédio desabou por causa da explosão, então corro até o beco mais adiante. Vejo algumas pessoas recostadas aos tijolos, tossindo e chorando. Passo por um homem que está tentando colocar suas entranhas para dentro do imenso buraco em seu corpo.

Avisto uma mulher ninando seu bebê morto.

Vejo toda a destruição que meu pai causou só porque queria me mandar um recado. Ele tem olhos em todos os lugares, e suas garras estão de fora. Nada, *ninguém* está fora dos limites. Ele não se importa com quem tiver que matar para conseguir o que quer.

— Por favor, me ajude. — Uma mulher agarra minha calça jeans com uma mão; a outra foi arrancada fora.

Isto parece uma zona de guerra.

— A ajuda está a caminho — asseguro, porque ela precisa de assistência médica, algo que não posso oferecer.

Um homem sem ambas as pernas grita por socorro, e quando olho em sua direção, eu a vejo – Babydoll.

Ela está no chão, coberta de fuligem e sangue. Quase perco o equilíbrio enquanto tento alcançá-la, desesperado. Caindo de joelhos, seguro seu corpo sem vida contra o meu peito.

— Nããão! — grito, ninando-a em meus braços, cego por minhas lágrimas. — Por favor, não. Acorde, Babydoll. Por favor.

Mas ela não acorda.

Com Babydoll em meus braços, olho para a carnificina que me cerca, jurando vingança contra Sean por cada vida que ele tomou.

— Volte pra mim, Cami. Por favor, não me deixe. Tudo o que sempre quis foi te proteger, mas só consegui te fazer sofrer.

Dou um beijo em sua testa, logo acima das sobrancelhas. Eu prometo que se ela acordar, nunca deixarei que se machuque outra vez.

Afastando o cabelo empapado de seu rosto, beijo seus lábios.

— Eu amo... você. Amo tanto.

Um soluço gutural irrompe pelo ar, e me dou conta de que vem de mim.

Se eu pudesse trocar minha vida pela dela, faria sem pensar, e quando seu peito estremece, é como se meu desejo tivesse sido concedido. Mas nossas vidas foram poupadas – até agora.

— Punky — ela sibila, tentando abrir os olhos. — N-não consigo sentir m-meu c-corpo.

E, do nada, é como se eu pudesse respirar de novo.

— Shhhh... — eu a tranquilizo, beijando suas bochechas com ardor. — Vai ficar tudo bem. Estou com você, e nunca vou te deixar de novo.

Faço com que ela passe os braços pelo meu pescoço e me levanto com ela segura contra o meu peito. Eu a aninho o mais perto possível, deixando para trás a carnificina. Quero ajudar, mas preciso levar Babydoll para um lugar seguro.

Conforme sigo pelo beco, olhando para baixo sem querer chamar atenção, avisto um Brody ensanguentado sentado em seu carro, com o telefone ao ouvido. O corpo de Erin está caído em um monte de ossos retorcidos, a poucos metros de distância. Brody cruza o olhar ao meu, e com um simples aceno de cabeça, sei que ele agora é meu aliado.

Preciso de Brody para reconquistar o que me pertence, e ele precisa de mim para matar Sean. Podemos lidar com os detalhes mais tarde, mas este ataque foi pessoal, e permitiu que Doyle visse que é só uma questão de tempo até que Sean termine o serviço.

Este é um aviso. Da próxima vez, não teremos tanta sorte.

Brody não possui mais aliados. Sean é o novo chefe da máfia, e não tem qualquer escrúpulo em derramar sangue inocente.

Com Babydoll aninhada ao meu peito, corro até a caminhonete. Ambulâncias, viaturas da polícia e caminhões dos Bombeiros estão alinhados pela rua, mas não posso ficar aqui, pois eles farão perguntas que não posso responder.

Uma carícia suave contra o meu rosto me faz olhar para baixo, e deparo com Babydoll tocando minha bochecha.

— Você está sangrando — diz ela, com a voz arrastada. — Eu gostava dos seus piercings. Você vai colocá-los de novo?

— Sim, o que você quiser, querida.

Ela sorri, baixando a mão flácida, sem forças para continuar a carícia. Mas está tudo bem – serei a fortaleza que ela necessita.

Ela desmaia assim que a acomodo no banco da caminhonete, e saio dali em disparada.

Não consigo evitar em olhar para ela a cada poucos segundos, só para me assegurar de que ela ainda está respirando. Ela está.

Ela precisa ir para o hospital, pois não faço ideia da extensão de seus ferimentos. Tudo parece no lugar, mas são as lesões ocultas que me preocupam.

— Vai ficar tudo bem. Vou te levar para o hospital.

— Não — ela geme, tentando levantar a cabeça. — Nada de hospital. Vão fazer muitas perguntas. Estou bem agora. Já consigo sentir minhas pernas. Acho...

Ela está certa sobre as perguntas, mas não vou arriscar sua vida.

— Me leve de volta a Belfast — suplica, sem fôlego.

Meu coração dói, porque, é óbvio que ela quer ficar com Rory. Por mais que isso me angustie, disco o número dele, mas Babydoll estica a mão e geme, desconectando a chamada.

— Você não quer que eu ligue para o Rory? — pergunto, confuso.

E o que ela diz a seguir confirma o quanto sou um bastardo sortudo, porque essas são as palavras que eu queria ouvir por dez longos anos:

— A-acho que sou defeituosa, porque tenho um homem que podia me fazer feliz, mas, ainda assim... eu só quero você. Eu *sempre* quis só você. — Ela fecha os olhos e desaba contra o banco.

Ela está respirando. Está apenas exausta.

Atendo ao seu desejo e dirijo rumo a Belfast. Posso ligar para um médico, velho amigo de Connor. Com certeza, ele está aposentado agora, mas deixarei claro que uma recusa não é opcional.

— Ela ficará bem — Dr. Shannon diz, guardando seus pertences. — Se houver qualquer alteração durante a noite, basta me ligar.

— Obrigado, doutor. Farei o pagamento assim que possível.

Ele assente, se levantando.

— Estou feliz por você estar de volta, Puck. Seu pai ficaria satisfeito por vê-lo aqui, ajeitando esse lugar.

— Estou tentando — confesso, passando a mão pelo cabelo, enquanto me mantenho em vigília constante ao lado da cama de Babydoll.

— Deixei alguns medicamentos aqui para você, também — diz ele, apontando para as pílulas na mesa de cabeceira.

— Estou bem, mas obrigado.

O Dr. Shannon insistiu em avaliar meus ferimentos depois de examinar Babydoll. Eu tinha estilhaços espalhados por cada parte do meu corpo, mas isso foi fácil de resolver, e acabei com alguns pontos em cortes mais profundos. Além disso, esses ferimentos são o menor das minhas preocupações.

Babydoll está com algumas costelas quebradas e um estiramento no tornozelo. Ela também tem um corte imenso na parte de trás da cabeça, e como eu, tinha estilhaços incrustados em sua pele, porém o médico conseguiu remover tudo sem a necessidade de levá-la ao hospital.

O doutor não fez perguntas, sequer insistiu que fôssemos ao hospital, pois sabe como as coisas funcionam. Ele viu o bastante na época em que atendia às chamadas de Connor.

Badydoll está dormindo profundamente por conta dos sedativos que o médico administrou. Ela é uma guerreira, pois não reclamou em momento algum, e nem ao menos demonstrou a dor que sabíamos que devia estar sentindo.

— Eu sei a saída. — A porta se fecha logo depois.

Não deixei o lado da cama desde que o médico disse que eu poderia ficar com ela. Eu queria ter tido a oportunidade de comprar uma cama adequada, mas desde que saí da prisão, a vida tem estado uma bagunça dos infernos.

O suspiro suave escapando por entre seus lábios entreabertos, quando ela abraça meu travesseiro, indica que ela não liga nem um pouco para luxos.

Não vou sair do seu lado até que ela desperte, mas preciso fazer algumas ligações. Então, silenciosamente, pego meu celular e vejo a mensagem que Brody enviou. É um link com a reportagem sobre o ocorrido.

Leio tudo e dou uma risada de escárnio ao ver que os tiras atribuíram a culpa a uma disputa de gangues. Isso me faz questionar se Sean tem alguém da polícia em sua folha de pagamento, pois parece obra de alguém de dentro.

Aposto minha vida que Sean foi o único responsável em plantar aquela bomba. A entrega fora de hora foi uma estratégia perfeita, pois não levantou suspeitas até ser tarde demais. Os Doyle receberam Sean em seu pub, subestimando sua sede por poder e controle.

Babydoll teve sorte de estar do lado de fora quando a bomba explodiu, porque, de outra forma, ela nunca teria sobrevivido se estivesse lá dentro.

Meu celular toca e eu atendo rapidamente, sem querer que ela acorde.

— E aí? — cumprimento Cian.

— Você viu os jornais? — ele pergunta, sem fôlego. — O pub dos Doyle explodiu. Os policiais estão dizendo que foi obra de alguma gangue.

— O tom cético na voz dele revela que ele sabe muito bem a verdade.

— Sim, eu vi. Eu estava lá. Mas estou bem — acrescento, pois sei que ele vai entrar em pânico. — Cami também, assim como Brody. Isso é coisa do Sean. Ele queria que todos nós estivéssemos no mesmo lugar, na mesma hora.

— Puta merda — Cian pragueja. — Eu sabia! Cami está bem?

Meu silêncio é toda a resposta que ele precisa.

— Punky, você ligou para Rory?

— Ela me pediu para não ligar — respondo, observando-a dormir. — O Dr. Shannon acabou de sair daqui. Agora, ela só precisa descansar.

— Ela pode descansar no apartamento do Rory — diz ele. — Não quero me envolver nessa confusão.

— Então não se envolva — rebato. — Isso não é da sua conta. Cami já é bem grandinha. Não vou expulsá-la daqui. Ela sempre será bem-vinda na minha casa. Quando ela acordar, pode decidir o que quer fazer.

Cian fica em silêncio, e sei que ele acha isso uma péssima ideia.

— Tenho que desligar. Preciso ligar para o Brody. Ele está do nosso lado, depois do que aconteceu. Sean pagará caro pelo que fez.

— Tudo bem, então. Me ligue mais tarde e me coloque a par dos planos. Não importa que você seja um idiota, ainda quero te ajudar.

Essa é a forma que Cian tem de me dizer que não quer ter que escolher lados, mas que se a merda entornar, ele ficará ao meu lado. E ele não contará a Rory que Babydoll está aqui.

— Eu te devo um monte. Sinto muito por te colocar nessa situação estranha.

— Sempre vou te apoiar, Punky. Sempre.

Ele encerra a chamada e eu dou um longo suspiro, completamente fatigado.

Decido enviar uma mensagem meio ambígua a Brody, pois tenho certeza de que ele deve estar lidando com os policiais e não quero levantar suspeitas.

> Onde você acabou com a minha vida é o nosso ponto de encontro amanhã. As colinas têm olhos...

É perigoso demais marcar um encontro em algum lugar público, pois Sean provou que tem olhos em todo lugar. Decido me encontrar no lugar que deu início a toda essa provação, o lugar onde testemunhei o último suspiro de Connor.

É uma estrada deserta e de acesso livre em caso de fuga. Marcar de encontrar em um lugar aberto é mais seguro do que um local com potenciais vítimas.

Brody responde um momento depois.

> Olhos que estão prestes a ficar cegos...

Decifro sua resposta como um acordo de que nos encontraremos amanhã.

De jeito nenhum Brody sossegará depois de toda a merda que aconteceu. Se ele se sentisse confiante de que poderia fazer isso sozinho, eu já estaria morto. Mas ele percebeu que precisa de mim, e como sou um Kelly, afinal de contas, que melhor aliado ele poderia encontrar? O filho do homem que ele quer morto.

— Obrigada por não ter ligado para Rory. — Sua voz rouca me assusta, pois pensei que estivesse dormindo.

Olho para baixo, forçando um sorriso.

— Sem problema. Como está se sentindo?

Babydoll geme baixinho quando tenta se virar de lado.

— Estou bem. O Dr. Shannon foi ótimo. Ele disse que meus ferimentos são leves. Você está bem mesmo?

Ela olha para os meus braços repletos de pontos, assim como o corte acima do supercílio.

— Vou sobreviver. Você deveria descansar.

Mas sei, melhor do que ninguém, que ela odeia ordens.

— Sean me ligou dez minutos antes de a bomba explodir. Por isso eu estava lá fora.

Não sei o que dizer, então a deixo continuar:

— Ele me disse para aceitar a chamada no beco. Quando perguntei o que ele queria, ele disse que tinha um recado que eu deveria passar pra você.

— Que recado foi esse? — sondo, tentando controlar a respiração.

Ela lambe os lábios ressecados.

— Que você está começando uma guerra que não vai vencer. Que ele está te dando uma chance para recuar. Se você escolher não fazer isso, então tudo o que acontecer a partir de agora é culpa sua. Depois disso... tudo escureceu.

NÃO CAIR EM TENTAÇÃO

Cerro os punhos.

— Por que ele me salvaria? Foi isso o que ele fez quando me ligou, certo? Ele me fez sair do prédio de propósito.

Encaro o teto, respirando três vezes, profundamente, antes de explodir.

— Punky?

Quando acho que sou capaz de falar sem socar alguma coisa, conecto meu olhar ao dela e afirmo:

— Ele te salvou para me provar que está no comando. Que nossas vidas estão em suas mãos. O que mais ele te disse?

Quando ela desvia o olhar, sei que há algo mais que ela não quer compartilhar.

— O recado dele prova que ele está com medo. Ele sabe que sou o único que pode destruí-lo. Ele teria matado a todos nós, mas não fez, e isso mostra que ele ainda precisa de nós vivos.

Não sei do que se trata, mas vou morrer tentando descobrir, se preciso for.

— Então Brody ainda está vivo?

Assinto, e ela apenas suspira. Não sei se de alívio ou tristeza.

— Erin não teve tanta sorte.

A cena de seu corpo todo retorcido sempre me assombrará. Mesmo que ela fosse uma Doyle, ainda assim, não merecia morrer daquele jeito.

— Por que você foi ao pub, para início de conversa? O que Brody queria com você?

Ela mastiga o lábio inferior, nitidamente abalada.

— Ele me disse que eu não deveria confiar em você.

— Aah, bem, tenho falado isso há anos — afirmo.

Ela me ignora.

— Ele disse que você não é quem eu penso ser. O que isso significa?

Este é o momento certo para contar a verdade. Mas as palavras não saem. Não sei como dizer a Babydoll que não somos irmãos de fato. O que isso fará por Brody? Não quero parecer arrogante, mas seu comentário, de que sempre quis somente a mim, confirma que Rory será o único a sofrer com a minha confissão.

Minha lealdade a ele me faz exalar um longo suspiro.

— Não importa — diz ela, balançando a cabeça. — Todos nós guardamos segredos, não é?

Olhando-a com mais atenção, inclino a cabeça para o lado.

— Sim, todos guardamos.

Ela dá sinais de que nossa conversa acabou por ali quando se vira de costas para mim.

Entendo que esteja com raiva. Ela quase perdeu sua vida. É muita coisa para lidar, então deixo por isso mesmo.

Exausto, eu me sento na cadeira ao lado da cama e noto seus ombros tremendo. Ela está chorando, mas não quer que eu veja. Então, eu contenho a vontade de consolá-la, e deixo que ela chore por mim também.

NOVE
CAMI

O cantarolar dos pássaros me alerta de que já amanheceu.

Eu finalmente apaguei, cansada de tanto chorar. Eu deveria estar acostumada a derramar lágrimas quando Punky está envolvido. Ele não é quem eu pensava que fosse. Todos nós guardamos segredos por algum motivo, mas os de Punky são nocivos de um jeito que acho que eu nunca me recuperaria.

Todas as minhas coisas estavam no hotel em que me hospedei pouco antes de ir ao encontro de Brody. Eu, literalmente, só tenho a roupa do corpo, que agora está esturricada, provando que já viu dias melhores. Quero desesperadamente tomar um banho e escovar os dentes, então decido me refrescar o máximo possível antes de pedir um táxi para que eu possa buscar meus pertences no hotel.

Punky está largado em uma cadeira ao lado da cama, em uma posição bem desconfortável. Ótimo.

Afastando as cobertas, tento me levantar. Estou de calcinha e camiseta, e quando dou uma conferida nas minhas pernas, suspiro fundo ao deparar com a quantidade de curativos. Sei que andar será dolorido, mas ignoro o desconforto e pego os analgésicos que o Dr. Shannon deixou para mim.

Pegando duas pílulas, vou mancando até o banheiro e suspiro aliviada quando vejo o chuveiro. Não penso duas vezes e tiro a roupa com dificuldade, abrindo a torneira. Somente quando a água está escaldando é que me enfio debaixo da ducha.

O calor desfaz os nós dolorosos do meu corpo, e fico ali imóvel, desejando lavar a angústia de dentro do peito.

Em poucas horas, descobri tanta coisa sobre Punky. Não sei o que pensar. Não quero acreditar no que ouvi, mas, lá no fundo, sei que é tudo verdade. Ele mentiu para mim. Eu sei que fiz o mesmo com ele, mas parece que esse é o padrão entre nós; e quando isso vai acabar?

Esfrego a pele e só desligo o chuveiro quando começo a sentir desconforto, graças ao meu tornozelo inchado como um balão. Abro a porta do boxe e me curvo para alcançar a toalha do suporte, mas graças ao fato de não conseguir apoiar direito um dos pés no chão, perco o equilíbrio, dou um grito e caio no piso escorregadio do banheiro.

— Caralho — praguejo, dando um murro nos azulejos, em pura frustração.

Quando estou desesperadamente tentando me levantar, Punky aparece. Meu grito deve tê-lo acordado, mas ele ainda está sonolento. No entanto, isso muda assim que ele me vê esparramada no chão, pelada e molhada.

O azul de seus olhos, de repente, se torna um ameaçador tom escuro.

Isso é errado, mas quando Punky está envolvido, me dou conta de que não há nada certo. Agora é a minha vez de ser má. Agora é a vez *dele* de sentir toda a dor que eu senti.

Paro de tentar de me levantar e permaneço imóvel, o olhar conectado ao dele. Ele não desvia o olhar, mesmo sabendo que deveria fazer isso. O fato de ele me desejar dessa forma alimenta essa fome constante dentro de mim. É o motivo pelo qual eu me recosto de volta à parede, não me incomodando em cobrir minha nudez.

— Me deixe te ajudar — ele diz, por fim, quando percebe que o estou encarando. Ele pega uma toalha, mas eu balanço a cabeça em negativa.

— Você pode me ajudar de outro jeito — ronrono, abrindo as pernas para expor ainda mais meu sexo para ele.

Seu olhar flamejante me deixa excitada, ainda que seja nítido que ele está lutando para desviar o olhar. Só que ele não consegue.

— Não — afirma, mas o fato de estar me encarando como se eu fosse sua última refeição contradiz sua declaração.

— Não? — brinco, dando um sorriso ao espalmar meus seios e arrastar os polegares sobre meus mamilos eretos. — Não, você não vai me ajudar?

— Não podemos, Baby — diz ele, ainda me comendo com os olhos.

— Aah... porque você é meu irmão?

Ele cerra a mandíbula.

— Irmão ou não — alego, arrastando as mãos, lentamente, até a junção entre minhas pernas —, você foi a melhor transa que já tive. Ninguém nunca conseguiu me fazer gozar como você fez.

Estou sendo grosseira de propósito, porque quero vê-lo se contorcer, e é exatamente o que ele faz quando enfio dois dentro da minha boceta. Estou encharcada, graças ao banho, mas também porque Punky está aqui, me observando enquanto me masturbo.

NÃO CAIR EM TENTAÇÃO

Meus ferimentos estão esquecidos conforme deslizo os dedos, para dentro e para fora, o olhar preso ao dele, que simboliza a imagem perfeita para fantasiar. Ele me observa brincar comigo mesma devagar, murmurando em aprovação quando vejo sua reação.

— Pare com isso — ele diz, mas não é o que quer dizer.

— Você sabe que é livre para sair do banheiro — arfo, empinando os seios para continuar o torturando. — Mas não consegue, não é?

Quando ele não responde, dou uma risada.

— Fique de joelhos.

Minha exigência o deixa chocado. Consigo ver, claramente, que ele está ponderando sobre minha ordem, ciente de que isso é errado. Mas a tentação vence, como eu sabia que venceria quando ele se ajoelha diante de mim. Ele não diz nada. Apenas observa quando abro ainda mais as pernas e acelero o ritmo dos meus dedos.

— Eu costumava pensar em você quando Rory me fodia. Era o único jeito que eu conseguia gozar. Não me leve a mal, ele me fodia gostoso e com força.

Punky cerra os punhos e contrai a mandíbula, e eu dou um sorriso.

— Mas não era o pau dele que eu queria na minha boca. Na minha boceta. E no meu c...

— Pare de falar desse jeito. Você não é assim.

— Como você sabe? — caçoo, espalmando meu seio e continuando a brincar com meu sexo necessitado. — Você não me conhece mais. Porque está ocupado demais com Darcy Duffy, para dar a mínima.

— Ela não significa nada para mim — ele declara, ainda de joelhos. A visão é gloriosa pra caralho. Ele merece ficar desse jeitinho depois de tudo o que fez.

— É mesmo? Você só transa com mulheres para conseguir o que quer? É isso?

— Eu nunca transei com ela — diz, curvando os lábios, com raiva. Sua confissão atiça minha curiosidade. — Qual é o problema? Por que você está agindo assim?

— Não sei do que você está falando. — Um gemido me escapa quando sinto meu orgasmo se aproximar.

— Não minta pra mim, porra.

Rindo, arqueio as costas, abrindo ainda mais as pernas.

— Que piada, ainda mais vindo de você.

— Cuidado com a língua, Babydoll — ele adverte, sua raiva palpável. É exatamente o que quero. Ele está caindo na minha armadilha.

— O que você vai fazer sobre isso? — eu o desafio, com deboche. — Sou sua irmã. Você não pod...

Antes que possa completar a frase, ele avança, me desequilibrando. Quando minhas costas atingem o piso frio, ele está entre minhas pernas, substituindo meus dedos por sua boca enquanto me come violentamente.

Um gemido alto escapa dos meus lábios, porque cada terminação nervosa minha está estimulada. Sua barba por fazer arranha a pele sensível do jeito certo, assim como sua língua habilidosa. Ele não é gentil, mas nem quero que seja. Eu desejei isso por dez anos.

O que eu disse sobre Rory é verdade. Não importa o tanto que ele tenha tentado me dar prazer, nunca era o suficiente, porque ele não era o homem que eu queria. O homem que está me deixando louca com sua língua, boca e dedos.

O hálito quente de Punky me arrepia o corpo inteiro, e eu agarro um punhado de seu longo cabelo, pressionando-o ainda mais contra a minha boceta, já que quero lambuzá-lo todo com o meu gozo, para marcá-lo como meu, porque é o que ele é. Ele me pertence. E eu pertenço a ele.

— Ah, minha nossa — ofego, me contorcendo diante da sensação deliciosa.

Ele abre ainda mais minhas pernas, não deixando uma parte sequer intocada, atiçando fogo dentro de mim. Ele aperta meus mamilos duros, do jeito que sabe que adoro. Ele conhece meu corpo melhor do que eu.

Eu cavalgo seu rosto conforme ele gira a língua profundamente dentro de mim. O som animalesco que ecoa de seu peito é tudo o que preciso, e gozo com força, sentindo os olhos marejados. Punky arranca cada um dos meus espasmos, antes de depositar um beijo ardente na minha boceta dolorida.

Ele rasteja acima de mim enquanto permaneço esparramada no chão, toda aberta, sem fôlego e exausta. Quando acho que sou capaz de falar, consigo me apoiar nos cotovelos, maravilhada com o anseio de Punky.

— Você quer me foder?

— Não, Babydoll — diz ele, lambendo os lábios com um longo grunhido. — Eu não quero só te foder. Eu quero te partir ao meio.

A impressionante ereção em sua calça revela que sua alegação é verdadeira.

— Mas você não pode porque é meu irmão? E por causa do Rory?

— Sim, por causa do Rory — diz ele, deixando de propósito nosso parentesco de lado, o que me enfurece.

NÃO CAIR EM TENTAÇÃO

— Talvez eu possa ligar para ele dar uma passada aqui, daí você pode assisti-lo me fodendo, que tal? Quero dizer, você já me fodeu de todas as outras formas.

— Do que você está falando?

— Você quer me foder? — questiono, me contorcendo abaixo dele.

— Você já sabe a resposta para essa pergunta. — Ele permanece imóvel, mesmo quando subo em seu colo, me sentando escarranchada.

— Me diga.

— Cami, eu quero, mas não posso.

Enlaço seu pescoço e arqueio as costas, deixando meus seios a centímetros da sua boca.

— Por quê? Ninguém precisa saber. — Começo a rebolar contra sua ereção, sarrando minha boceta em seu pau; ele cerra a mandíbula, seu senso de moral desvanecendo a cada segundo.

— É errado. Não quero fazer isso com Rory. Ah, puta que pariu — ele rosna, quando lambo a comissura de seus lábios mentirosos.

— Suponho que transar com a sua irmã é errado — atesto, colocando a mão entre nós e abrindo seu zíper. Quando ele enrola minha mão ao redor de seu pau, ele inclina a cabeça para trás e geme. — Tudo bem, então. Vou parar.

Mas a razão por trás disso que comecei vem à tona.

— Não... você não vai porra nenhuma. Você não é minha... irmã. Sean é o meu pai, não o Brody.

Estalando a língua, balanço a cabeça, mal conseguindo acreditar que tive que descobrir a verdade através de dois merdas, e não dele.

— Eu sei — digo, com ódio. — Eu só queria ouvir você dizer. Queria que admitisse que esteve mentindo pra mim esse tempo todo, seu desgraçado!

Saindo de cima dele, eu me levanto, pego a toalha do suporte e cubro meu corpo.

O tesão de Punky é, subitamente, substituído por confusão.

— Você sabia? Como?

— Brody me chamou para ir até o pub só para me dizer que ele não é seu pai. Foi por isso que ele disse que eu não deveria confiar em você, pois o fato de manter esse segredo de mim só provava que *você* não confia em mim. Ele queria fazer as pazes comigo, e achou que se te dedurasse, eu veria que você é o cara mau, não ele. Brody achou que ao me dizer a verdade, minha lealdade mudaria de lado, e que eu me aliaria a ele. Eu faria questão de dizer que sou uma Doyle, como ele sempre quis que eu fizesse. Ele sabe que sou uma adversária que ele não deseja ter.

Punky rapidamente fecha o jeans antes de se levantar. Mas é a minha vez de falar.

— Eu não queria acreditar nele, sabe? Quero dizer, me fazer acreditar que você é meu irmão é cruel, especialmente se contar que quase transamos na minha festa de noivado! Você tem noção de como tenho me sentido? Nutrindo esse tipo de sentimentos por alguém que eu pensei que era meu irmão?

— Sinto muito — ele diz, tentando se explicar, mas o tempo de fazer isso veio e passou.

— Mas daí, seu pai me ligou e confirmou tudo o que Brody disse, e então percebi que era verdade. Foi por isso que Sean me ligou. Para te dar um recado, mas também para me dizer a verdade: que ele é seu pai! Você mentiu pra mim esse tempo todo. Como pôde?

— Baby...

Não consigo me conter e dou um tapa em seu rosto. Assim que faço isso, me arrependo, pois nada disso se resolverá com violência. É por esse motivo que estamos onde estamos.

— Você não passa de um mentiroso.

— Sim, eu sou — replica, esfregando a bochecha. — Eu não queria te dizer, porque achei que você estaria melhor sem mim. Eu só trago problemas. Não quero isso pra você. Eu queria que fosse feliz. Queria que ficasse segura.

— Ah, vê se cresce! — disparo, não aceitando suas desculpas. — Eu sou uma mulher adulta e posso fazer minhas próprias escolhas. Não preciso de proteção. Não estamos no século vinte. Cavalheirismo é um lance sexista pra caralho!

Punky exala audivelmente.

— Estraguei tudo, eu sei. Mas você era feliz com Rory, e eu sabia que se te contasse a verdade, você...

Dou uma risada de deboche, incrédula.

— Eu, o quê? Desmaiaria aos seus pés? Eu te seguiria como um filhotinho perdido? Por favor... me dê um pouco mais de crédito.

— Você não pode negar que a atração ainda existe. Nunca foi embora — alega, o que faz com que uma bolha de felicidade suba à superfície. Rapidinho, eu a estouro, pau da vida. — Fiquei com medo de que se contasse, eu foderia tudo. Rory é meu amigo, e eu não queria magoar nenhum dos dois.

— Você está ouvindo suas próprias palavras? — indago, arqueando uma sobrancelha.

— Diga-me que vai voltar para o Rory, agora que te contei tudo — ele me desafia, mal sabendo que ele é a piada.

— Eu terminei tudo com Rory antes mesmo de saber a verdade. Vê se te enxerga, Puck Kelly!

Ele retrocede em seus passos, sem palavras.

Eu apunhalo seu peito com a ponta do dedo.

— Essa escolha era minha para fazer, não sua.

Omito o fato de que deixei Rory por causa dos meus sentimentos por Punky, pois essa não foi a única razão. Rory é um homem maravilhoso, e fará alguma garota sortuda muito feliz, mas essa garota não sou eu.

— Você rompeu o noivado? — ele pergunta, baixinho.

Em resposta, mostro meu dedo sem a aliança.

— Por quê? Achei que Rory te fazia feliz. Eu não entendo.

— Bem, sim, nem eu entendo — respondo, mas Punky não cai nessa. — Parece que sou mais feliz se estiver sozinha. Agora, se me der licença, preciso recolher as minhas coisas no hotel.

— Babydoll — Punky diz, estendendo a mão para mim.

Pela primeira vez na vida, recuso seu toque.

— Não. Obrigada por ter salvado a minha vida, mas pra mim já deu. Você deveria ter me dito a verdade, e agora, realmente não confio em você.

Ele baixa o olhar, ferido pelas minhas palavras.

Sei que estou sendo hipócrita em descontar minha raiva; eu menti pra ele uma vez, mas isso é totalmente diferente. Eu menti porque não tive escolha, mas ele, sim. A bola sempre esteve nas mãos de Punky.

Passando por ele, pego um par de uma de suas calças e dobro várias vezes nos tornozelos. Visto minha camiseta destruída e calço os tênis; em seguida, pego a mochila de couro, grata por ainda tê-la comigo.

— Baby, por favor, não vá embora. Você ainda está ferida. Eu busco suas coisas — ele diz, entrando no quarto.

— Não — respondo, com firmeza. — Preciso de tempo para pensar. Longe de você. Eu não queria acreditar neles, mas, ouvir a verdade da sua boca... Eu queria que você fosse realmente meu *irmão*, só para que eu pudesse deixar de te amar.

Ele exala um longo suspiro.

Sem me importar em dar adeus – já que tivemos muitos momentos como esse –, saio porta afora sem olhar para trás. Infelizmente, a pessoa que vejo logo adiante não é quem eu gostaria.

— Oi — Darcy me cumprimenta, saindo do carro.

— Ele é todo seu — retruco, passando a toda por ela.

Ela nem sabe o que dizer.

— Babydoll! — Punky grita, correndo atrás de mim.

Mas eu não paro.

— Cami!

Ele sabe que não deve me tocar, então corre e se posta na minha frente, me obrigando a estacar em meus passos.

— Por favor, não vá. Me deixa explicar.

— Você teve tempo de me explicar, mas deixou passar. Você fez sua escolha, e esta sou eu fazendo a minha.

Tento contorná-lo, mas ele não permite.

— Você sempre foi minha escolha! — grita, abrindo os braços. — Pensei que estava fazendo a coisa certa. Me desculpa.

Uma parte minha amolece, por conta de sua sinceridade. Mas a parte teimosa me repreende por ser tão fraca.

— Bem, você pensou errado. Não sou uma donzela em perigo que precisa ser resgatada.

— Eu sei disso — rebate, com raiva. — Eu só queria que você fosse feliz. Você e Rory. Eu não posso te oferecer isso.

— Ah, para! Já cansei dessa porcaria de altruísmo — exclamo. — Um homem sem amigos é um homem sem poder, e de onde estou parada, você é impotente, porra!

— Você acha que não sei disso? — ele esbraveja, passando a mão pelo cabelo desgrenhado. — Por que acha que estou preparado para fazer um acordo com o homem que matou a minha mãe, caralho? O homem que arruinou a minha vida.

— Tem um monte de gente que pode e quer ajudar — informo. — Mas você é tão teimoso e egocêntrico, chafurdado na sua própria merda, que não permite que ninguém se aproxime. Eu também quero ver Sean e Brody pagarem pelos seus atos. Eles acabaram com a minha vida do mesmo jeito. Eles destruíram a vida de todo mundo!

Estou hiperventilando por causa da minha raiva.

Punky entrelaça os dedos à nuca, frustrado porque não estou me submetendo.

— Eu sei disso, mas é difícil para mim, pedir isso a vocês. Colocar a vida de todos em perigo, por minha causa.

— Você não está pedindo, Punky. Nós queremos ajudar. Você é o único que não consegue enxergar isso.

— Se alguma coisa acontecer a qualquer um de você, eu nunca serei capaz de me perdoar — ele revela, engolindo em seco. — Eu já falhei com Hannah e Ethan, sendo que jurei protegê-los. Eles são apenas crianças, Cami, e estão ferrados, como alguém da idade deles nunca deveria estar.

— Hannah pode cuidar de si mesma — digo, minha raiva borbulhando. — Foi ela quem conseguiu te tirar da prisão. Ela e Darcy.

Darcy está parada perto do carro, nos dando privacidade, o que me surpreende. Pensei que ela estava louca para chorar no ombro de Punky.

— Eu sei disso. Eu só estou... assustado pra caralho — confessa, me pegando de surpresa. — Não por mim, mas por vocês. E se eu não conseguir deter Sean? E se tudo isso for em vão?

Ver Punky tão exposto assim é raro. Ele quer salvar e proteger todos nós, mas não consegue fazer isso sozinho.

— Isso nunca será em vão — afirmo, com toda a sinceridade.

Punky assente, entendendo a insinuação.

Estou prestes a dizer a ele sobre minha visita a Ron, quando meu celular toca. Pego de dentro da mochila, mas não reconheço o número. Eu atendo, meio apavorada.

— Alô?

— Oi, maninha.

— Eva? Que número é esse de onde você está me ligando?

— É meu novo número — ela diz. — Surpresa! Estou aqui em Belfast.

— O quê? — Essa expressão nunca teve tamanho significado como agora. — Onde está a mamãe?

— Em casa. Você pode me buscar no aeroporto? Ou posso pegar um táxi para ir até você.

— Por que você veio pra cá?

— Pensei que fosse ficar feliz — diz ela, triste.

— Estou, é só que... O que aconteceu com a mamãe? — Há um motivo para ela ter aparecido aqui do nada, sem me avisar, pois ela sabe que eu nunca a deixaria viajar sozinha.

Punky está ouvindo atentamente, pronto para me acudir se eu precisar.

— Nada. Eu só precisava me afastar um pouco. Então, você pode vir me buscar?

— Claro — digo, já que eu nunca me recusaria. — Chegarei aí em vinte minutos. E, Eva, não entre no carro de estranhos, entendeu?

— Tá bom, *mamãe* — ela zomba, mal se dando conta do risco em que se colocou ao vir até aqui.

Encerro a chamada, balançando a cabeça em derrota.

— Tenho que buscar minha irmã no aeroporto.

— O quê? Ela está aqui? Agora?

— Sim — respondo, antes de rapidamente acrescentar: — Você não precisa me dizer que essa é uma péssima ideia. Eu sei. Acho que ela deve ter brigado com a minha mãe. Ela vai fazer 18 anos no dia 29.

— Sua mãe está bem?

— Acho que sim, mas vou descobrir a história toda quando encontrar Eva. Tenho que ir.

— Claro — Punks concorda. — Quer usar minha caminhonete?

— Não, está tudo bem. Vou pegar um táxi. Se eu aparecer com a sua caminhonete lá, Eva vai me encher de perguntas, e não tenho um pingo de energia para explicar tudo nesse instante.

Ele assente, compreendendo que o que quis dizer é que ela perguntará sobre Rory.

Esse assunto terá que ser colocado em *stand-by* por enquanto, pois tenho outro drama para lidar.

— Tome cuidado — diz ele, com um longo suspiro.

— Eu sempre tenho. Você também... se cuide. Vai ao encontro de Brody hoje? — Conheço Punky, e sei que ele vai querer retaliar assim que possível.

Ele balança a cabeça em concordância.

— Sim. Está na hora de definir as regras.

— Regras que Brody vai quebrar.

— Não se eu as quebrar primeiro — ele salienta, e sei que quer dizer cada palavra.

Não sei mais o que dizer, então dou um breve sorriso antes de virar as costas para ele e me afastar às pressas, torcendo para que seja pela última vez. Mas eu me conheço. As coisas entre mim e Punky apenas começaram.

NÃO CAIR EM TENTAÇÃO

DEZ
PUNKY

Observo Babydoll se afastar, sentindo o nó se instalar na garganta, porque tenho dúvidas de que ela vá voltar.

Estraguei tudo, e sei disso.

Pensei que estava fazendo a coisa certa, mas estava muito errado. Eu deveria ter contado a verdade a ela, pois ficar sabendo através de seu pai e Sean foi a pior coisa que poderia ter acontecido. Eu a magoei, e ela tem todo o direito de me odiar.

Suponho que seja lá qual for o destino reservado para mim, terei que aceitar, pois eu o trouxe para mim mesmo.

— E aí, Darcy? — pergunto, caminhando pela entrada circular de carros.

— Peço desculpas por não ter ligado antes — ela diz, colocando uma mecha de cabelo atrás da orelha. — Mas fiquei sabendo sobre o *The Craic's 90*. Eu queria ter certeza de que você estava bem... e posso ver agora que não está.

Quando ela estende a mão, com a intenção de avaliar os pontos dados no ferimento acima do meu supercílio, eu me afasto. É uma reação instintiva com todo mundo, menos com Babydoll.

Não quero ser grosso com Darcy, pois ela é a razão para eu ser um homem livre agora. Mas só posso lhe oferecer minha amizade.

— Estou bem. Só que tenho que sair agora. Sinto muito.

Darcy finge que minha rejeição ao seu toque não a afetou e sorri.

— Tudo bem. Há algo que eu possa fazer?

Estou prestes a negar quando tenho uma ideia.

— Você acha que consegue arranjar informações sobre todos os imóveis de Brody?

Darcy dá uma risadinha zombeteira.

— É claro que sim. Eu te entrego tudo isso ainda hoje.

Outro pensamento me ocorre.

— E sobre propriedades abandonadas? Ou prédios que só parecem abandonados a olho nu?

Darcy assente.

— Pode deixar que vou organizar todos esses dados pra você. Mas por que você quer saber disso?

Ela está me ajudando, então nada mais justo do que lhe dar uma explicação.

— Porque estou caçando um aliado de Brody — esclareço, sem querer revelar muita coisa. — Preciso saber se ele está usando alguma propriedade do seu pai como uma espécie de quartel general.

Sean está em algum lugar por perto. Eu sei disso. E a melhor maneira de descobrir onde ele está, é arranjando uma lista com os locais possíveis. Não posso esperar que ele envie uma mensagem a Ronan, com os detalhes do próximo encontro. Preciso atacá-lo agora.

— Darei um jeito de passar tudo isso pra você assim que possível — ela diz, sem insistir.

— Obrigado, eu realmente fico grato por isso. Não quero te assustar, mas... tenha cuidado, okay?

— Não me assusto com facilidade, mas ficarei atenta — replica, entrando em seu carro. — Entrarei em contato quando conseguir as informações que você pediu.

Assentindo, eu a observo dar partida no carro e sair pelo longo caminho até os portões. Assim que sai de vista, suspiro profundamente, exausto, e isso porque não são nem dez da manhã. Meu celular vibra com uma mensagem e vejo que é de Brody.

> Meio-dia. Venha sozinho.

Ironicamente, confio em Brody, porque nós queremos a mesma coisa, mas trabalhar ao lado dele é um martírio para mim. Para conseguir o que quero, tenho que confiar no homem a quem odeio tanto quanto Sean. Só que Brody é bem menos perigoso, enquanto Sean tem a habilidade de causar danos irreparáveis.

Como já fez.

Entro na minha casa vazia, e envio uma mensagem a Hannah, atendendo ao seu desejo de decorar a minha casa do jeito que ela quiser. Não tenho esperanças de que Babydoll volte, mas vai que...

NÃO CAIR EM TENTAÇÃO

Hannah me responde com uma enxurrada de emojis sorridentes.

Sei que ela fará sua mágica aqui, e que quando eu voltar, sequer reconhecerei o lugar.

Tomo um banho e me apronto para o encontro com Brody, embora não tenha como me preparar para o inesperado. Mesmo duvidando de que vou precisar, enfio a mão por baixo da chaminé da lareira de tijolos aparentes e pego a sacola de armas que escondi ali, escolhendo um canivete.

Eu escondo a lâmina no meu coturno e deixo meu cartão de crédito para Hannah, na mesa de cabeceira, trancando a porta em seguida. Ela tem sua própria chave, de forma que possa vir aqui sempre que quiser. Subo na caminhonete e dou início à longa jornada que nunca imaginei que faria outra vez.

Estou no meu limite, checando o tempo todo as cercanias, só para me assegurar de que não estou sendo seguido. O ataque ousado de Sean deu provas de que ele não tem medo algum de exibir suas motivações publicamente. Mas acho que ele está de tocaia agora, só esperando e observando para ver como retaliarei seu ataque.

Também espero que o encontro de hoje determine o futuro.

Assim que pego o atalho da estrada deserta, uma torrente de emoções me invade. Foi aqui onde um novo capítulo teve início. Não mudou muita coisa ao longo dos anos. Começo, então, a pensar no dia que mudou minha vida para sempre.

Eu teria feito um monte de coisas diferente, como nunca confiar em Sean. Mas ele era um mestre na manipulação, e me fez acreditar que, realmente, se importava comigo. Fico imaginando quando minha mãe descobriu sua verdadeira face. Isso me faz apertar com mais força o volante.

As lembranças que tenho dela estão desvanecendo a cada dia, e já não sei se as coisas das quais me recordo são realmente uma memória verdadeira ou fruto da minha imaginação. Mas algo que nunca esmorece é a necessidade de vingar sua morte, e neste instante, percebo que desejo vingar a de Connor também.

Ele deu seu último suspiro aqui, tentando me proteger.

"Não confie no... Sean."

Ele foi para o túmulo desconhecendo que Sean é meu pai verdadeiro. Ele acreditava que era Brody, ou seja lá quem Sean o fez acreditar através de sua lavagem cerebral. Mas alguma coisa o incomodou a ponto de, em seu último minuto de vida, ele me alertar com essas palavras.

"Não confie no... Sean".

Isso me leva a refletir se talvez seja o motivo para ele não ter deixado nada para o irmão em seu testamento.

Só há um homem que pode me responder isso, e ele é a razão para eu parar atrás do BMW preto estacionado no acostamento da estrada. Não quero estar aqui, fazendo um pacto com o diabo, mas os fins justificam os meios – a porra de um fim onde todos aqueles que me enganaram, e também a quem amo, pagarão com suas vidas.

A porta se abre e um Brody Doyle ferido manca para fora. A visão me traz um prazer imenso.

Ele se inclina para dentro do veículo, e quando pega uma bengala, dou um sorriso. O sofrimento desse filho da puta não é sequer uma fatia do que ele realmente merece. Mas seu carma está a caminho...

Saio da caminhonete e o encontro na metade do caminho, enquanto ele continua a coxear pela estrada de cascalho. Cruzando os braços, mantenho meu rosto inexpressivo porque não posso garantir que ambos estaremos de pé ao final dessa conversa.

Os óculos escuros de Brody escondem seus olhos, mas não disfarçam os hematomas e ferimentos por todo o rosto. Mesmo pequenos demais para necessitarem de pontos, ainda assim, são visíveis e me trazem a satisfação ao ver que ele está sofrendo tanto quanto eu. No entanto, graças a Deus não preciso de uma bengala para me locomover.

Isso o torna fraco diante de todos, e tenho certeza de que ele está odiando.

— Camilla está bem? Ela não atendeu às minhas ligações — diz ele, me surpreendendo, porque parece que realmente está preocupado com o bem-estar da filha.

— E você a culpa por isso? — saliento, dando de ombros. — Tudo o que você fez foi feri-la.

— Ah, eu sei disso — responde, com raiva. — Mas com dois filhos agora mortos, ela e Liam são tudo o que me restou.

— Você deveria ter pensado nisso antes de usá-la em seus joguinhos doentios. — Não estou nem um pouco tocado por sua recém-descoberta. Seus filhos não deveriam ter que morrer para ele perceber isso. Será que ele realmente pensa que ela vai perdoá-lo, depois de tudo o que ele fez?

Ele cerra a mandíbula, mas não retruca.

— Seu pai vai pagar caro pelo que fez — Brody promete, agarrando o topo dourado do cabo da bengala.

NÃO CAIR EM TENTAÇÃO   129

— Até que enfim, algo em que concordamos. Vamos apenas esperar que não seja tarde demais.

— E o que isso quer dizer?

— Quer dizer que se Sean está disposto a explodir seu pub, significa que ele está mais determinado do que pensei. Não vai demorar muito até que ele te destrua.

Brody curva os lábios em um esgar, irado, mas sabe que não falei nada mais do que a verdade.

— Então o que sugere que eu faça?

— Primeiro, você vai me responder algumas perguntas, e com toda a honestidade.

Ele dá um aceno relutante com a cabeça.

— Antes de Connor morrer, ele disse que havia feito um acordo com você. Quero saber que acordo era esse.

"Nós tínhamos um acordo. Por que você iria quebrá-lo? Por que agora?"

Foi exatamente isso que Connor disse antes que a merda batesse no ventilador. Eu quero saber por que ele teria feito um trato com Brody. Isso vai me fazer entendê-lo um pouco melhor. E também me fará sentir menos culpado por estar fazendo o mesmo.

— Connor me procurou depois que sua mãe... morreu. — Ele decide usar um termo menos repulsivo, ciente de que não hesitarei em arrancar sua língua só pelo fato de ela ter sido morta por causa dele. — Ele não queria um banho de sangue, então fizemos um acordo; ele não buscaria vingança pela morte de Cara somente se eu prometesse ficar longe de Belfast para sempre.

Ele para, por um segundo, antes de prosseguir:

— Nossas famílias sempre estiveram em pé de guerra por gerações, mas Connor tinha um poder como nenhum outro Kelly já visto. Eu sabia que se ele descobrisse toda a verdade, ele daria um fim aos Doyle de uma vez por todas. Foi por esse motivo que ajudei Sean a acabar com seu velho.

Por instinto, dou um soco certeiro em seu queixo.

A cabeça de Brody se inclina para trás com o impacto, e tento a todo custo reprimir o desejo insano de esmurrá-lo de novo.

— Não se atreva a falar com tanta leviandade sobre o que você fez — advirto, deixando claro que minha ameaça não é vazia.

— Você queria a verdade, então é o que vai ter — diz ele, cuspindo um bocado de sangue. — Connor ficaria de boa com o fato de eu transar com a mulher dele, mas se ele soubesse que eu estava trabalhando com Sean, seria algo imperdoável. Sean usou isso para me controlar. Mas concordei, porque sabia que isso feriria Connor, e depois de ele ter prejudicado minha família por gerações, eu estava mais do que satisfeito em dar a ele o que merecia.

Cerrando os punhos, respiro fundo três vezes. Eu queria a verdade, e não importa quão doloroso seja, eu preciso saber.

— Por que você confiaria em Sean? Ele é um Kelly, afinal de contas.

— Sean me ofereceu sociedade, e eu não poderia recusar. Assim que sua mãe sumiu, ele recuou. Acho que ele estava preocupado que seu pai descobrisse que ele havia orquestrado tudo. Mas sua ganância só pôde ficar adormecida por um tempo. O resto você já sabe como terminou. Nós trabalhamos juntos, nos fortalecendo. Nós conseguimos colocar nossas diferenças de lado, pois a aliança com Sean era mais proveitosa do que ele estar morto. Mas, daí, ele se tornou mais ganancioso.

— Os dois se tornaram — emendo, enojado com ambos. — Não consigo acreditar que meu velho não viu tudo isso. Como ele não desconfiou que Sean agia pelas costas dele?

— Sean é um mentiroso muito habilidoso — Brody diz. — E também é um psicopata.

— Isso ele é mesmo — concordo. — Acho que eu também nunca enxerguei isso.

— Ninguém percebeu. As pessoas são apenas joguetes para ele. Assim que perdem o valor, ele as descarta como se não passassem de lixo. Era isso o que ele estava planejando fazer comigo.

— Ah, deixa de drama — ralho, nem um pouco interessado em sua triste história. — Você fez sua escolha. Fez um pacto com o diabo assim que concordou em matar a minha mãe. Sean sempre teria isso para usar contra você. Ele sempre esteve dez passos à frente de todo mundo.

As narinas de Brody se dilatam, porque ouvir a verdade dói.

— Não confio em você, garoto.

Com uma risada debochada, respondo:

— Que ótimo, pois não deveria mesmo.

Quero deixar isso bem claro que só porque fomos obrigados a colaborar um com o outro, não significa que ele vai sair dessa ileso. Assim que eu conseguir o que quero, ele também será destruído.

— Para isso dar certo, nós dois temos que dar uma garantia — diz ele, com sabedoria. — De forma que não aconteça o mesmo que rolou com Sean.

NÃO CAIR EM TENTAÇÃO 131

— Tudo bem, parece justo.

Brody dá uma risada zombeteira, e sei que o que ele disser a seguir mudará o rumo da história.

— Então, você dará essa garantia com a vida de quem?

Dinheiro, terras e posses não têm o menor significado para nós, porque a garantia tem que ser algo pelo qual valha a pena lutar.

Parece bem razoável a escolha que farei.

— A minha.

Brody ergue uma sobrancelha, surpreso pela minha escolha.

— A sua?

— Sim, nenhuma vida é mais importante do que a minha — afirmo, categórico. Isso é verdade até certo ponto. Mas não estou preparado para arriscar a vida daqueles que amo. — Se eu tentar te passar a perna... e você descobrir — acrescento, com um sorriso —, então não vou lutar contra. E aceitarei morrer sem relutar.

Ele não parece nem um pouco feliz com essa barganha, mas não estou nem aí. É a minha oferta final. No entanto, não pretendo ser pego.

— Eu só tenho que confiar em você, é isso? — pergunta ele, abismado. — Você matou meu filho e meu irmão, e sabe-se lá Deus quem mais. Eu preciso de mais do que isso.

— Não há mais nada, Brody. A minha vida pela deles. Parece justo, já que você tirou a vida da minha mãe. Uma vida por uma vida.

Brody pondera sobre essa exigência, percebendo que não tem margem de negociação.

— Se você me sacanear, moleque, você vai pagar caro.

— Digo o mesmo pra você.

Com a cabeça inclinada de leve para o lado, ele me observa atentamente em busca de algum sinal de que estou mentindo. Ele não verá nenhum.

Com relutância, ele estende a mão. Eu olho para baixo e aceito a oferta, selando nosso destino para sempre.

Com isso acordado, volto ao assunto que me trouxe aqui, pois quero acabar logo com essa merda.

— Quero que você organize um encontro com todos os seus homens. Também quero nomes e endereços de cada um. Hoje. Basta me avisar assim que conseguir.

— Por quê?

— Porque eles precisam saber que não estamos de brincadeira. Cada dia que passa, aumentam as chances para que Sean faça lavagem cerebral em seus capangas. Precisamos que eles saibam quais serão as consequências, caso decidam nos trair. E que pagarão com suas vidas.

— Não acho que haja muitos traíras entre meus homens — ele afirma, com ingenuidade.

— Subestimar alguém é uma burrice do caralho. Pode custar a sua vida. Confie em mim, sei disso em primeira mão. Basta um deles abrir a boca, se gabando do quanto Sean é isso ou aquilo e que pode oferecer a eles o que você não pode. A lealdade desaparece. Homens vão aonde o dinheiro e a segurança se encontram. E aposto que muitos desses homens costumavam trabalhar para os Kelly, estou certo?

Ele assente.

— Bem, nesse caso, você está muito fodido. É só uma questão de tempo.

Brody inspira fundo, pasmo, pois não está acostumado a ser mandado.

— Os homens em Dublin não ficarão nem um pouco satisfeitos em receber ordens de um Kelly. Pelo contrário, isso vai espantá-los. Eles me verão como um traidor por me aliar com o inimigo.

O que ele diz é verdade, o que me dá uma ideia.

— Deixe isso por minha conta. Apenas dê um jeito de arranjar o que pedi.

Ele balança a cabeça, o rosto vermelho de raiva.

— Não se esqueça de que ainda estou no comando, porra — rosna, entrecerrando os olhos. — Você está apenas me ajudando a lidar com um problema. Você pode desaparecer sem deixar rastro, então não ache que estamos nisso juntos. Quando dermos um jeito em Sean, acabou.

— Awww, se isso fosse verdade, eu já estaria morto — argumento, arrogantemente. — Se Sean fosse um mero 'problema', já teria sido resolvido há tempos. Mas ele é muito mais do que isso. E você sabe que sou a única pessoa capaz de acabar com ele.

Brody leva a mão às costas e puxa uma arma, apontando-a direto para mim, bufando de ódio.

— Eu poderia matar você aqui e agora mesmo — diz, esperando pela minha reação.

Eu apenas fico parado, nem um pouco abalado.

— Dói, não é?

— O quê? — esbraveja, sem abaixar a arma.

— O desconhecido — respondo, dando um passo à frente e pressionando o cano contra o centro do meu peito. — Se você me quisesse morto, eu já estaria sob sete palmos. Então, pare de teatrinho, porque você está envergonhando a si mesmo.

— Vá se foder — cospe, empurrando a arma contra mim.

— Hoje não, obrigado. Se você tiver acabado o showzinho, o que acha de pararmos de perder tempo? Ou já se esqueceu do que Sean fez com Erin, e como ele te humilhou na frente dos seus homens?

Ele cerra a mandíbula, lutando contra o desejo de me matar ali mesmo. Ele precisa de mim, e odeia esse fato. Sem sombra de dúvidas, deve ter rolado rumores sobre Sean ao longo dos anos, mas Brody é tão arrogante que nunca acreditou que seu império poderia ruir.

Agora que ele está vendo isso acontecer com os próprios olhos, percebeu que para vencer essa guerra, terá que se aliar ao inimigo – eu.

Com ódio, lentamente ele recua, baixando a mão ainda empunhando a pistola.

— Entrarei em contato hoje à noite.

Dou um sorriso, me deleitando com a vitória. É bom demais chutar um cachorro quando ele está caído.

Brody sai mancando em direção ao carro, nitidamente farto dessa conversa. Ele sai cantando pneu e eu apenas dou um tchauzinho zombeteiro.

Assim que ele some de vista, inclino meu rosto para o céu e inspiro fundo. O primeiro passo rumo à vingança foi dado. Entretanto, não contarei com o ovo no cu da galinha, já que Brody ainda pode tentar me matar. É óbvio que ele odeia ter que trabalhar comigo, mas ele precisa de mim. E eu preciso dele.

O encontro desta noite servirá para que eu avalie quem se desviou, pois esses homens são fracotes demais. Eles abrirão a boca se forem pressionados, e tenho toda a intenção de arrancar sangue de cada um deles em busca de informações sobre Sean. Também espero ver alguns rostos conhecidos, que traíram os Kelly ao se bandearem para os Doyle, e ele serão tratados de acordo.

Meu celular toca, interrompendo minha visão sangrenta da vingança, mas quando vejo o nome de Rory no visor, me pergunto o motivo para que esteja me ligando.

— Alô?

— Oi, Punky — ele diz, nitidamente constrangido. — Eu queria resolver as coisas com você. Cami e eu terminamos. Eu queria te dizer. E também queria me desculpar por estar sendo um babaca. Eu estava com raiva de você. As coisas viraram um caos quando você nos deixou. Tudo mudou. Algumas coisas para melhor, mas a maioria para pior. Não posso obrigar Cami a sentir algo mais por mim. Eu sempre soube disso, eu só achei que algum dia, o amor dela por você acabaria. Mas isso não aconteceu.

Suspiro fundo, pois odeio ver meu amigo assim tão pra baixo. Decido não dizer a ele que já sei de tudo. Não quero causar mais sofrimento a Babydoll. Mas preciso abrir o jogo sobre o fato de eu e ela não sermos irmãos.

— Você pode dar um pulo no castelo em cerca de uma hora?

— Claro — diz, e sua resposta me deixa mais feliz do que eu gostaria de admitir.

— Ótimo. Vou ligar para Cian também.

— Como nos velhos tempos — ele brinca, mas nós dois sabemos que esses tempos já se foram.

— Te vejo mais tarde. — Encerro a chamada e envio uma mensagem a Cian, porque ambos têm o direito de saber o que estou planejando.

No entanto, há algo que preciso fazer primeiro.

Entro na caminhonete e dou um sorriso para o meu reflexo no retrovisor – um sorriso sinistro que esteve adormecido até agora.

A voz da minha mãe ecoa suavemente na minha cabeça, um lembrete de que as lembranças dela ainda estão presentes. Eu só preciso saber para onde olhar.

"Quero que você seja outra pessoa. Quero que finja estar em qualquer outro lugar, menos aqui. Não importa o que você veja, ou ouça, quero que saiba que não é real, porque você não está aqui de verdade."

— Tudo bem, mãe. Mais uma vez.

Tenho que dar o braço a torcer para Hannah – ela tem muito bom gosto. Assim que piso o pé em casa, chego a pensar que entrei no endereço errado.

Não sei como ela conseguiu fazer tudo isso, mas ela deu um jeito de decorar a minha casa com tudo o que preciso e muito mais. A cozinha está impecável, com eletrodomésticos novinhos em folha, alguns que nem faço ideia de para que servem. A sala de estar agora tem um sofá de couro confortável, uma mesinha de centro e uma imensa TV fixada na parede.

A cama king-size está coberta por uma colcha de seda ou cetim. Mas o que se encontra na parede acima da cabeceira é o que torna essa casa um verdadeiro lar. O desenho a carvão que rasculhei há o que se parece séculos atrás.

"Você sempre vai voltar para mim, não vai?"

Foi isso o que perguntei a Babydoll quando fiz esse desenho para ela. Esta peça abstrata é uma das minhas favoritas, porque é a forma que enxergo Cami – livre.

Não desenho há muitos anos. É estranho olhar para aquilo e me lembrar de como eu me sentia, sentado ao cavalete e deixando minha mente fluir. Será que ainda sou capaz de fazer isso? Onde Hannah encontrou este desenho?

Todas as perguntas são deixadas de lado quando Rory anuncia sua chegada.

Tento demonstrar a culpa que sinto quando passo pelo banheiro – onde comi sua ex-noiva sem o menor remorso –, e chego à sala de estar para cumprimentá-lo. Ele sorri, mas é nítida sua tensão. Essa situação é estranha para nós dois.

— E aí?

Rory assobia baixinho, admirado com a minha casa.

— Aah, isso aqui está muito chique.

— Graças a Hannah — revelo. — Nem sei o que metade dessas merdas fazem.

Ele dá uma risada, virando-se para ficar de frente a mim.

Eu me lembro da época em que nós três éramos como unha e carne. Mas, agora, tanta coisa mudou. Não quero arrastar Rory para a minha confusão, mas quero ser honesto com ele. Babydoll está certa – um homem sem amigos não tem poder algum.

Não posso fazer isso sozinho.

Se ele não quiser se envolver, respeitarei sua escolha, porque ele teve a chance de fazer. Ao contrário de Babydoll, que nunca pôde fazer as próprias escolhas. Não é de admirar que ela esteja com raiva de mim.

Porra.

— Rory, não vou te enrolar e preciso dizer uma coisa.

Ele engole em seco, enfiando as mãos nos bolsos.

— Cami e eu... não somos irmãos — declaro, e a verdade nunca pareceu mais agradável. — Connor não era o meu pai, nem Brody. Sean é meu pai verdadeiro.

Ele pisca diversas vezes, obviamente surpreso com a minha admissão. Não posso culpá-lo. Não importa quantas vezes eu diga essa merda, ainda é difícil acreditar.

— Você tem certeza? — ele pergunta, quando finalmente consegue encontrar o que dizer.

— Sim. Descobri isso através do diário de Sean. Ele armou pra mim. E também foi ele quem matou minha mãe.

— Puta que pariu — Rory arfa, chocado, balançando a cabeça e empalidecendo.

Sigo adiante e conto a história toda, deixando de fora o lance entre mim e Babydoll. Isso é algo que cabe a ela contar. Quando acabo, Rory está sentado no sofá, os cotovelos apoiados sobre os joelhos e os dedos entrelaçados à frente da boca.

Sei que é muita informação, então deixo que ele assimile tudo enquanto pego meu celular e digito uma mensagem simples para Babydoll.

> **Me desculpa.**

Não espero uma resposta, mas continuarei me desculpando pelo resto da vida.

— Não dá nem pra acreditar nisso. — Rory se levanta de um pulo, como se o sofá estivesse em chamas, e começa a andar de um lado ao outro na sala.

Fico à distância, dando-lhe um pouco mais de tempo. Mas quando ele para na minha frente, com os olhos flamejantes, vejo que ele fez sua escolha.

— De jeito nenhum você fará isso sozinho — afirma, com convicção. — Sinto muito por ter agido como um idiota. Eu falhei contigo. Eu deveria ter dado meu apoio pra você desde o início.

— Pare com isso — eu o interrompo. — Você não tem que se desculpar por nada. Você queria viver a sua vida. E eu queria isso pra você também.

— Eu sei, mas eu te decepcionei. Eu deveria ter lutado mais.

Não sei sobre qual contexto ele se refere. Lutado mais para não se apaixonar pela mulher que eu amo? Seja como for, nada disso importa.

— E aí, o que está pegando? — Cian pergunta, mas quando vê Rory, seu olhar se intercala de um ao outro. — O que aconteceu agora?

NÃO CAIR EM TENTAÇÃO 137

— Por que você não contou tudo isso? — Rory pergunta a Cian, que contrai os lábios, ponderando sobre o que responder.

— Não era função dele te dizer — digo, de pronto, porque isso é verdade. — As coisas não andavam certas entre nós. Mas eu queria ser honesto contigo. Então, nada mais de mentiras.

Um brilho que não consigo decifrar surge nos olhos de Rory.

— Cami já sabe?

Simplesmente balanço a cabeça em concordância, sem dizer mais nada.

— Caralho — ele␣␣pragueja, baixinho.

Sem dúvida alguma, ele está pensando se ela soube de tudo isso antes ou depois de romper o noivado.

— Não posso lidar com isso agora — ele revela. — Mas se forem espancar alguém hoje, por favor, contem comigo.

Cian ainda não sabe sobre o que discuti com Brody, então coloco tanto ele quanto Rory a par do acordo. Assim que se atualiza, sacode a cabeça em concordância.

— É isso aí. Estou contigo, Rory. Está na hora de derramar um pouco de sangue, porra.

Na mesma hora, recebo uma notificação no celular, alertando que recebi um e-mail e uma mensagem.

O e-mail é de Darcy, que conseguiu a lista de todas as propriedades que pertencem a Brody. Vejo, inclusive, alguns lugares bem interessantes.

A mensagem de texto é de um número desconhecido, e diz simplesmente:

> Dê uma olhada na sua caixa de correio.

É um pouco sinistro, mas tudo bem.

— Volto em um segundo — digo aos caras, que assentem.

Corro porta afora e disparo até a caixa de correios na entrada do portão, encontrando um envelope amarelo lá dentro. Não está endereçado, mas parece se tratar de algum documento. Rasgo o envelope e desdobro o pedaço de papel.

Quando me deparo com nomes e endereços de centenas de homens, alguns dos quais reconheço, concluo que Brody concordou em seguir minhas regras – por agora. Também vejo um endereço e um horário no fim da página.

Chegou a hora.

Corro de volta para casa, entro e vejo Rory e Cian discutindo sobre o funcionamento da lustrosa cafeteira.

— É neste botão aqui — Cian insiste, pressionando o botão; um vapor sobe na mesma hora, quase o queimando no processo.

— Você é muito burro — Rory rebate, empurrando-o para o lado.

Eu fico imóvel, impressionado com meus dois amigos. Parece como nos velhos tempos – quase. O que tenho em mãos, no entanto, é um sinal de que as coisas mudaram.

ONZE
PUNKY

O endereço nos levou direto para a Irlanda. Ou República da Irlanda, como quiser chamar.

Sem mentira. Fico enojado de ver que meus homens, homens que foram companheiros leais de Connor, puderam vir para cá, a fim de servir a outro líder. Mas preciso superar essa porra para que o plano funcione.

Durante o trajeto, coloquei minha 'máscara'; prometi a Brody que os homens não me reconheceriam. E que melhor maneira de fazer isso do que revertendo isso para onde tudo começou?

No instante em que enfiei os dedos no pote de tinta facial, eu me senti em casa. Há muito tempo eu não usava esse 'rosto', mas isso não significa que não seja parte de mim como meu semblante normal. Vejo a mim mesmo usando as duas faces, como se estivessem divididas ao meio.

No entanto, o lado sombrio sempre imperou.

Do banco do passageiro à frente, Cian olha para mim, por cima do ombro, enquanto dou os retoques finais ao redor da boca. Vasculho a mochila, abrindo uma caixinha e pegando os aros prateados entre os dedos. Minha máscara não está completa sem meus piercings.

Não tenho tempo para procurar um profissional para perfurar, então tateio o orifício já fechado na minha narina e pressiono a ponta da argola, furando a pele. Cian estremece, praguejando baixinho.

— Deixa de ser fresco — caçoo, repetindo a ação no lábio inferior. — Seu nariz tem um piercing, porra.

— Ah, é verdade, mas fui a um estúdio fazer isso, não no banco traseiro do carro do Rory.

— O que há de errado com o meu carro? — Rory questiona, aliviando o clima.

Depois que as joias estão no lugar, eu me sinto, subitamente, como o antigo Punky, mas sei que não sou. Nenhum de nós é o que já fomos um dia.

— Vamos fazer logo isso.

Estamos no meio do nada, cercados por nada além de vegetação. A antiga fazenda abandonada adiante é o local de encontro.

— É assim que todo filme de terror começa — Cian diz, usando a lanterna do celular para guiar o caminho.

Ele não está errado. Esse lugar é uma espelunca.

Carros estão estacionados atrás da casa, e quando viramos um canto, me surpreendo ao notar que há luz elétrica. Alguns homens estão do lado de fora da porta dos fundos, as nuvens de fumaça de seus cigarros subindo pelo ar.

Quando nos aproximamos, um deles cutuca o amigo com o cotovelo, chamando sua atenção, e quando ele me vê, quase engasga com o próprio cigarro.

— É hora de vocês se esconderem — digo a Rory e Cian, pois ninguém pode saber que eles estão aqui. Se alguém os reconhecer, somarão dois e dois e deduzirão que Brody está trabalhando em parceria comigo.

Assentindo, eles se dirigem para o lado oposto da propriedade, com suas armas em punho, só no caso de recebermos alguma visita inesperada.

— Qual é a boa, rapazes? — pergunto, passando pelos homens de Brody.

Nenhum deles parece feliz em me ver.

— Você não é bem-vindo aqui — o cara resmunga, agarrando meu antebraço para me impedir de seguir em frente.

Reprimindo a vontade de quebrar sua mão, dou um sorriso.

— Ah, é mesmo? Essa é uma festinha particular?

O homem não me solta.

— Sim, e você está pirado das ideias se acha que pode vir aqui desse jeito.

— De que jeito? — pergunto, com sarcasmo, arqueando uma sobrancelha.

— Como a porra de uma bichinha. Dê o fora daqui antes que quebre uma unha.

Seus amigos caem na risada, como se a piada do filho da puta tivesse sido hilária. Vou dar um bom motivo para eles rirem.

Começo a rir junto, os deixando confusos, mas minha diversão agora é por conta do soco bem dado no meio da garganta do infeliz. Ele se engasga no meio da risada, os olhos arregalados enquanto agarra a garganta, ofegando por ar. Mas não sou um cara generoso.

Agarrando seu pescoço, comprimo com força sua traqueia. Seu rosto se torna rubro em sua tentativa desesperada de respirar. A risada dos amigos some na mesma hora.

— Você tem algo mais que queira me dizer? — pergunto, com o nariz quase colado ao dele.

Balançando a cabeça, ele me implora para soltá-lo.

— Tem certeza? Parecia que você mal conseguia parar de matraquear há alguns segundos.

Alivio um pouco a pressão em sua garganta, permitindo que ele respire.

— Desculpa.

— Como é? — sondo, quase encostando o ouvido em sua boca.

— Solta ele — exige um dos homens. Quando ele tenta me afastar do babaca, dou uma cotovelada em seu rosto. Seu grito ecoa à distância conforme ele segura o nariz quebrado.

— Agora, o que você disse mesmo?

— Me desculpa… — sibila, os olhos suplicando para que eu o solte; o tempo todo, ele tenta afastar minha mão de sua garganta.

— Não acredito nessa sua desculpa esfarrapada — zombo, obrigando-o a se ajoelhar.

— Você é bem-vindo para entrar.

Olhando para ele, de joelhos, dou sorriso.

— Aaah, que gentil da sua parte. Muito obrigado.

Então, por fim, eu o solto.

Ele desaba no chão, de quatro, ofegando por ar. Eu reviro os olhos, porque é muito drama. Quando ele tenta se levantar, eu o empurro de volta com um pisão.

— Acho que você prefere muito mais a vista daí de baixo, não é mesmo? — insinuo, garantindo que ele entenda que se tentar se levantar de novo, vou quebrar seus joelhos.

Ele levanta a cabeça, acenando de leve.

O único ainda de pé sai do meu caminho para que eu possa entrar. O lugar está um lixo. A única coisa que ainda permanece íntegra é a estrutura da casa. No entanto, não está tão cheio quanto a lista de Brody sugeria.

Os homens que não tiverem vindo serão tratados como traidores e receberão o castigo adequado.

À medida que percorro a sala com o olhar, avisto Brody e Liam conversando com um grupo mais adiante. Esta é a primeira vez que vejo Liam desde que fui solto. Ele parece ainda mais arrogante do que eu me lembrava.

Quando nossos olhares se conectam, ele entrecerra os olhos, deixando claro que não está de acordo com o trato que eu e seu pai fizemos.

Ele empurra os homens para o lado, e vem na minha direção.

— Você é muito cara de pau de aparecer aqui com essa pintura. Ainda mais depois do que fez com meu tio e com meu irmão — dispara, os punhos cerrados.

Fiz questão de decorar os rostos dos filhos da puta antes de matá-los. Foi meu toque final.

— Você prefere outra cor? — zombo, franzindo os lábios e fingindo pensar no assunto.

Ele avança, as veias saltadas no pescoço, putaço.

— Eu preferia que estivesse morto — alega, áspero. — Só porque meu pai pensa que isso é uma boa ideia, não significa que eu faça o mesmo. Se você fizer qualquer coisa pra me irritar, vou te matar.

— Você precisa ser um pouco mais específico — ironizo. — O que te deixa putinho, Liam? Só pra eu saber.

Ele rosna, prestes a acabar com o acordo entre mim e seu pai. Mas Brody se coloca entre nós, segurando Liam.

— Já chega, filho — adverte, baixo, sem querer alertar aos outros que há algo errado. Mas isso é inevitável. — Era essa a sua ideia de disfarçar sua identidade? — ele me questiona.

— Sim. Achei que fosse gostar.

Ele exala, nitidamente se contendo para não me matar ali mesmo.

— Mas que porra é essa? — Liam pragueja, olhando para alguma coisa além do meu ombro.

Eu me viro para ver o que atraiu sua atenção, e dou uma risada zombeteira ao ver o filho da puta que tentou dar uma de machão pra cima de mim, agora entrando na sala engatinhando. O outro palhaço que teve seu nariz quebrado está ao lado, com o rosto ensanguentado.

Quando ambos me veem na companhia de Brody e Liam, desviam o olhar.

— Obra sua? — Brody sonda, e eu apenas sorrio em resposta.

— Ainda bem que eles não sabem quem sou eu.

Liam está prestes a me golpear, mas seu pai agarra seu braço.

— Eu disse 'chega'! — Seu tom é firme, indicando que se Liam continuar o desafiando, vai sofrer as consequências. — Nossos homens precisam de líderes, não nos verem discutindo como um bando de velhacos.

— E você acha que esse cretino pode fazer isso? — Liam caçoa, olhando para mim.

NÃO CAIR EM TENTAÇÃO　　　143

— Flynn e Grady acham que sim — Brody rebate, lançando um olhar para os dois panacas que encontrei pouco antes.

Liam não responde, porque seu pai tem razão.

— Só tem esses homens aqui? — pergunto, olhando ao redor da sala.

— Não, alguns estão trabalhando. Não consegui reunir todo mundo em cima da hora.

— Deixa de blá-blá-blá, porra — exclamo, balançando a cabeça. — Você é o chefe, e até onde sei, seus empregados fazem o que você mandar. Não me admira estar atolado nessa merda.

Antes que eles possam dar desculpas esfarrapadas, eu pigarreio bem alto, interrompendo o burburinho entre os homens.

— Posso ter um minuto de sua atenção, por favor?

Alguns se viram para mim, outros retorcem os lábios e continuam a conversar como se eu não estivesse ali. Esses homens são como animais selvagens precisando ser domados.

Pegando minha arma no cós da calça, às costas, encontro um animal grosseiro rindo abertamente, miro em sua perna e atiro. O som ricocheteia pelas paredes, assim como o berro do frangote que desaba no chão como um saco de batatas.

— Seu maldito! Você atirou em mim! — esbraveja, rolando de um lado ao outro e agarrando a perna.

— É verdade — respondo, usando o cano da arma para coçar minha testa. — Para ser franco, eu solicitei a atenção de vocês.

— Brody! Quem é esse maluco? — outro cara pergunta, enquanto Brody falha, categoricamente, no papel de tira bom.

— Ele é meu novo parceiro — anuncia, e só posso imaginar como deve ser dolorido dizer isso em voz alta. — Há um boato por aí de que alguns de vocês esqueceram o que é lealdade.

A raiva é substituída por nervosismo, e os homens se entreolham. Brody dá um passo ao lado, indicando que estou com a palavra.

— Isso mesmo — concordo, cruzando os braços. — Agora, antes que comecem a negar, quero que saibam que todos vocês são culpados até que se prove o contrário.

Um palhaço dá um passo à frente, em uma tentativa ridícula de mostrar autoridade.

— Qual é o seu nome?

Com um sorriso de escárnio, digo:

— Você não precisa saber o meu nome. Não somos amigos. Não sairemos para tomar uma cerveja nem nada. Mas eu sei o nome de cada um de vocês. Sei onde moram. E quem são seus familiares. Eu sei o que preciso saber.

Os homens trocam olhares entre si, nitidamente abismados de que um estranho tenha vindo ao seu território, e que os esteja ameaçando.

— Se eu descobrir que qualquer um aqui dentro está tentando nos passar a perna — faço uma pausa e estalo a língua —, as coisas não terminarão bem para vocês. Isso eu posso prometer. Vou ficar de olho em vocês. Ficarei sabendo quando vocês comem, dormem e quando fazem merda, porque é isso o que um bom líder faz. Ele sabe exatamente onde seus homens estão.

Brody pigarreia de leve, nem um pouco impressionado com a minha escolha de palavras. Mas isso é culpa dele, assim como foi de Connor. Não consigo evitar e acabo comparando este discurso ao que fiz anos atrás, para os Kelly. Contudo, aprendi minha lição e não cometerei o mesmo erro outra vez.

— Vou descobrir se a lealdade de vocês está em outro lugar, e quando isso acontecer, vou torturá-los até que abram o bico, e em seguida vou matá-los. Considerem este como meu único aviso. E sintam-se sortudos por esta oportunidade, porque não haverá uma segunda chance.

Eles me odeiam, e é isso o que quero. Mas, acima de tudo, quero que eles me respeitem. O medo só te leva até um ponto, mas ganhe o respeito de um homem, e ele se tornará disposto a morrer por você.

— Vão para casa, e considerem-se sortudos — repito. — O mesmo não pode ser dito dos homens que não seguiram ordens.

Eles parecem confusos, com medo de que isso seja uma brincadeira. Quando levanto minha arma, eles percebem que não é. Eles saem apressados, atropelando-se como ratos apavorados, sem olhar para trás conforme seguem até a porta. O cara que levou um tiro é colocado de pé pelos amigos, e sai mancando da sala. Alguns poucos permanecem por ali, claramente querendo saber de Liam e Brody o que está acontecendo.

Um homem paira por perto. Sei que ele quer falar comigo, porque ele costumava trabalhar para nós. A forma como ele me avalia prova que ele sabe quem sou.

Quando todos ficam longe do alcance de nossas vozes, ele se aproxima.

— Punky? — sussurra, desesperadamente esperando por uma confirmação.

NÃO CAIR EM TENTAÇÃO

O rosto pintado é um excelente disfarce para aqueles que não me conhecem, mas um rosto conhecido poderia facilmente me reconhecer. E foi isso que Logan Doherty acabou de fazer.

Sei que isso acabaria acontecendo, mas não pensei que minha raiva seria tão absurda. Esse filho da puta é um traidor, e a necessidade de golpeá-lo é insuportável.

— Eu sempre soube que você era um fracote, Logan — murmuro, encarando-o com ódio. — Então, não estou surpreso de te ver aqui.

— Aah, eu sabia que era você — diz ele, quase saltitando de animação. Nem sei por quê. Estou a um fio de quebrar seu nariz só por ele estar aqui.

— Seu discurso me lembrou do se...

Acabo caindo em tentação e esmurro seu nariz.

Ele sabe muito bem que é melhor não revidar ou choramingar, e simplesmente aceita a punição, pegando um lenço dentro do bolso.

— Você não tem lealdade? — pergunto, baixinho, cerrando os punhos. — Nós fomos bons pra você, e é assim que você agradece ao Connor? Trabalhando com os Doyle, porra?

— O que você queria que eu fizesse? Eu precisava sustentar a minha família.

— Essas são desculpas que não tenho o menor interesse em ouvir. Estou aqui para consertar os erros do passado.

— Seu tio vai ficar tão f...

Mas ele rapidamente para de falar, enquanto eu arqueio uma sobrancelha.

— Meu tio o quê? — indago, deixando claro que se ele mentir para mim, vou arrancar sua língua.

Ele lança um olhar apreensivo pela sala.

— Seu tio vai ficar muito feliz com o seu retorno — revela, o que mostra que Sean não disse aos nossos antigos capangas que ele me quer morto. — Ele está tentando restaurar Belfast à sua antiga glória. Mas está encontrando resistência. As pessoas não querem mais nada com os Kelly depois do que aconteceu. — Ele para, de repente, percebendo o que acabou de dizer.

Eu gesticulo para que ele continue.

— Connor era o único a quem eles ouviam. O único a quem respeitavam. Sean sempre foi o segundo em comando. Bem, o terceiro.

Quando arqueio uma sobrancelha, confuso, ele esclarece:

— Sempre esperamos que você fosse assumir depois de Connor, não o Sean. É por isso que ele está tendo problemas em reunir o apoio necessário para derrubar Brody. O povo acha que Sean não tem capacidade de substituir Connor. E estão certos.

Ele para, por um segundo.

— Por isso o Brody ainda está no comando. Os homens não têm fé em Sean. Eles não confiam nele, não depois que ele ressurgiu quando todos pensamos que estava morto. Ele poderia ter feito muito mais para te ajudar, mas, ao invés disso, te deixou apodrecer na cadeia. Nós ficamos com raiva dele por causa disso. Ele era o único que deveria ter sido preso, não você. Quando descobrimos que ele estava vivo, tínhamos certeza de que ele daria um jeito de te tirar da prisão. Daí, quando ele quis assumir a liderança, em vez de te salvar, os homens passaram a vê-lo como um traidor.

Ele olha para os lados.

— Ele te deixou levar a culpa. Que tipo de homem faz isso? Com certeza, não um líder de verdade. Mas você, Puck. O que você fez... Os homens te seguiriam para uma guerra. Você é o filho do Connor, afinal de contas.

É muita informação, e nunca imaginei quão leais alguns homens ainda são para com Connor.

— Ele está trabalhando com alguns homens, mas não tem o poderio necessário pra vencer. Ele está tentando de tudo, mas Brody ainda é o chefe porque Sean não tem a menor chance contra ele. Só que, com você de volta, isso pode mudar. Mal posso esperar para contar a ele.

Agarro o braço de Logan, em uma sutil advertência do que pode acontecer caso ele não preste bastante atenção.

— Você não vai contar a ninguém que estou de volta, especialmente ao Sean — afirmo, categórico. — Isso vai ficar entre nós. Fui claro?

— Sim, mas eu...

— Não me faça arrancar a sua língua — eu o interrompo, porque ele parece não estar me entendendo.

Ele balança a cabeça, temendo pela sua vida.

— Quero que você me arranje uma lista com os nomes dos homens que costumavam trabalhar para nós. Quero saber quem é leal ao Brody. E quem você acha que pode se bandear para o nosso lado.

— E o que você vai fazer com eles? — questiona, engolindo em seco.

— Eles fizeram uma escolha, Logan. E escolheram errado. Você acha que consegue me arranjar o que pedi?

Ele não insiste para saber mais.

NÃO CAIR EM TENTAÇÃO

— Tudo bem. Vou dar um jeito. Vou listar todos os nomes dos homens que serviam aos Kelly e de que lado eles estão agora.

— Ótimo. Isso será de grande ajuda. Obrigado.

Logan não vai me sacanear porque eu sei onde ele mora, quem são seus filhos, e que ele, provavelmente, ainda está transando com a melhor amiga da esposa. Se ele fizer algo pelas minhas costas, farei com pague por sua traição.

Eu o solto, e ele exala em alívio.

— Antes tarde do que nunca, né?

— Claro. Eu te entrego tudo isso amanhã.

Ele não se demora em ir embora.

Brody ainda está falando com alguns homens, mas faz contato visual comigo, deixando claro que viu minha troca com Logan. Preciso ser cauteloso agora que sei que ele detém mais poder do que pensei.

Meu telefone toca e quando vejo que é Hannah, atendo na mesma hora.

— É o Ethan — ela diz, de supetão, apavorada.

Ela não precisa dizer mais nada. Saio correndo porta afora, disparando até o carro. Cian e Rory seguem em meu encalço, notando que é algo urgente. Rory destrava o alarme, e eu quase arranco a porta quando abro para me jogar no banco traseiro.

Os dois entram no carro um segundo depois, e saímos acelerando pela estrada em direção à casa de Fiona. Nenhum de nós fala qualquer coisa.

Quando chegamos, já estou com o rosto livre da pintura. Nem perco tempo em dar uma olhada na casa de Fiona, porque não dou a mínima. Ela está do lado de fora, fumando um cigarro. Ela não reconheceu o carro de Rory, mas quando me vê descer, sacode a cabeça, com raiva.

— É típico da Hannah ligar para o cavaleiro de armadura brilhante — zomba, soprando uma baforada de fumaça.

— Onde ela está? — pergunto, nem um pouco interessado em bater boca com ela, porém a vaca insiste.

— Você não é bem-vindo aqui, Puck. Vá embora antes que eu chame os tiras.

— Escuta aqui, Fiona, seja lá qual é o seu problema comigo, supera. Estou aqui para ajudar o Ethan.

Ela ri, em zombaria.

— Ajudar? Desde quando você ajudou alguém além de si mesmo? Do mesmo jeito que ajudou a si mesmo com o *meu* dinheiro. Eu passei um monte de dificuldades desde a morte do seu pai, com dois meninos pequenos pra criar, e ninguém nunca deu a mínima pra isso! Todo mundo estava preocupado só com você!

Não tenho tempo para esse melodrama, então tento passar por ela, esperando que ela seja razoável. No entanto, ela agarra o meu braço, me impedindo de seguir adiante.

— Se você pisar o pé nessa casa, eu vou te matar.

— Mãe, já chega! — Hannah repreende, da porta da frente. — Obrigada por vir.

Encaro os dedos de Fiona, dando a ela a opção de me soltar por si só, ou posso arrancar seus dedos por ela. Percebendo que não estou de brincadeira, ela me larga, mas não antes de fazer questão de dizer o que pensa de mim:

— Você é a razão de Connor estar morto. Eu queria que você tivesse morrido no lugar dele.

O tempo não foi gentil com Fiona; eu quase não a reconheci. Alguns podem se alegrar ao ver a madrasta sofrendo, mas não é o meu caso. Eu só sinto pena dela.

— Eu desejo isso todos os dias — respondo, querendo dizer cada palavra.

Ela me odeia com todas as forças, e sei que isso nunca vai mudar. Não faz sentido tentar reviver algo morto há tanto tempo, então passo por ela e gesticulo para que Hannah me leve até Ethan.

Ela atravessa um curto corredor e abre a última porta à esquerda. Ela dá um passo para o lado, me deixando entrar, e então vejo o garoto a quem sequer reconheço deitado todo encurvado na cama de solteiro. Parece que ele apagou assim que caiu na cama.

— Eu o encontrei desse jeito — ela sussurra, mordendo o lábio inferior. — Acho que ele...

— Acha que ele o quê? — instigo, para que continue.

Ela apenas meneia a cabeça, incapaz de dizer as palavras, que são desnecessárias.

Entro ainda mais no quarto de Ethan, reparando na escassez de coisas. Para um adolescente, ele não possui nada aqui que indique que tem 17 anos.

Seu peito se move muito de leve; ele parece estar em coma, e isso não deixa de estar próximo da verdade. Eu me agacho ao lado da cama e, gentilmente, ergo a manga do moletom, deparando com o que já suspeitava.

Marcas de agulhas.

Hannah abafa o choro por trás da mão quando vê o mesmo que eu. Ela deve ter suspeitado que ele estava se drogando, mas ser confrontada com a verdade é difícil de lidar.

Dou um longo suspiro ao observar meu irmãozinho. Ele foi arrastado para esse mundo por minha causa. Rory, Cian e eu nunca tocamos nas merdas que traficávamos, pois já tínhamos visto o que podiam causar. Elas transformavam os usuários em zumbis ambulantes, o que Sean queria.

Não tenho a menor dúvida de que ele encorajou Ethan a experimentar heroína – droga na qual ele está viciado. Sei disso porque, com heroína, não é um lance de uma única vez. Basta provar uma vez e você está perdido. E a julgar pelas marcas, Ethan está nessa merda há muito tempo.

Bile sobe pela garganta, mas eu me controlo.

Estendo a mão e afasto uma mecha emplastrada de seu cabelo. Para onde meu irmão inocente foi?

Ele se mexe, gemendo baixinho. Mesmo nesse estado induzido pelas drogas, a dor ainda é uma constante, o que é perigoso para qualquer usuário. Eles costumam usar essa merda para entorpecer a dor, fazendo com que isso aumente ainda mais o vício.

Sua mochila está ao pé da cama, então começo a vasculhar o interior. Encontro seu estoque, assim como alguns remédios receitados. Isso é pior do que pensei. Se ele continuar desse jeito, não viverá até os 18.

Talvez seja isso que ele queira.

— Mas que porra... — diz ele, com a voz arrastada, piscando diversas vezes para tentar se situar de onde está.

— Oi, Ethan — digo, baixinho.

Leva um segundo até que ele perceba onde está e que realmente estou aqui; ele se ajoelha na cama, pressionando as costas contra a parede. Com desespero, ele vasculha o quarto com o olhar, sem dúvida em busca de que algo que possa usar como arma. Ele acha que estou aqui para machucá-lo.

Eu me levanto, erguendo as mãos em rendição, de forma que ele saiba que não pretendo lhe fazer mal.

— Ethan, eu liguei para o Punky. Ele está aqui pra ajudar — Hannah diz, às minhas costas.

Ele retorce os lábios, com raiva.

— Sempre metendo o nariz onde não é chamada. Você não passa de uma putinha enxerida!

— Cale a boca! Isso é jeito de falar com a sua irmã? Onde estão seus modos? — repreendo, mal conseguindo acreditar que ele trataria Hannah dessa forma.

— Vá se foder! — ele responde, nem um pouco a fim de ouvir o que tenho a dizer, e cambaleia para tentar se levantar. Quando vê que estou segurando sua mochila com as drogas, ele avança na minha direção, mas eu me afasto. — Isso é meu. Me dá aqui agora.

Nego com um aceno de cabeça.

— Você deveria ter me matado quando teve a chance, garoto, porque estou prestes a me tornar seu pior pesadelo.

Ele reage da maneira como imaginei.

Com um grunhido, ele avança, disposto a derramar sangue pelas drogas que ama mais do que a mim. Hannah grita, assustada, enquanto o mantenho à distância. Ele é magrelo e não tem a menor chance, mas isso não o impede de tentar me derrubar.

— Me entrega de volta! — grita, chutando e esmurrando o ar. Ele ainda está chapado, então seus golpes sequer me acertam.

— De jeito nenhum — afirmo. — Isso aqui é o que penso das suas drogas.

Agarrando sua nuca, eu o arrasto para fora do quarto e o jogo de bunda no chão no banheiro. Ele tenta se levantar e escorrega no piso, desesperado para pegar suas merdas, mas suas tentativas são em vão, porque de jeito nenhum vou permitir que ele injete essa porcaria em seu corpo de novo.

Abrindo o tampo do vaso sanitário com a ponta da minha bota, jogo todas as pílulas e o saquinho de heroína lá dentro. Ethan grita, lutando contra mim, mas ele não vai me vencer.

— Não!!! Seu filho da puta do caralho! Não!!!

Eu o ignoro e quero sua seringa contra a parede.

— Você não vai mais tocar nessa merda outra vez. E acabou.

Ele continua a se debater, e eu o forço a se ajoelhar, enfiando sua cabeça dentro do vaso, a centímetros da água.

— É isso o que você quer ser? Este é o cara que você acha que Connor sentiria orgulho? — pergunto, meus dedos cravando em sua nuca para mantê-lo abaixado.

— Vá se foder! E foda-se o Connor! Ele está morto, porra. E eu queria que você estivesse também!

Eu permito que ele desabafe, porque isso vai ficar muito pior antes de melhorar.

NÃO CAIR EM TENTAÇÃO

— Sinto muito por ter deixado você, Ethan, mas eu não tive escolha.

— Você é um imbecil! — ele berra, ainda lutando em vão. — É um covarde! E eu te odeio!

— Sim, eu também me odeio por estar fazendo isso com você — digo, mantendo a calma. — Mas farei de tudo para me redimir contigo.

— Não quero a sua ajuda — diz, pau da vida, escorregando ainda mais no piso de azulejos. — Eu tenho toda ajuda que preciso.

— Do Sean?

— Não sei do que você tá falando — rebate, protegendo o tio com todas as forças.

Torcendo seu braço em um ângulo doloroso às costas, vejo a tatuagem em seu pulso, o que confirma que ele está num poço tão profundo, que temo nunca mais o encontrar.

— Você sabe o que essa porra significa? — questiono, torcendo ainda mais seu braço para que ele me responda.

Ele grita de dor, mas preciso ser cruel.

— Sim! Eu sou exatamente como você agora, *irmão*.

Eu sibilo de raiva.

— Isso não é algo do qual se orgulhar, Ethan. Eu não quero isso pra você.

— Estou pouco me fodendo para o que você quer. A vida é minha e vou viver do jeito que eu quiser.

— Você está feliz em ser o garoto de recados do Sean? Acha que ele dá a mínima pra você? Ele só se importa com ele mesmo. Por que não consegue ver isso?

— Ethan, p-por favor — Hannah soluça, mas suas súplicas estão perdidas para o irmão, porque ele já se perdeu em si mesmo.

— Cala a boca! Eu te odeio! Você foi correndo atrás desse fracassado, pensando que ele poderia ajudar. Ele não consegue ajudar nem a si mesmo — dispara. — É melhor dormir com um olho aberto, porque...

Ele nem termina a frase, pois enfio sua cabeça dentro do vaso e dou descarga. Ele começa a se engasgar com a água, batendo as mãos na porcelana em uma tentativa de se levantar. Mas eu o seguro com força para baixo.

— Você nunca mais vai ameaçar sua irmã outra vez — advirto, empurrando sua cabeça na água. — Porque, Deus me ajude, eu mesmo acabo com você.

— Punky! — Hannah grita, preocupada que eu esteja afogando Ethan. Mas sei o que estou fazendo.

— De agora em diante, eu serei a sua sombra, até que você se lembre de quem é. Entendeu?

Quando ele não responde, empurro ainda mais sua cabeça dentro d'água.

— Não vou perguntar de novo. A escolha é sua.

Ele assente rapidamente, batendo na lateral do vaso e admitindo a derrota; só então levanto sua cabeça e o deixo respirar de novo. Ele desaba no piso quando o solto, ofegando por ar.

— Então você quer viver, hein? — indago, olhando para ele, de cima, imóvel. — Você estava lutando pela sua vida. Ainda há esperança.

Ethan rasteja no chão, recostando-se à parede enquanto tenta resgatar o fôlego. O ódio ainda se reflete em seus olhos, mas, agora, vejo algo mais – medo.

Eu o deixo pensar nisso, saindo do banheiro e voltando para o seu quarto, em busca de drogas remanescentes. O que encontro, jogo na pia da cozinha. Fiona está sentada à mesa, encarando o vazio.

— Isso tudo é culpa sua — ela diz, anestesiada. — Ele nunca teria se tornado um drogado se Connor ainda estivesse vivo. Você falhou com ele. Com todos nós.

— Sim, nisso nós concordamos, Fiona — respondo, observando a casca da mulher que conheci um dia cobrir o rosto com as mãos trêmulas e soluçar.

Eu a deixo sozinha porque não sei mais o que dizer. Ela tem todo o direito de me odiar. Eu me odeio por tudo o que fiz.

Cian e Rory estão do lado de fora, esperando no jardim. Eles não perguntam como estou, ou o que aconteceu, pois ouviram tudo.

— Ele vai para a minha casa comigo — anuncio. — É o único jeito de protegê-lo. Não vou enviá-lo para uma clínica de reabilitação onde os internos discutem seus sentimentos.

— É claro, cara — Cian diz. — Estamos aqui para ajudar com o que você precisar.

— Ele vai pagar caro pelo que fez — rosno, cerrando os punhos e encarando o céu noturno. — Eu juro.

A porta da frente se abre e Ethan sai, timidamente. Ele entende que vem comigo por vontade própria, ou o levarei na marra. Hannah está parada atrás dele, com uma mochila com as coisas dele pendurada no ombro.

Essa separação a está deixando arrasada, mas eu fiz uma promessa a ela. E não vou quebrá-la.

Sou grato por Hannah ter suprido a minha casa com tudo de que preciso, porque pretendo passar um bocado de tempo aqui, ajudando na recuperação de Ethan.

Ele vai passar por um período de abstinência, e sei o que isso envolve. Não será agradável, mas ficarei ao lado dele em todas as etapas do caminho.

Ethan está desmaiado no sofá. Estou sentado na poltrona, velando seu sono, com muito medo de sair dali. Por enquanto ele está só dormindo, mas quando acordar, as coisas vão ficar feias. Ele vai mentir, trapacear e roubar o que puder para conseguir sua próxima dose.

Tenho que ser forte, porque de jeito nenhum vou deixá-lo tocar nessa merda de novo.

Uma batida suave à porta faz com que eu pegue minha arma ao lado.

— Punky, sou eu.

Guardando a pistola no cós da calça, às costas, vou até a porta silenciosamente. Quando a abro, vejo Babydoll parada ali no escuro.

— Hannah me ligou — ela explica. — Ela está preocupada. Com vocês dois.

Não digo uma palavra e abro um pouco mais a porta, para que entre.

Ela esbarra em mim ao passar, o toque me tranquilizando de uma forma que julguei impossível. Mas não tenho tempo para pensar nisso. Fecho a porta e entro na sala, vendo-a ali parada, cobrindo a boca com a mão, observando Ethan dormindo no sofá.

— Ele está tão magrinho — ela sussurra, com os olhos marejados.

— Porque é um viciado — digo, áspero, não vendo motivos para dourar a pílula.

— Isso não é culpa sua — Babydoll rebate, sempre partindo em minha defesa. — Todos nós deveríamos ter feito alguma coisa.

Aprecio suas palavras, mas não fazem a menor diferença, porque é minha culpa Ethan estar aqui.

— Posso falar com você?

Arqueio uma sobrancelha, porém assinto.

Sem querer acordar Ethan, confiro se a porta da frente está trancada e gesticulo para que ela me siga até o quarto, deixando a porta aberta caso ele comece a despertar.

Ela suspira, nitidamente pensando no que dizer. Essa reação me faz esperar pelo pior.

— As gangues contra quem Brody está oferecendo proteção são dele mesmo — diz ela, confirmando o que eu já suspeitava. — Fui conversar com Ron Brady. Ele é um dos muitos comerciantes que pagam uma taxa a Brody. Ele disse que ele e outros tantos não trabalharão para Brody, mas que para você, sim.

Levo um segundo para processar o que ela disse, porque isso muda tudo.

— Eles não tiveram escolha. Eles pagam para o Brody porque enxergam ele e Sean como farinha do mesmo saco. Eles precisam de esperança. E essa esperança é você. Não sei quantos são, mas Ron disse que você terá o apoio de todos os que foram leais ao Connor. Eles serão leais a você agora.

— Você não deveria ter ido lá sozinha. É perigoso. — Mas o que ela disse muda o rumo das coisas. Agora sei o que tenho que fazer.

Ela franze os lábios, me lembrando de que sabe cuidar de si mesma.

— Há perigo todos os dias. Está na hora de dar um fim nisso. Estou cansada de viver com medo. Assim como os outros.

Passando uma mão pelo meu cabelo, exalo um longo suspiro, me sentindo exausto. Esse tipo de exaustão é algo como nunca senti antes. Eu consigo sentir esse abatimento no fundo da minha alma.

Eu me sento de uma só vez na beirada da cama, segurando a cabeça entre as mãos, precisando de um minuto. Seria tão mais fácil me render, porque a vontade de lutar está definhando. A cada canto que eu viro, sou confrontado com mais tretas. Mas não cheguei tão longe para desistir agora.

Com o mais suave dos toques, Babydoll enfia os dedos pelo meu cabelo. Não consigo reprimir o suspiro de prazer, porque é uma sensação tão gostosa.

— O seu maior inimigo é você mesmo, Punky — ela sussurra, entendendo o tumulto dentro de mim.

E ela está certa.

Gentilmente, ela coloca um dedo abaixo do meu queixo e me faz olhar para ela. Um misto de emoções está refletido em seus olhos; ela deveria estar brava comigo, mas o amor que sentimos um pelo outro parece sempre vencer no final.

— Você quer salvar o mundo — ela diz, acariciando minha mandíbula. — Mas quem vai salvar você?

NÃO CAIR EM TENTAÇÃO

Com nada além de sinceridade, replico:

— Você faz isso. Você foi a única coisa que me deu forças quando tudo o que eu queria era desistir. Cometi muitos erros na minha vida, mas você não é um deles.

Ela pisca para afastar as lágrimas.

Envolvo seu pulso com meus dedos e coloco sua mão livre sobre o meu peito, me aninhando contra a palma macia e baixando a guarda. Ela acaricia minhas bochechas com os dedos trêmulos.

— O que vamos fazer? — pergunta, e sei que ela não está mais falando sobre essa guerra que nenhum de nós queria fazer parte.

Ela está vulnerável e assustada, e apesar de saber que ela é capaz de se cuidar, tudo o que quero fazer é protegê-la.

— Não sei.

— Eu deveria te odiar. Seria tão mais fácil.

— Eu sei.

— Mas não consigo — confessa, desviando o olhar. — Não quero mais lutar contra isso. Eu sinto como se tivesse feito isso por dez anos.

Sua honestidade faz com que eu me levante.

Ela fica ali, diante de mim, respirando com dificuldade. É nítido que está nervosa.

— Sei o que quer dizer — admito, querendo que ela saiba que também estou cansado. — Não sei por que você continua a me ajudar, mas... sou grato por tudo o que está fazendo.

Ela ergue a cabeça, mordendo o lábio inferior e ciente do que está prestes a fazer.

— Faço isso porque eu... — ela para de falar, de repente, percebendo que se disser as palavras em voz alta, não há retorno. — Nunca foi assim com mais ninguém.

Com um suspiro profundo, eu me rendo, selando nossos destinos para sempre.

— Eu sei.

Antes que ela possa dizer outra palavra, pressiono meus lábios aos dela, tomando seu fôlego. Na mesma hora, ela se derrete, murmurando na minha boca à medida que eu a devoro inteira.

Ela se coloca na ponta dos pés e enlaça meu pescoço, correspondendo ao beijo conforme nossas línguas se movem em um ritmo lânguido. Embora esse beijo seja apaixonado, é lento, faminto por muito mais, porque nos demos conta de que nada, *ninguém*, pode ficar no nosso caminho.

Este é o momento em que, finalmente, podemos ser apenas Puck e Cami.

Não consigo ter o suficiente dela. Nunca conseguirei. Com as mãos em sua cintura, eu a puxo contra mim, nossos peitos agora colados. Nossas bocas se entrelaçam em uma união mais do que perfeita, porque é isso. Chega de mentiras, ninguém se interporá entre nós.

Os únicos capazes de estragar o que temos somos nós mesmos.

— Eu quero você — ela sussurra contra a minha boca. — Não consigo parar.

— Eu também te quero — confesso. — Sempre vou querer.

Mas há algo que precisa ser dito antes de seguir adiante. Algo que pode mudar o rumo das coisas.

Com um último beijo, eu me afasto, sorrindo quando ela faz biquinho porque não queria parar.

— Antes de fazermos isso, preciso te dizer o que planejei, e se você ainda me quiser depois disso, bem, então… eu sou todo seu. Para sempre.

Ela engole em seco.

— Algumas coisas mudaram, enquanto outras permaneceram as mesmas. Eu não sabia o que esperar quando fui solto. Mas o que eu sabia era que me aliar a Brody seria a única maneira de encontrar Sean. Só que ele não é tão poderoso quanto imaginei, motivo pelo qual ainda está escondido. Ele sabe que não pode derrotar Brody. E sabe que a lealdade que ele tinha dado como certa de que ganharia, depois da morte de Connor, na verdade não existe, porque eles o veem como ele é: um monte de merda.

Inspiro fundo e continuo:

— É por causa disso que agora o plano mudou. Por sua causa, da sua bravura, que vou fazer algo que eu já deveria ter feito há muito tempo.

Nervosa, ela umedece os lábios.

— O que você vai fazer?

Nunca pensei que pronunciaria estas palavras:

— Vou matar Brody, mas quero ter certeza de que você ficará bem se eu fizer isso. Ele é um bastardo, mas, ainda assim, é seu pai.

Ela leva um minuto para refletir no que acabei de falar, porque entende que quando eu digo que vou matá-lo, estou querendo dizer 'agora'. Chega de esperar. Pensei que precisaria dele vivo, mas não preciso. Não há nenhuma lealdade eterna a Sean ou Brody, pois nenhum deles poderia se tornar o líder que Connor foi.

NÃO CAIR EM TENTAÇÃO

Os homens mudarão de lado pelo preço certo ou as circunstâncias. Ou, pelo líder mais adequado.

Se o que Babydoll disse é verdade, então o único capaz de formar um exército de homens leais sou eu. Não importa que Connor não seja meu pai verdadeiro. Seus aliados e amigos sempre me verão como o herdeiro mais velho dos Kelly; o governante legítimo da Irlanda no Norte.

Eles estão esperando por mudança, e essa mudança sou eu.

Vou matar Brody, fazendo dele um exemplo, caso alguém ouse me desafiar pelo trono. Com isso quero dizer que a disputa é entre mim e Sean. E eu não vou perder.

— Então, Baby, você ainda me quer, mesmo sabendo que terei o sangue do seu pai em minhas mãos?

Babydoll está respirando superficialmente, e chego a temer que ela esteja em choque. Entendo que ela precisa de tempo. Ou que se implorar, talvez eu mude de ideia.

Mas quando ela dá um passo à frente, parando a centímetros de distância, percebo que ela não precisa de tempo. A única coisa de que ela precisa... é de mim.

— Sim. Eu te quero. Sempre. Para sempre. Eu... te amo... tanto, que chegar a doer.

Fechando os olhos, eu me deleito com sua confissão porque não ouço essas palavras há anos. Ser amado é uma benção. Mas ser amado por Babydoll é um milagre.

— Então sou seu.

Ela não tem nem chance de falar, porque parto para cima dela, agarrando sua nuca a e a tornando cativa do meu beijo avassalador. Ela permite que eu a domine, seu corpo se moldando ao meu, porque estamos, finalmente, em casa.

Nossas línguas dançam juntas, e eu aprofundo o beijo ao máximo, onde não há mais volta. Ela geme quando mordo seu lábio inferior, antes de chupar com gentileza. Mesmo grudados um no outro, não é o bastante, então eu a levanto no colo e faço com que enlace minha cintura com as pernas. Sua boceta aconchega minha ereção quando a imprenso contra a parede. Nossas bocas não perdem o ritmo conforme nos devoramos como se este fosse nosso último dia na terra. De certa forma, é o que é, pois isto é o início de algo belo pra caralho.

Ela se esfrega contra mim, gemendo em necessidade. Tudo o que mais quero é fodê-la sem sentido, mas com Ethan no cômodo ao lado, sei que teremos que adiar esse próximo passo. No entanto, não vou deixar minha garota na seca. Ela está esperando há tempo demais.

Sigo até a cama e a jogo no colchão, deliciado com seu gritinho de surpresa antes de ela se aninhar aos travesseiros, o olhar nunca se desviando do meu. Seu gosto ainda perdura em meus lábios, mas é a doçura que ela guarda entre as pernas maravilhosas que mais anseio. Sua saia agora está embolada no alto das coxas, me provocando ao deixar exposta a calcinha preta de renda cobrindo sua adorável boceta. Ela gosta de me ver a comendo com os olhos, então faz questão de se apoiar nos cotovelos e abrir ainda mais as pernas, com um sorriso safado.

Ethan não deve acordar por um bom tempo, já que as drogas ainda estão correndo pelas suas veias. Então eu me ajoelho na beirada do colchão, admirando a deusa que tenho diante dos meus olhos. Seus ofegos indicam que ela está nervosa, e não importa quantas vezes já tenhamos feito isso, sempre parece como a primeira vez.

Sem pressa, engatinho em sua direção, me aninhando no meio de suas coxas. Seu corpo treme em antecipação conforme gentilmente a acaricio por cima da calcinha. Ela está molhada. Eu estou de pau duro. Uma combinação mortal.

Ela ergue os quadris, me permitindo retirar a lingerie. Quando vejo sua bocetinha rosada, lambo os lábios, esfomeado além da conta. Não me incomodo em tirar sua saia, porque não consigo mais esperar. Jogando a calcinha para o lado, caio de boca em sua boceta e deposito um único beijo na carne gostosa.

Com um gemido, Babydoll se recosta aos travesseiros e abre ainda mais as pernas. Sempre me senti um afortunado por ela permitir que um animal como eu a tocasse. Arrasto a língua por suas pregas, murmurando diante da doçura que atinge meus sentidos.

Ela arreganha as coxas e enfia os dedos pelo meu cabelo, em uma súplica silenciosa para que eu lhe dê o que ambos queremos. Eu me rendo, porque preciso dela tanto quanto ela precisa de mim. Ela ainda está machucada, então tentarei ser gentil.

Eu a lambo devagar, antes de abrir suas dobras com a língua. Ela geme, arqueando as costas e se abrindo ainda mais para mim. Pego o que está sendo oferecido, usando minha boca, língua e dedos para estimulá-la até que os espasmos incontroláveis a devastem.

Ela está me lambuzando todo, e eu adoro isso. Eu a amo, e, um dia, terei coragem de dizer as palavras em voz alta. Mas, por agora, tudo o quero é fazê-la gozar.

Ela coloca uma perna sobre o meu ombro e curva ainda mais a coluna, gemendo enquanto a devoro como se ela fosse minha última refeição. Quando mordo seu clitóris, ela grita e pressiona o calcanhar nas minhas costas, me tornando prisioneiro. Mas aceito isso de boa vontade, porque sou dela. E ela é minha.

— Me ame — arfa —, como só você sabe fazer.

Entendo o que ela quer dizer. Esta atração entre nós é algo que nunca vivenciamos com mais ninguém. Encontrar uma conexão tão pura e verdadeira num mundo cheio de violência e ódio é incomum, mas é isso o que Babydoll representa para mim.

Ela pertence a uma categoria própria. Só dela.

Não há palavras suficientes para descrevê-la, ou ao meu amor por ela, porque não existem palavras nesse idioma ou em outro. Ela é o meu tudo, e muito mais.

Chupo sua carne, lambendo de um jeito que a faz se contorcer em desespero. Tenho certeza de que vou deixar alguns hematomas em suas coxas, tamanha a força que uso para mantê-la cativa enquanto mordisco seu clitóris. Não lhe dou chance de se recuperar, alternando entre minha língua e dedos, fodendo-a com habilidade.

Seu corpo retesa, e sei que seu orgasmo está perto.

— Eu te amo — choraminga, penteando meu cabelo com ternura. — Sempre foi... você.

Sua admissão me toca de uma forma que nunca imaginei ser possível, e a emoção pesa no meu peito. Sei que ela quer ouvir as palavras também, e eu as falarei. Mas quero dizer quando a hora certa chegar; não porque ela disse primeiro.

Agora, no entanto, quero mostrar a ela como me sinto ao lhe dar o melhor orgasmo de sua vida.

— Eu quero cav... — ofega, mas, de repente, para.

— O que você quer? — provoco, meu hálito quente cobrindo sua pele suada.

— Eu quero cavalgar seu rosto — confessa, envergonhada. Mas não há motivo para isso, pois não existe algo mais sexy do que a sua mulher exigindo alguma coisa de você no quarto.

Com uma última lambida em sua boceta gostosa, eu me deito de costas e a levo comigo. Ela não perde um segundo e engatinha em cima de mim, montando meu rosto, com os joelhos ladeando a minha cabeça. Quando ela fica de quatro, abaixa os quadris e esfrega a boceta contra os meus lábios com um gemido.

Na mesma hora, agarro sua cintura e a encorajo a se balançar contra mim, querendo que ela me cavalgue com força. Ela começa a se mover mais e mais rápido, para cima e para baixo, enquanto a fodo com minha língua e boca. Sem misericórdia, eu mordo, chupo e lambo.

Ela geme alto, fodendo meu rosto sem sentido. Estou certo de que seus quadris ficarão com as marcas dos meus dedos conforme a seguro, incentivando-a a acelerar os movimentos.

Normalmente, eu me sentiria desconfortável ao estar enjaulado dessa forma, porque Babydoll está toda sobre mim. Mas nunca me senti assim com ela. Nunca.

— Ah, porra — ela prageja, sarrando contra a minha boca. Ela se agarra aos cobertores abaixo, usando o tecido como rédeas enquanto me cavalga com vontade.

Eu a encorajo a acelerar, enfiando a língua mais fundo em sua boceta. Um longo gemido escapa por entre seus lábios, o que me enche de prazer. Ela se balança contra mim, selvagem, buscando seu orgasmo, e quando golpeio seu clitóris inchado com a língua, ela goza com um gemido gutural.

Sua boceta se contrai acima dos meus lábios, e eu esfrego meu rosto de um lado ao outro, querendo me banhar com sua doçura. Quando o último espasmo estremece seu corpo, inverto nossas posições e roubo seu fôlego ao beijá-la com sofreguidão.

Ela geme, chupando minha língua e se contorcendo abaixo de mim. Segurando meu rosto entre as mãos, seu toque demonstra todo o amor que sente.

— Viu como você é gostosa? — pergunto, esfregando minha boca à dela. Suas bochechas coram em um profundo tom vermelho.

— Me deixe cuidar de você — ela diz, tentando abrir o botão do meu jeans.

— Não, Baby, isso é tudo pra você.

Beijando a ponta do seu nariz, eu saio de cima dela e a puxo para o calor dos meus braços. Ela vem de boa vontade, e a sensação é maravilhosa. Ficamos deitados por alguns minutos, ambos desfrutando da recente liberdade em ficar juntos sem reservas.

No entanto, precisamos discutir sobre algumas coisas.

— Não quero esfregar isso na cara do Rory — ela diz, baixinho. — Precisamos ser discretos.

— Sim, eu concordo. — Rory acabou de voltar a se aproximar, e me ver com a mulher que ele ama pode afastá-lo de novo.

Um silêncio melancólico nos domina, e pergunto algo que tem me incomodado por um tempo:

— Por que você roubou o broche da minha mãe, mas o devolveu logo em seguida?

Parece ter acontecido há muito e muito tempo, o que não deixa de ser verdade.

— Brody me mandou fazer alguma coisa que despertasse o seu interesse por mim, então eu sabia que se roubasse algo seu, isso te deixaria encucado — ela revela, se aconchegando mais em mim. — Só que quando vi o broche, eu soube na mesma hora que tinha algum valor sentimental, daí, eu não poderia ficar com ele. Eu me vesti daquela forma porque Brody disse que eu precisava me destacar. Foi coincidência que nós dois gostássemos da mesma HQ. Mas eu nem deveria me surpreender. Às vezes, acho que você é minha outra metade.

— Brody bancou o mestre das marionetes esse tempo todo — digo, com amargura. — Mas a hora dele chegou.

Babydoll fica em silêncio, e isso me leva a pensar se ela está com dúvidas.

— Como você vai matá-lo sem levantar suspeitas?

Não cheguei a pensar nisso, pois esse plano não estava previsto até alguns minutos atrás.

Ela entende o meu silêncio do jeito certo.

— Eu sei de um jeito.

Arqueando uma sobrancelha, eu a encaro, indicando que estou ouvindo.

— Você não será capaz de fazer isso, a não ser que...

— A não ser que...?

Ela umedece os lábios.

— A não ser que você o ataque em público. Ele vai deduzir que estará mais seguro se estiver em meio a uma multidão. Será algo inesperado, e é o único momento em que ele vai baixar a guarda. Quanto mais cheio estiver o lugar, melhor.

Isso é loucura... mas ela está certa.

— E eu sei de um lugar perfeito. Ele é o anfitrião de uma festa beneficente essa semana. É um evento privado e com entrada permitida só com convite. É o jeito que ele tem de aparentar ser um cidadão cumpridor das leis, mas as pessoas que estarão presentes nessa festa são tão corruptas quanto ele. Uma execução pública colocará muito mais gente ao seu lado. Você vai matá-lo, e vai desafiar Sean ao fazer isso. Ninguém terá coragem de te sacanear, porque terão medo de você. Com isso, você expõe a sujeirada dos Doyle e deixa claro que há um novo rei agora. O legítimo rei dos Kelly.

Poucas coisas me deixam sem fala, mas Babydoll é um gênio do mal e isso me deixa todo derretido por dentro.

Esse plano é brilhante, e vai funcionar.

Babydoll está certa. Matar Brody em público instilará um medo absurdo nas pessoas, e também servirá como um desafio para Sean. Brody era o único que ainda se mantinha em seu caminho. Com a morte dele, ele virá direto para nós. Isso mostrará que não tenho medo dele. E que estou só esperando.

— Não vou levantar nenhuma suspeita por estar lá, porque sou uma convidada. Brody quer que o mundo pense que somos uma família feliz. Acho que ele pensa que quanto mais perto eu estiver dele, menores são as chances de eu o trair. Ou talvez ele ache que eu acredito em suas mentiras e nas lágrimas de crocodilo por conta do que aconteceu no pub. Ele está muito louco das ideias. Ou desesperado. Sei lá. Geralmente, eu o mando ir à merda. Mas não dessa vez. Vou dar um jeito de te colocar lá dentro e te ajudar como puder.

Nada disso seria possível sem ela. Achei que estava sozinho, mas não estou. Ela é minha igual em todos os sentidos da palavra. E, juro, agora, que farei de tudo para fazê-la feliz pelo resto da vida.

— Sim, vamos fazer isso — digo, a puxando para mais perto e acariciando seu nariz com o meu.

— É uma festa preto e branco — afirma, arfando quando dou uma mordida suave em seu lábio inferior. — Eu gostei de você ter colocado seus piercings de volta. Isso me lembra de quando nos conhecemos.

— Mas não somos mais as mesmas pessoas, não é?

Beijo seu pescoço, deliciado com seus ofegos.

— Sempre seremos nós — ela sussurra. — Babydoll e Punky. E nada pode mudar isso.

— Você me ajuda a escolher um terno? — pergunto, antes de me arrastar pelo seu corpo e me aninhar entre suas coxas.

Ela me encara com os olhos arregalados, mas sua surpresa se transforma em desejo quando enfio dois dedos dentro da sua boca, antes de deslizá-los em sua boceta.

— Sim! — grita, em êxtase.

Se ela está respondendo à minha pergunta anterior ou por eu estar brincando com sua boceta, não sei. Não dou a mínima, porque tudo o que me importa é isso... e a morte de Brody Doyle.

DOZE
PUNKY

Cian e Rory estão estacionados algumas ruas abaixo. Eles insistiram em vir, porque tudo começou com nós três, e acabará da mesma forma.

Hannah e a irmã de Babydoll, Eva, estão vigiando Ethan. Já se passaram quatro dias desde a última vez que ele usou drogas, e a crise de abstinência tem sido brutal. Eu não queria deixá-lo, mas Hannah me garantiu que ficaria bem. Deixei com ela um par de algemas e a *Taser*, caso seja necessário usar para contê-lo.

Eu preferia estar lá, mas não sei quando outra oportunidade como esta apareceria.

Hannah está armada até os dentes, e sabe como atirar com precisão – ela é uma Kelly, afinal de contas. No entanto, não vou arriscar, então coloquei Ronan e alguns homens para protegerem a propriedade. Se alguma coisa acontecer com meus irmãos e Eva, eles pagarão com suas vidas e com as de seus familiares.

Contar com a ajuda dos outros ainda é difícil para mim, mas aprendi que não consigo fazer isso por conta própria. Cada pessoa na minha vida tem me ajudado de alguma forma, e preciso aceitar isso, porque, por algum motivo, essas pessoas me amam e respeitam.

Abafando as perguntas para as quais nunca encontrarei respostas, atravesso o beco onde os suprimentos de bebidas e comida estão sendo transportados para a cozinha da catedral, agora transformada em um local de eventos.

A angariação de fundos ocorrerá na cripta no subsolo – local bem apropriado para o que está prestes a acontecer.

O caminhão de entrega chega na hora certa, do jeito que Babydoll afirmou que aconteceria. Observo na espreita, só esperando enquanto os entregadores carregam engradados de comida e vinhos. Quando o caminhão fica sem ninguém, vou até a carroceria e pego uma caixa de madeira repleta de garrafas de vinho.

Estou usando um uniforme branco igualzinho ao dos entregadores, então ninguém questiona quando passo pela porta dos fundos e entro no local que será meu matadouro.

O lugar está lotado; todo mundo correndo de um lado ao outro, organizando as coisas para o grande evento. Dou uma olhada nos arredores, procurando por saídas caso precise fazer uma fuga. Passo pela cozinha, com o engradado em mãos, a desculpa perfeita se eu for pego.

Babydoll me disse para a encontrar no banheiro dos funcionários, a terceira porta à esquerda. Continuo andando, como se estivesse a trabalho aqui, e assim que abro a porta do banheiro, suspiro em alívio ao vê-la.

— Ai, graças a Deus — ela diz, correndo até mim.

Coloco o engradado no chão e a abraço.

Ela retribui o abraço com força, o nervosismo nítido por conta do corpo trêmulo.

— Vai ficar tudo bem, Baby.

— Eu sei. Só estou preocupada que algo dê errado.

— Não pense nisso. Nada vai dar errado — asseguro, porque não podemos falhar.

Hoje à noite, *eu* vou matar o homem que assassinou minha mãe, e ao fazer isso, desafiarei meu pai a sair de seu esconderijo. Assim que eu cometer esse pecado, todo mundo associado a mim estará em perigo. Aqueles a quem amo serão usados como peões.

Quisera eu que as coisas fossem diferentes, mas não são. Eles todos conhecem os riscos, e, ainda assim, se colocaram na linha de frente por mim.

Eu a afasto um pouquinho, encarando-a com ternura.

— Vai ficar tudo bem.

Ela suspira, não parecendo tão convencida.

— Você está linda — digo, querendo elogiar toda a sua beleza.

Ela está usando um vestido de festas branco e todo adornado com joias. É um vestido comprido demais, mas o detalhe do colarinho é de muito bom gosto. Seu cabelo está preso em um coque elegante, e seu rosto tem uma leve camada de maquiagem. Os lábios estão pintados em um suculento tom de rosa, e é preciso toda a minha força de vontade para não pressionar minha boca à dela e borrar toda a sua obra de arte.

— Obrigada — agradece, com um sorriso singelo. — Estou com o seu smoking.

Ela pega uma capa de terno pendurada na porta de uma das cabines e me entrega.

Tiro o uniforme e troco pelo smoking, me sentindo poderoso ao saber que este traje será usado para acabar com a vida do homem que assombra meus sonhos desde os meus 5 anos de idade.

Babydoll dá um passo à frente e entende a mão, gesticulando para a gravata.

— Aqui, me deixe ajeitar pra você.

Com experiência, ela dá o nó, parecendo que precisa se ocupar com algo para acalmar a mente inquieta. Entendo que tudo isso pode ser demais para ela, mas sei que pedir que ela espere aqui está fora de cogitação. Tudo o que posso fazer é garantir que as coisas darão certo.

Seus olhos estão marejados quando ela termina de dar o último laço. Seguro seus dedos trêmulos e frios.

— Eu estava pensando que, quando acabar por aqui, talvez possamos sair em um... encontro?

Minha pergunta a pega de surpresa, e, de repente, me sinto um idiota.

— Um encontro? — sonda, os lábios tremendo. — Acho que já passamos dessa etapa.

— Eu sei, mas nunca fizemos as coisas do jeito certo — explico. — Você merece esse tipo de... coisa.

— Coisa? — brinca, mas conseguindo reprimir o sorriso.

— Sim, tipo, flores e chocolates e seja lá o que mais acontece em um encontro. — Este é um território desconhecido para mim, logo, não tenho a menor ideia se essas coisas são importantes ou não.

Ela começa a rir, incapaz de se controlar.

— Ah, esqueça que eu disse isso — resmungo, balançando a cabeça por conta da minha burrice.

Estou prestes a virar de costas quando ela agarra meu braço.

— Sinto muito por estar rindo. Eu adoraria sair em um encontro com você, Puck Kelly.

— Sério?

— É claro que sim, seu bobo. Eu só esperei dez anos para você querer algo mais sério comigo. — Ela sorri, mordendo o lábio inferior para conter outra crise de riso.

— Tudo bem, já chega — digo, brincando, puxando-a contra mim em um abraço. Mesmo de saltos altos, ela ainda é bem baixa que eu.

NÃO CAIR EM TENTAÇÃO

Suas brincadeiras desaparecem e se tornam algo mais cálido.

— Você fica muito gostoso com um terno. É uma pena que tenhamos que jogá-lo fora no fim da noite.

Suas palavras fazem sentido, já que a roupa estará coberta pelo sangue de seu pai.

— Eu usarei outro em nosso encontro — prometo, tentando tranquilizar seus temores.

— Promete?

— Pela minha vida — respondo, antes de pressionar meus lábios aos dela.

Ela geme, se aninhando contra mim e enlaçando meu pescoço. Nós nos beijamos suavemente, mas a fome sempre sobe à superfície, exigindo muito mais. Mas isso terá que esperar.

Roçando o polegar em sua bochecha, interrompo nosso beijo, sorrindo ao ver seu biquinho de decepção.

— Eu quero mais — ela sussurra, excitada. — Eu sempre quero mais.

Eu também. Não quero nada mais do que me perder nela por dias a fio, mas ainda não.

Ela lê meus pensamentos e vai até o espelho para reaplicar o brilho labial e ajeitar o cabelo. Ela parece perfeita, mas precisa ocupar as mãos.

Visto o terno, abotoando e me juntando a ela diante do espelho.

Nós olhamos um para o outro através de nossos reflexos, nossos olhares dizendo mais do que as palavras poderiam expressar. Tanta coisa nos aguarda, porque não temos um plano, por assim dizer. Não sei quando ou como vou atacar. Eu só sei que quando a hora chegar, arrancarei a cabeça de Brody Doyle de cima de seus ombros.

E quero isso literalmente.

— Está pronta? — pergunto, dando uma última chance de voltar atrás.

Mas Babydoll não é uma desistente. Sua lealdade e amor por mim ao longo dos anos provaram isso.

— Sim — responde, com um meneio de cabeça. — É agora ou nunca.

Ela não entende o significado dessa frase, que compõe os versos da música que mudou a minha vida para sempre. Parece se encaixar perfeitamente ao momento.

— Tenha cuidado — diz ela, se virando para mim.

— Terei. Você também.

— Eu ficarei bem — ela afirma, e quando desvia o olhar, sei que não está me dizendo tudo.

— Cami? — sondo, nem um pouco a fim de ser surpreendido lá fora.

— Eu posso ter pedido um favorzinho a Ron Brady — ela confessa, timidamente. — Antes de você ficar bravo comigo, ele foi um dos que topou de primeira em ajudar. Ele e mais outros quinze amigos de Connor querem fazer parte disso. Nós vamos precisar de todos os aliados que pudermos conseguir. Estamos especulando que se fizermos isso não vai haver qualquer retaliação — explica, apressada. — Mas e se estivermos errados? Se acabar rolando alguma troca de tiros, pelo menos teremos um exército para nos ajudar a lutar. Eu sei que temos Cian e Rory, mas não vou permitir que aquele cretino, meu *pai*, vença, mesmo em sua morte.

Há muito tempo, nós éramos fortes, e ninguém se atreveria a nos desafiar. Nós tínhamos a lealdade de todos, mas agora, estamos tropeçando no escuro. Não sei quem é amigo ou adversário, mas o que sei é que se Babydoll confia em Ron Brady, então eu também confio.

— Você está bravo — ela afirma, suspirando. — Pensei que...

Não a deixo terminar.

Agarro sua nuca e a puxo contra mim, nariz com nariz.

— Obrigado.

Ela abre e fecha a boca, obviamente sem esperar essa reação.

— Eu só quero que isso acabe logo — sussurra contra os meus lábios.

Quase perco a força das pernas quando sinto sua boca molhada contra a minha.

Há uma urgência em nosso beijo, porque muita coisa vai mudar no decorrer da noite. Quisera eu poder prever o desfecho, mas só posso desejar que estejamos vivos amanhã de manhã. Para o caso de uma eventualidade, preciso que ela saiba que eu a amo. Que sempre a amei, mesmo quando não deveria.

— Eu te a...

Mas ela pressiona o dedo contra a minha boca, me calando. Eu não entendo o porquê.

— Agora não — sussurra contra os meus lábios. — Diga isso quando não estivermos lutando pelas nossas vidas, para que eu tenha certeza de que realmente é o que você sente, não porque está com medo de não poder dizer depois.

Com um suspiro, acaricio seu nariz com a ponta do meu, de um lado ao outro.

— Vejo você logo mais.

NÃO CAIR EM TENTAÇÃO

Ela assente e um arrepio se alastra pelo seu corpo.

Nunca haverá um bom momento, então nos separamos com relutância. Ela me entrega o convite dourado antes de abrir a porta e sair silenciosamente.

Está na hora.

Ela me enviará uma mensagem assim que for seguro e tiver tudo sob controle. Até lá, esperarei aqui pacientemente.

Envio uma mensagem a Rory e Cian, atualizando e dizendo que não estamos mais sozinhos. Graças a Babydoll, temos aliados, dispostos a lutar conosco. Os planos se desviaram um pouco da rota, claro; esse plano nunca foi infalível. Eu sempre esperei que uma opção melhor aparecesse.

E foi o que aconteceu.

Hoje à noite, Brody Doyle dará seu último suspiro.

Dou uma conferida em como as coisas estão com Hannah, que diz que Ethan está dormindo. Tenho medo de que ele a convença a lhe dar uma folga, porque, se ela fizer, ele estará perdido para sempre. Ele fará de tudo para conseguir sua próxima dose e dirá qualquer coisa que ela queira ouvir.

Ela jurou que não cairá em suas mentiras, mas sei o quão convincente um viciado pode ser.

Raiva se apodera de mim quando penso no motivo para o meu irmão estar nesse estado. Sem sombra de dúvidas, Sean enfiou essas drogas em Ethan de forma que pudesse controlá-lo. Um viciado fará qualquer coisa para se chapar, e foi por isso que ele conseguiu controlar meu irmão por tanto tempo.

Ele se tornou um dependente químico perdido e sozinho nesse mundo. A única coisa que lhe traz felicidade é ficar chapado. Ele não vai desistir disso sem lutar. Eu sei disso. Então preciso substituir essa sensação com outra coisa.

Amor.

Ethan precisa saber que sinto muito por tê-lo deixado tão sozinho. Eu nunca quis abandoná-lo, e passarei o resto dos meus dias provando a ele o quanto ele é amado. Só espero que ele possa me perdoar.

O visor do meu celular se ilumina, e quando leio a mensagem de Babydoll, o demônio dentro de mim chacoalha as grades de sua jaula.

> Vamos em frente. Me encontre na frente da escultura de gelo.

Com um suspiro profundo, dou uma última olhada no meu reflexo no espelho e assinto. Esta é a primeira vez em um longo tempo que consigo reconhecer o homem a quem vejo. Há uma paixão e fogo por trás dos meus olhos, porque este é o primeiro passo para recuperar minha vida de volta.

Envio outra mensagem a Cian e Rory, avisando que a hora chegou.

Abrindo a porta, saio do banheiro e sigo pelo corredor como se pertencesse àquele lugar. Ninguém presta atenção em mim, pois todos estão correndo ocupados para garantir que a noite seja um sucesso.

Graças a Deus, a cripta é pequena, então é fácil de encontrar. Assim que desço a escadaria de pedras e olho adiante, uma bolha de excitação emerge, porque eu não poderia ter armado um cenário melhor. A aura gótica e assombrada deve ter sido palco de inúmeros eventos sinistros no passado.

O segurança à porta está ocupado demais conversando com uma loira, e mal presta atenção em mim quando lhe mostro meu convite. Ele assente e diz que posso entrar, sem precisar ser revistado. Isso é ótimo e ruim ao mesmo tempo, porque não sei quem mais estará armado.

Babydoll guardou minha faca e arma em sua bolsa, pois os seguranças não a revistariam, mas parece que eles não fizeram isso com ninguém mais, o que é estranho.

Dando uma olhada ao redor, fico grato pela parca iluminação, já que me permite ficar às sombras. Atravesso a sala, passando por uma harpista tocando uma música suave em seu imenso instrumento branco. O ambiente está à luz de velas, criando uma *vibe* romântica por algum motivo, mas, para mim, é o lugar perfeito para derramar sangue.

As mesas altas estão cobertas por toalhas brancas, ao redor da sala, já que este não é um jantar formal. Os convidados estão espalhados, bebericando seus champanhes franceses e rindo como se estivessem se divertindo. Porém todos sabemos que essa angariação de fundos não passa de besteira.

Cada pessoa nesse lugar é tão corrupta quanto a outra, e, logo mais, eles saberão o que acontece quando se alia ao time errado. A contar pelas joias ostentosas e os vestidos e ternos caríssimos, todos aqui são milionários considerados cidadãos acima de qualquer suspeita.

Por trás de portas fechadas, no entanto, esses filhos da puta são depravados, sádicos cruéis que exploram todo mundo para seus próprios benefícios. Penso nas gangues contra quem Brody oferece proteção. Dando uma olhada na multidão, eu poderia apostar que essas gangues são formadas por esses homens e mulheres.

Quanto mais medo eles instilam nas pessoas, mais poder eles têm. O tempo de cada um deles chegou ao fim.

Avisto a estátua de gelo de um querubim logo adiante. Babydoll está atrás, casualmente bebericando seu champanhe. Em uma sala lotada, ela se destaca. Ela é meu farol iluminando uma noite tempestuosa.

Vou até ela, discretamente, andando de cabeça baixa e às sombras. Quando me aproximo, ela sequer vacila. Ela finge não notar minha presença, porque, para os convidados, não passamos de estranhos aguardando nosso anfitrião nos convidar a entrar na sala.

Pego uma taça de champanhe e bebo tranquilamente, examinando o ambiente acima da borda de cristal. Não consegui ver rostos familiares, mas isso não significa que eles não estejam por aqui.

A música cessa, de repente, e a sala se enche de aplausos quando Brody Doyle aparece. Seus amigos lhes dão tapinhas nos ombros, enquanto sua arrogância me leva a pensar se ele realmente não faz ideia da minha presença. Liam paira do lado esquerdo da pequena plataforma, observando os arredores com atenção.

Fico mais do que grato por Brody ter optado pela luz de velas, para criar todo o clima, pois, dessa forma, eu e Babydoll permanecemos ocultos nos fundos da sala.

Brody dá um toquinho no microfone, para conferir se está ligado.

— Amigos — começa, dando à multidão uma falsa sensação de segurança. — Obrigado pela presença esta noite. Significa muito para mim e minha família.

Ele dá um suspiro profundo, de modo teatral, fazendo questão de que isso ecoe por entre os convidados.

— Estamos aqui esta noite por causa da minha filha, Erin, que foi tirada de mim. Ela era inocente. Nunca feriu uma só alma. No entanto, isso não impediu aqueles terroristas. A polícia ainda está à caça dos assassinos, mas isso não trará minha Erin de volta.

Fungadas ressoam ao redor, revelando que algumas pessoas caíram na ladainha de Brody. Mas eu sei a verdade. Ele está mordido porque Sean passou a perna nele. Não sei o que ele espera alcançar com esse jantar beneficente, mas duvido que seja só porque tem um bom coração.

Os aliados de ambos estão divididos ao meio, o que significa que ninguém consegue destronar o outro. Ambos não têm caráter e são indignos de confiança, motivo pelo qual meu plano em eliminar os dois não pode falhar.

— Esta noite é em honra da minha filha mais velha, que foi tirada de nós tão cedo. Todo o dinheiro arrecadado será doado para a Fundação Busque Ajuda, aqui em Dublin, que auxilia crianças para que não fiquem desabrigados nas ruas, cujos destinos estão fadados à criminalidade e envolvimento com gangues. Então, por favor, não economizem.

Dou uma risada de escárnio, baixinho, por causa dessa história patética. Suas alegações de que ele se preocupa com qualquer pessoa além de si mesmo são risíveis. Esse jantar só servirá para que ele se conecte com seus futuros empregados. Os desajustados — as pobres crianças que não podem ser esquecidas — são mais valiosos para homens como Brody.

— Posso chamar minha filha, Camilla, para dar início ao leilão?

Não demonstro minhas emoções, pois não sabia desse detalhe. Babydoll me pediu que confiasse nela, então é isso que estou fazendo. Mas ir às cegas retorce meu estômago. Se alguma coisa acontecer com ela ali em cima...

Engulo em seco, precisando me focar.

A multidão a observa passar com graciosidade. Ela mantém a cabeça erguida, dominando a sala como a rainha que é. Quando chega à plataforma, Brody a puxa para um abraço. Ela beija sua bochecha, não transparecendo o que está prestes a ocorrer.

Fico de olho em Liam, porque tem alguma coisa errada com ele. Não consigo dizer o que se trata, mas ele parece... distraído. Um peso sinistro assenta em meu âmago, mas balanço a cabeça, pois uma mente paranoica só piora as coisas.

— Obrigada por terem vindo — Babydoll diz, ao microfone, dirigindo-se aos convidados. — Significa muito para... a minha família.

Sua hesitação revela o quanto está enojada em ser associada aos Doyle. Mas ela nunca será como qualquer um daqueles filhos da puta.

— O primeiro item que colocaremos a leilão é uma sessão particular com o *personal trainer* Lachlan O'Malley.

A multidão vibra em empolgação, e deduzo que o tal Lachlan deve ser algum bambambã da área, do qual nunca ouvi falar.

— Começamos com 50 euros — Babydoll anuncia, olhando para o público. — Quem dá mais?

Uma senhora à frente ergue a mão, dando início à disputa acirrada. Isso rola por alguns minutos, e quando a última oferta se estabelece acima de alguns milhares de euros, chego à conclusão de que essas pessoas têm muito dinheiro para torrar. Imagino o que mais será leiloado.

O leilão prossegue com vários itens, pelo que se parecem horas. Eu me mantenho oculto às sombras, observando a maioria dos compradores gastando rios de dinheiros, e isso pode se mostrar muito útil para mim no futuro.

— Okay, guardamos o melhor para o final — Babydoll diz, e quando ela concentra o olhar na minha direção, sei que é o sinal. — Esperamos que o último item leiloado desta noite seja algo que os faça enfiar a mão no bolso.

Brody dá uma risada, o ato de Bom Samaritano quase me fazendo vomitar em desgosto.

— Então, senhoras e senhores, sem mais para o momento, o prêmio final é... um jantar com o meu pai.

Brody vira a cabeça de supetão para a esquerda, deixando claro que isso nunca foi discutido com ele, o que significa que minha hora de atacar é agora.

Ele não faz uma cena, no entanto, sorrindo cordialmente.

A multidão parece surpresa, trocando olhares nervosos entre si. Mas quando Babydoll dá início à disputa com uma oferta de 100 euros, o nervosismo é substituído pela ganância.

A mulher sentada a alguns passos de distância ergue a mão.

— Quinhentos euros! — ela grita, a animação evidente.

Isso me dá uma excelente ideia.

Enquanto Babydoll continua a lidar com as ofertas, sutilmente me movimento pelas sombras, disfarçando minhas intenções à medida que atravesso a sala. O leilão já se encontra em três mil euros, revelando quão desesperados esses puxa-saco são.

Faço uma varredura pelo ambiente, em busca de quem preciso, e a encontro na forma de uma mulher usando um trambolho ridículo na cabeça. O diâmetro de seu intrincado chapéu lhe dá um espaço com cerca de quase dois metros, já que ninguém quis ficar atrás dela, com medo de perder a chance de arrecadar as ofertas do leilão.

Mas isso serve perfeitamente como uma camuflagem.

Enquanto o leilão prossegue, eu me asseguro de não alarmar ninguém conforme passo, mantendo o olhar fixo em Babydoll e Brody. Ninguém me nota à espreita, empolgados demais com o fato de que as ofertas agora chegaram a seis mil euros.

Mas estou prestes a dar a eles um real motivo para delirar.

Quando chego perto da mulher, faço contato visual com Babydoll. Ela não faz ideia do que estou planejando, mas assente, discretamente, mostrando que confia em mim.

— Ouvi sete mil euros? — pergunta, escaneando a sala.

Brody se mantém ali perto, orgulhoso, com as mãos enfiadas nos bolsos, alheio ao que vai se desenrolar.

— Dou-lhe uma, dou-lhe duas...

Agora é a minha vez de mostrar a Brody Doyle quão valioso ele é para mim. Com o mais sutil dos movimentos, puxo uma das penas de pavão do chapéu espalhafatoso da mulher. Por instinto, ela levanta a mão para evitar que o chapéu caia; do jeito que imaginei que faria. Mas todos ao seu redor arfam, chocados, presumindo que ela acabou de dar sete mil euros para jantar com o demônio.

— Vendido! — Babydoll exclama, às pressas, assim que me vê.

A mulher sorri, constrangida, já que não pode retirar a oferta.

Eu fico parado ao seu lado, esperando o momento certo, e quando Babydoll chama a mulher para reivindicar seu 'prêmio', é a minha hora – finalmente.

A harpista começa a tocar uma melodia suave, agora que o leilão acabou. A multidão cochicha por trás de suas mãos, sem dúvida fofocando sobre quem ganhou o quê, e qual a quantia arrecadada. Eu sigo a senhora muito de perto, usando-a como um escudo para avançar pela sala sem ser detectado.

Babydoll está ciente de cada um dos meus movimentos, e cuida do que se interpõe entre mim e Brody – Liam.

Ela dá um tapinha no ombro do irmão, sinalizando para alguma coisa além no corredor. Não sei o que ela cochichou em seu ouvido, mas ele vai apressado na direção apontada. O palco está armado...

Brody dá um passo adiante, com um sorriso... que desaparece com pavor – ele sabe que sua hora chegou.

Saindo de trás da mulher, brinco e comemoro minha vitória:

— Boo!

Antes que ele tenha chance de reagir e pegar sua arma, a sala, subitamente, fica imersa em escuridão. A única fonte de iluminação provém das chamas das velas, que transformam o ambiente em um paraíso mórbido. Eu afasto a senhora para o lado e avanço, agarrando Brody pela garganta e o empurrando para trás até que suas costas estão imprensadas à parede de tijolos.

Ele tenta lutar contra mim, mas dou uma joelhada em suas bolas, seguido por uma cotovelada na boca do estômago que o deixa sem fôlego.

Quando ele se curva, lutando para respirar, eu o desarmo, guardando sua arma no cós da minha calça. Eu tiro o paletó e dobro as mangas da minha camisa branca.

— Ela me traiu — ele sibila, os olhos flamejando ao concluir que Babydoll nunca teve o menor interesse em fazer parte dessa família 'feliz'; então se dá conta de que sua conversinha fiada sobre amor paternal não significa nada, porque ela me escolheu. Ela sempre vai me escolher. — Aquela vagabunda.

Com um rosnado, pressiono meu antebraço em sua garganta.

— Eu tomaria muito cuidado com o que vai dizer a partir de agora.

Ele tenta se afastar da parede, mas eu pressiono sua traqueia com mais força. Isso mostra a ele que estou farto dessa porra.

— Você não tem colhões para fazer isso, filho — desafia, me encarando com crueldade. — Você quer me matar na frente de um monte de testemunhas? Acho que não.

Babydoll estava certa.

Ela disse que Brody baixaria a guarda, crente que estaria seguro no meio de tanta gente. Mas é exatamente por causa desse tanto de gente que conseguirei passar uma mensagem.

A atenção dele se desvia para algo às minhas costas, e sei que é Babydoll, sem nem precisar conferir. Um objeto afiado e familiar é colocado na palma da minha mão, em uma insinuação sobre o que devo fazer a seguir.

Quando afasto meu antebraço, na mesma hora Brody tenta revidar, mas eu o coloco na linha ao quebrar seu nariz com uma cotovelada. Ele urra de dor, mas, ainda assim, não se submete. Então, quando ele tenta me dar um chute na barriga, agarro sua perna e arrasto a lâmina em seu tendão de Aquiles.

Ele desaba no chão, grunhindo em agonia, porque ficar de pé agora é uma coisa do passado.

Agarrando um punhado de seu cabelo, eu o arrasto para a frente do palco, então paro e respiro fundo. Levo um segundo para realmente desfrutar o ambiente, porque causar gritos de pavor naqueles que geralmente são os abusadores me traz um imenso prazer.

As luzes são novamente acesas, exibindo a vista gloriosa que criei.

Homens e mulheres param no meio do caminho enquanto fogem, piscando rapidamente quando os olhos se ajustam à claridade. Quando veem que a saída está protegida por Ron Brady, portando uma metralhadora em mãos, todos ofegam em pavor. Esses ofegos se tornam gritos assim que seus olhares se viram na minha direção.

— Ofereço minhas mais sinceras desculpas por estragar o baile preto e branco — digo, com um sorriso zombeteiro, deliciado com o rastro de sangue que deixei ao arrastar Brody até o altar de sua morte iminente.

— Liam! — Brody grita, se debatendo loucamente, mas ele não vai a lugar nenhum.

— Fique de joelhos — ordeno, com firmeza.

Quando ele não acata minha ordem, eu o puxo pelo cabelo, obrigando-o a me obedecer mesmo com seu tendão de Aquiles dilacerado.

Não faço ideia do que aconteceu com os seguranças incompetentes que estavam à porta, porque nenhum deles aparece para salvar Brody. Ron Brady está postado na saída, com um sorriso largo, desafiando a quem se atrever a tentar passar por ele.

Decido me apresentar, caso alguém tente bancar o herói.

— Se me derem um minuto de seu tempo, eu ficaria muito agradecido.

O fato de eu estar mantendo um Brody ensanguentado, como refém, faz com que todos prestem atenção.

— Obrigado — digo, quando todos os olhares estão em mim. — Meu nome é Puck Kelly, filho de Connor Kelly.

O silêncio brutal quase pode ser cortado com uma faca.

Não há necessidade de explicar quem era Connor. Todos sabem. E também sabem que a merda vai entornar.

— A Irlanda do Norte é meu lar. Como tem sido da minha família há gerações. Mas, como veem, Brody aqui, bem, ele quer meu lar para seus próprios ganhos pessoais e ganância. Caso vocês não saibam, o que tenho certeza de que a maioria sabe, Brody é um mentiroso, trapaceiro e um assassino.

Ninguém ousa contestar.

— Brody, junto com seu irmão, Aidan, estuprou e matou minha mãe. Eu vi tudo, pois estava trancado dentro no guarda-roupas, incapaz de ajudá-la. Eu tinha 5 anos. Mas não sou mais um garotinho indefeso. Eu não estava impotente quando cortei a garganta de Aidan. Nem quando ateei fogo em Hugh Doyle, ainda vivo.

A multidão ofega, a curiosidade se transformando em pavor.

— Então, estou aqui esta noite para vingar o que é meu por direito. Brody tirou a vida da minha mãe, e, agora, na frente de todos vocês, vou tirar a dele.

Uma senhora à esquerda do palco começar a fazer ânsia de vômito, cobrindo a boca com a mão para conter a náusea.

— Você não pode fazer isso — um homem de meia-idade diz, dando um passo à frente, com o celular em mãos. — Estou ligando para a polícia.

Com uma risada, aceito seu blefe.

— Vá em frente. Tenho certeza de que eles ficarão interessados em saber que todos vocês têm culpa no cartório, de uma forma ou de outra, assim como Brody.

Sua bravata rapidamente se desfaz, pois ele achou que eu não sabia de seus segredinhos sujos.

Babydoll mencionou que as pessoas aqui são tão vis e corruptas quanto os Doyle, então eu sei que ninguém vai se arriscar sua liberdade para salvar Brody. Eles serão obrigados a testemunhar um homem influente dar seu último suspiro, e saberão que eu, Puck Kelly, sou o responsável pela guerra que estou prestes a começar.

Não sei onde Liam está, mas ele não vai parar de me caçar até que eu esteja morto. Logo, preciso me antecipar a ele também. *Eu* serei o único homem de pé quando minha hora chegar.

Quando firmo o agarre no cabelo de Brody, ele começa a fraquejar, ciente de que seu tempo na terra está se esgotando.

— Fique com tudo — suplica. — Eu não quero Belfast. Você nunca mais vai me ver na sua frente.

— Não temos mais nada para negociar — rosno, puxando sua cabeça ainda mais. — Isso estava para acontecer há muito tempo.

— Você acha que consegue derrotar Sean por conta própria? — ele berra, os olhos arregalados, enquanto olha para mim de sua posição abaixo. — Você precisa de mim!

— Não, não preciso — saliento, com um sorriso zombeteiro. — Já tenho toda a ajuda que preciso.

Pegando a deixa, Babydoll para ao meu lado.

— Oi, papai. — Acena, orgulhosa.

Sua traição o enfurece.

— Sua vagabunda! Você é igualzinha à sua mãe! Nunca será a minha filha. Eu deveria ter deixado Hugh fazer o que queria contigo!

Ela sibila, recuando um passo.

— Você sabia?

— É óbvio. Eu conhecia seu irmão, e sabia que ele queria te foder.

Eu sabia que ele estava quase cruzando a linha. Mas não pensei que você tivesse um problema com isso, já que não teve a menor vergonha de abrir as pernas para o Puck.

Os olhos dela se enchem de lágrimas, porque, embora eu tenha ficado sabendo que Hugh era obcecado por ela, não sabia de todos os detalhes. Descobrir que Brody estava ciente das coisas doentias e nojentas que ele fazia com ela me leva a pressionar a lâmina em sua garganta.

— Você nunca mais vai falar com ela desse jeito.

A multidão grita, horrorizada; outros demonstram animação.

Brody levanta as mãos trêmulas, em rendição, mas isso não é uma opção. Nunca foi.

— Minha morte será vingada! — ele exclama. — Você está começando uma guerra, Puck Kelly.

Erguendo sua cabeça ainda mais alto, expondo sua garganta, dou um sorriso sinistro.

— Estou contando com isso.

— Por favor, não — ele implora, entrelaçando as mãos em súplica. — Eu tenho dinheiro. Não me mate.

— Você é patético — cuspo. — Implorando pela sua vida como um covarde, quando não mostrou misericórdia pela minha mãe, nem pelas centenas de pessoas que matou. Nem pela sua filha, que foi usada como um peão.

Babydoll se aproxima de mim. Eu quero que ela saiba que essa vingança é *nossa*. Esta guerra que estamos começando *será* vencida por causa dela.

— Você pode ficar com tudo! — implora para que eu recobre a razão. Mas esta é a única razão que enxergo.

— Não quero nada seu... — faço uma pausa, antes de acrescentar: — A não ser a sua cabeça.

Brody fecha os olhos e começa a rezar.

— Bem que eu queria ter dias, semanas, para te torturar, mas, para ser bem honesto, a eternidade não seria um tempo longo o bastante para te dar tudo o que você merece.

A morte dele nunca será demorada, sangrenta ou violenta o suficiente, mas enviará um recado a Sean. Então, isso terá que bastar... por agora.

Ele continua a rezar. Talvez ele pense que Deus poderá lhe salvar.

— Perdoe a quem nos têm ofendido; e não nos deixeis cair em tentação.

Mas aqui, agora, o Deus dele não existe. A única pessoa presente sou eu – o demônio que ele mesmo criou.

NÃO CAIR EM TENTAÇÃO

Seu pescoço está arqueado para trás, em um ângulo doloroso, e quando ele abre os olhos, dou um sorriso. A vingança, finalmente, é minha.

— Mas livrai-nos do mal — concluo por ele, e quando vejo que um brilho de esperança cintila em seus olhos, esperança que foi tirada da minha mãe quando ele tomou parte em seu assassinato, deslizo a lâmina em um movimento fluido através de sua garganta.

Seu sangue quente encharca meus braços e camisa. Inspiro fundo, sentindo uma calma me sobrevir quando ele começa a sufocar com o próprio sangue. Ele ainda está vivo quando cumpro a promessa de decapitá-lo.

Seu corpo tomba para frente, caindo com um baque surdo no palco, enquanto ergo sua cabeça decepada em minha mão. Dando uma olhada para minha obra, eu sorrio. Nada pareceu mais perfeito.

Há uma calmaria antes da tempestade conforme a multidão assiste em total descrença, incertas sobre o que acabaram de testemunhar. Mas quando jogo sua cabeça ao lado do corpo retorcido, esguichando sangue nos rostos e roupas das pessoas paradas ali perto, a calma se transforma em confusão.

Gritos estridentes ecoam pela noite à medida que os ricos e poderosos percebem que nada conseguirá salvá-los dessa vez. Seus padrões sociais não significam nada para mim.

— Que isso fique de aviso a todos vocês... Não fodam comigo. Se não estiverem ao meu lado, estão contra mim. E se conhecem Sean Kelly... digam a ele que é só uma questão de tempo. Agora somos nós que mandamos.

O pânico se instala enquanto os convidados tentam fugir desesperadamente. Aceno para Ron Brady e ele se afasta da porta para dar passagem ao povo enlouquecido. Por enquanto eles podem sair.

Passo um tempo desfrutando do caos instaurado e o comparo ao que uma vez cheguei a ver – preto, branco e vermelho refletindo a morte da minha infância.

Liam Doyle, de repente, aparece na entrada, empurrando as pessoas para o lado para chegar até mim. Sua hora também está chegando, mas não agora.

— Babydoll, vá! — ordeno, tentando ser ouvido acima dos gritos histéricos. — Eu te encontro depois!

Ela parece estar em choque, encarando o corpo desmembrado do pai, com os olhos arregalados. Ron se posta ao seu lado, arrastando-a em direção à porta dos fundos, nos bastidores do palco, enquanto ela, estoicamente, encara o cadáver de Brody. Ela não oferece resistência, o que é algo incomum.

— Ron, leva ela para algum lugar seguro.

Ele acena afirmativamente.

Lidarei com as consequências do meu ato depois, não importa qual seja, porque quando Liam está a poucos passos de distância, eu calmamente me dirijo para o lugar onde a cabeça de Brody está caída. Memorizo a imagem antes de cuspir sobre ela. Os gritos irados de Liam irrompem em meio à carnificina, conforme avança até mim, mas ele estaca em seus passos quando chuto a cabeça de seu pai como se fosse uma bola de futebol.

Por instinto, ele a pega, como imaginei que ele faria.

Ele olha para baixo, para a cabeça aninhada em suas mãos. Um momento surreal, sem sombra de dúvidas. Sua vingança terá que esperar agora, pois ele tem que recolher os pedaços do pai.

Um olhar de promessa é trocado entre nós. Na próxima vez em que nos encontrarmos, apenas um de nós permanecerá de pé. Com o sangue de Brody manchando meus dedos, desenho duas linhas no centro da minha testa em homenagem à minha mãe.

Dois já foram, agora falta um.

Com essa motivação em mente, saio às pressas pela mesma porta de onde Ron saiu, me situando onde estou. Seguindo os sinais, encontro a saída da catedral e sigo até onde Rory estacionou o carro. Ele e Cian vieram como reforço, mas estou feliz por não ter precisado da ajuda deles, porque acabamos de dar início a uma guerra descomunal.

Abrindo a porta de trás, eu me jogo dentro do carro.

— Dirija.

O veículo ziguezagueia pela estrada enquanto me deito no banco traseiro, meu coração batendo descontroladamente. Agora que estou fora de lá, a brutalidade dos meus atos me atinge com força, e quando vejo minhas mãos ensanguentadas, eu as viro de um lado ao outro, uma risada maníaca irrompendo de mim.

Eu consegui.

E resgatei de volta um pequeno pedaço da minha alma.

— Onde está a Cami? — Rory pergunta, olhando para mim pelo espelho retrovisor.

— Ela está com Ron Brady.

— Cian, mande uma mensagem de texto pra ele e pergunte onde estão, okay?

Cian faz o que ele pede.

Assim que envia, ele olha para mim por cima de seu ombro.

— O que você fez?

Ele pode adivinhar, já que estou coberto com o sangue de outro homem. Mas ele quer ouvir da minha boca.

— Eu fiz o que prometi fazer — digo, inspirando fundo ao me lembrar da sensação da minha faca deslizando sem dificuldade e cortando pele e músculos. — Eu decepei a cabeça de Brody Doyle.

Não há necessidade de dizer qualquer coisa a mais, porque só o fato de eu ainda estar vivo, e ele não, indica que vencemos essa batalha – por agora.

Rory dirige até o endereço que Ron enviou para Cian. Estamos todos em silêncio, pensando no que aconteceu e no que o futuro nos reserva.

Ainda posso sentir o sangue quente de Brody manchando minhas mãos quando arranquei sua cabeça de seus ombros. Ainda posso sentir seu medo quando deu seu último suspiro. Eu não sabia como me sentiria quando vingasse minha mãe, e agora que está feito, percebo que estou anestesiado.

Sean é quem eu realmente quero. Brody e Aidan foram apenas a entrada, e agora estou pronto para o prato principal.

— Mas que porra é essa?

O xingamento de Rory me faz sentar de supetão, e quando vejo um carro estacionado no acostamento da estrada, com os pisca-alertas ligados, e com Ron Brady do lado de fora, meu coração acelera por um motivo completamente diferente.

Estou fora do carro mesmo antes de Rory estacionar.

— Onde ela está? — pergunto, e pelo tom da minha voz, Ron percebe que não estou de brincadeira.

Quando ele me vê, rapidamente ergue as mãos em rendição.

— Ela estava fora do carro antes que eu pudesse impedi-la.

— Onde ela está? — repito, devagar, ameaçadoramente, nem um pouco interessado em suas desculpas.

Ele gesticula com a cabeça para uma antiga mansão abandonada.

— Ela correu lá pra dentro.

Quando estou prestes a ir atrás dela, Rory passa correndo por mim.

— Deixa que eu vou.

Ele não me dá nem opção de argumentar, mas eu não faria isso, porque, apesar de não estarem mais noivos, ele ainda se vê como o confidente e melhor amigo dela. Está me matando não ir atrás dela, mas talvez ele seja a melhor escolha.

Cian para ao meu lado, lendo meus pensamentos, mas não diz uma palavra sobre o assunto.

— O que aconteceu?

Ron retira a boina e limpa o suor da testa.

— Estávamos a caminho do endereço que te passei há pouco. Num minuto, ela estava sentada quietinha, e no outro, pulou fora com o carro ainda em movimento. Se eu estivesse dirigindo mais rápido, ela teria morrido na queda.

Observo a mansão, levando toda a minha força de vontade para não correr atrás dela.

— Ela está em choque — digo, com raiva de mim mesmo por ter permitido que ela visse o que fiz.

— Ela é durona, Puck. Não a subestime.

Ron está certo, mas não há vergonha alguma em precisar de um ar fresco depois de testemunhar a cabeça do pai sendo arrancada do corpo — pelo homem que você ama.

— Obrigado, Ron. O que você fez lá mudou tudo. Nós enviamos um recado, e esse recado é que ninguém vai querer mexer com o filho de Connor Kelly.

Não me passa despercebido a ironia dessa afirmação, porque há muito tempo, eu teria cortado a minha língua antes de admitir que era filho de Connor, mas, agora, ostento esse título com orgulho. Eu queria que ele ainda estivesse vivo para que eu tivesse a chance de dizer isso a ele.

No entanto, terei que me reconciliar com ele de outra maneira, e farei isso reconstruindo o reinado que ele lutou tão arduamente para proteger.

— Estamos felizes por você estar de volta, filho — Ron diz, e seu tom é sincero. — A Irlanda do Norte sentiu sua falta.

— Sim, e eu senti falta dela também.

Cian me cutuca com o cotovelo, e quando vejo Rory vindo sozinho na nossa direção, eu me preparo para o pior.

— Ela não me quer... Ela quer você.

Abro a boca, mas fecho rapidinho, porque não há nada que eu diga que vá apagar a dor que Rory sente com o fato. Para que ele expressasse isso da forma como fez, só posso deduzir que ele sabe que ela me deseja em mais de uma maneira.

Com um suspiro, passo por ele, esperando que ele me golpeie. Eu não revidarei, pois mereço. No entanto, ele não me ataca. Simplesmente abaixa a cabeça, incapaz de me ver consolar a mulher que ele ama.

Como o bastardo que sou, rapidamente vou em busca de Babydoll, esquecendo de tudo mais, porque a única coisa que me importa é encontrá-la.

Partes do telhado estão faltando, permitindo que a luz da lua seja meu guia pela mansão depredada. Subo a escada com cuidado, notando o piso instável. Este lugar mal está se aguentando de pé. Eu preciso encontrá-la para levá-la para um lugar seguro.

Viro um canto e passo por um longo corredor.

Esta mansão foi motivo de inveja de muita gente no passado, mas agora é apenas uma recordação triste do que já foi um dia.

Tiras do papel de parede dourado se projetam das paredes, e o carpete manchado faz um barulho craquelento a cada passo dado. Enfio a cabeça por cada umbral no caminho – que já não possuem portas –, à medida em que me aproximo de todos os quartos, mas não vejo Babydoll em lugar nenhum.

Quando chego ao último cômodo à esquerda, olho lá dentro e dou um suspiro de alívio. Badydoll está de pé, em uma varanda. Com passos tranquilos, entro no quarto, não querendo assustá-la, pois temo que a varanda seja instável.

Ela sabe que estou aqui porque meus passos anunciam minha chegada, mas ela não se vira.

— Baby — digo, baixinho. — Você está bem?

Eu sei que essa é uma pergunta idiota, dadas as circunstâncias, mas preciso que ela me diga o que há de errado.

Ela permanece imóvel, a luz da lua cintilando sobre as joias que adornam seu vestido. Nunca a vi assim tão... calada. E isso me preocupa.

O chão da varanda está repleto de buracos, e quando piso no concreto, ouço o som de pedregulhos caindo abaixo. Isso está perto de ruir. Eu paro ao seu lado, me assegurando de deixar um espaço entre nós, porque não quero pressioná-la.

Ela continua encarando o vazio à distância, as mãos agarradas firmemente à balaustrada.

— Sinto muito por você ter visto o que fiz. — Eu não estava pensando em ninguém quando cortei a garganta de Brody. Tudo o que me importava era a vingança correndo pelas minhas veias.

Mas isso claramente a assustou a ponto de ela nem sequer olhar para mim.

— Eu deveria ter pensado em você, e em como isso te afetaria. Eu deveria ter dado a ele uma morte rápida, e não ter obtido prazer com seu sofrimento.

Adorei torturá-lo, o que permitiu com que Babydoll enxergasse minha verdadeira face. E se ela agora estiver enojada com o que viu? Não sei o que ela está pensando, e isso está me deixando louco. Se ela não puder me perdoar, então tudo isso terá sido em vão.

— Cami... fale comigo — suplico, não dando a mínima que ela ouça o desespero em meu apelo.

A noite está fria, e seu corpo estremece. Faço menção de tirar meu paletó, mas percebo duas coisas: um, deixei o terno na cripta, e dois, estou coberto pelo sangue do pai dela.

Estou prestes a me virar, envergonhado de estar aqui suplicando por perdão quando não estendi isso ao pai dela, mas ela gentilmente agarra meu cotovelo para me deter. Eu olho para ela, confuso com o que está acontecendo.

As lágrimas em seus olhos cintilam sob o luar quando ela sussurra:
— Obrigada.
— 'Obrigada'? — pergunto, assombrado. — Pelo que você está me agradecendo?
— Ninguém nunca me colocou em primeiro lugar, e foi isso o que você fez. Uma e outra vez. O que aconteceu com Hugh... — Ela respira fundo, antes de continuar: — Ele me humilhou e fez coisas que eu... eu tenho vergonha por não ter lutado contra.

Uma lágrima escorre pelo seu rosto.

Quero limpar a gota, mas não sei se ela vai recuar diante do meu toque.
— Eu não conseguia respirar — explica. — Eu só queria sair daquele carro. Estou com vergonha por você agora saber o que ele fez. Eu não te culparia se você não me qui...
— Pare com isso — gentilmente, a interrompo. — Nada disso foi sua culpa. Você fez o que tinha que fazer para sobreviver.
— Eu sou patética. Nada mais do que uma vítima, quando deveria ter lutado contra ele. — Ela dá um soco no parapeito, mordendo o lábio com raiva.

Mas não vou ficar aqui parado e deixar que ela culpe a si mesma.

Com um toque hesitante, cubro seu punho cerrado com a minha mão, impedindo que ela continue a se machucar.
— Eu não vejo uma vítima — atesto. — Vejo uma sobrevivente. Foi tudo o que você fez, Baby. Você simplesmente tentou sobreviver.

Mais lágrimas escorrem de seus olhos enquanto ficamos ali parados, feridos e devastados debaixo desse céu estrelado.

Ela concentra sua atenção em nossas mãos unidas e então olha para a minha camisa. Só então ela parece reparar que estou coberto com o sangue do seu pai. Estou à sua mercê, porque seja lá o que ela quiser, vou obedecê-la sem oferecer resistência.

Ela se vira para me encarar, e eu faço o mesmo. Ela me avalia lentamente, revivendo cada passo da noite. Eu me sinto sujo no pior sentido da palavra, então quando Babydoll está prestes a tocar meu rosto, eu me afasto um pouco.

— Não quero te sujar com a minha imundície — confesso, de cabeça baixa.

Ela levanta meu queixo de forma que nossos olhares estão focados novamente. O ar, de repente, esquenta, porque, finalmente... eu sei o que ela quer.

Ela fica na ponta dos pés e pressiona a boca à minha, me beijando com uma urgência e desespero que tiram meu fôlego. Eu retribuo o beijo com paixão, porque nunca pensei que ela fosse querer me beijar de novo.

Ela enfia os dedos por entre meus fios bagunçados, puxando com força enquanto morde meu lábio inferior, deslizando a língua na minha boca.

— Me foda — ofega, freneticamente, lutando para desabotoar minha camisa.

— Baby — digo, tentando impedi-la de me despir. — Estou coberto com... o sangue do seu pai. Me deixe tomar um banho primeiro. Vamos voltar para casa e...

— Não — interrompe, dando um tapa na minha mão. — Agora.

Antes que eu tenha a chance de suplicar que ela pense direito, meus botões se espalham pelo chão quando ela rasga a camisa ao meio. Minha boca se entreabre, em choque, porque esse lado agressivo é uma surpresa.

Ela nem me dá tempo de me recuperar, e começa a desafivelar o cinto da minha calça, deixando claro o que quer, e que quer agora mesmo.

Mas não desse jeito.

— Cami, pare — digo, com firmeza, agarrando seu pulso para impedi-la de abrir o zíper da minha calça.

— Você não quer me foder? É isso?

— Você sabe que não é isso — rebato, balançando a cabeça. — Você está ferida. O que viu hoje à noite, se você precisar de tempo para pe...

— O que eu preciso é de uma boa transa — dispara, agressivamente. — E se não estiver disposto a me dar isso, então vou encontrar alguém que esteja.

Ela está com raiva, confusa, e, provavelmente, triste, então não vou levar seu comentário para o lado pessoal.

— Quer parar de agir desse jeito? Fale comigo. Eu quero saber o que você está pensando.

— Por quê? — ela grita, com raiva de mim.

Ótimo.

— Porque você acabou de me ver decapitando o seu pai — respondo, com calma. — Não importa que ele era um filho da puta, ainda assim, era o seu pai. Isso deve ter te afetado.

— *Você* será afetado, se matar o Sean? — ela me desafia, arqueando a sobrancelha.

— É diferente. Sean não é nem um pouco parecido com Brody. Ele continua tentando me ferrar, enquanto seu pai queria fazer as pazes com você, não importa quão pirado ele era. Acho que, não importa o que ele fez, você está magoada com a morte dele, e isso é normal.

— Vá se foder! — ela diz, balançando a cabeça. — Você não sabe do que está falando. Não estou magoada, sentida, nada. Eu odeio ele!

— Não precisa sentir vergonha — asseguro. — Ele era seu pai.

— Ele me usou! — ela grita, abrindo os braços. — Como você se atreve a dizer que eu me importo? Ele era um monstro, porra. O que isso diz de mim, então? Como posso amar um monstro? Se o que você diz é verdade, então o que dizer de mim, que orquestrei a morte dele?

Quando não respondo nada, ela avança e empurra meu peito.

— Me responde! Você parece ter todas as respostas, então vamos lá. Como eu poderia amar o homem que arruinou a minha vida, porra?

Não revido, permitindo que ela desabafe suas emoções, porque essa é a única maneira de ela se curar. Para que nosso relacionamento dê certo, ela precisará me perdoar, porque se isso não acontecer, não sobreviveremos a isso. E ela precisa perdoar a si mesma.

— Você não escolhe a quem amar, Cami — confesso, com sinceridade. — O amor escolhe você. E você é impotente para impedir isso. Assim como eu fui impotente em não me apaixonar... por você.

Ela pisca diversas vezes, a raiva borbulhando enquanto digere o que acabei de dizer.

Está na hora de ela saber o que sinto por ela. Não porque estou com medo de que talvez nunca tenhamos outra chance para compartilhar nossos sentimentos, e, sim, porque eu quero dizer.

— Eu te amo pra caralho, a ponto de quase não conseguir respirar em alguns momentos. E isso me assusta. Nunca amei ninguém antes, porque durante a minha vida inteira, fui cercado de ódio. Mas isso mudou... no dia em que te conheci.

A raiva incandescente em seus olhos desaparece, e seus muros começam a ruir.

— Fui eu quem tirou a vida de Brody, não você. Mas você precisa se perdoar, porque o ódio que está sentindo vai te comer viva por dentro, e mais cedo ou mais tarde, você vai desejar estar morta também. Está tudo bem se sentir mal pela morte dele. Eu ficaria preocupado se não estivesse chateada. Sua vulnerabilidade é o que te torna forte. É o que te faz humana... a minha humana. Mas a morte dele? É culpa minha. E você precisa me perdoar por isso.

— Perdoar você? — diz ela, em um sussurro.

— Sim. Se você quer ficar comigo para sempre, então precisa estar de boa com o fato de que o homem a quem você ama é o mesmo que matou seu pai. Você precisa me perdoar. E quero dizer o perdão no verdadeiro sentido da palavra, e, em seguida, perdoar a si mesma por me amar.

Ela começa a respirar com mais calma enquanto assimila o que acabei de dizer.

— Se você precisar de tempo para isso, eu vou entender. Eu...

Ela dá um passo à frente, segura minha mão e a coloca sobre seu coração.

— Não preciso de tempo, eu só preciso de você. Sempre precisei de você. Não importa o que você diga ou faça, eu sempre vou te querer. Eu te perdoo. E eu te amo também.

E, simples assim, o mundo se torna inteiro novamente.

— Sinto muito por ter descontado em você — murmura, baixinho. — Foi só... foi difícil demais ver aquilo. Achei que estaria bem com isto, e estou. É só que...

— Eu entendo — eu a interrompo, gentilmente, segurando seu rosto entre as mãos. — Não precisa explicar nada. A morte nunca é algo fácil de lidar.

— E você viu sua mãe ser assassinada quando tinha só 5 anos. Não posso nem imaginar como deve ter sido duro, mas depois desta noite, eu entendo. Agora entendo por que você precisa dessa vingança. Não somente pela sua mãe, mas por você mesmo.

Ouvir essas palavras alivia um pouco da minha culpa, faz com que eu não me sinta um monstro, apesar de tudo.

Babydoll segura minhas mãos e as examina com cuidado.

— Estas mãos — sussurra — já mataram.

— Sim. E farão isso de novo.

— Mas elas também curam — reflete. — Também demonstram gentileza. E amor.

Sou seu prisioneiro quando ela levanta a saia bufante do vestido, com a minha mão ainda entre as suas, e a coloca por cima de sua calcinha. Um longo sibilo me escapa quando sinto a lingerie de seda encharcada com sua excitação. Ela me incentiva a acariciá-la devagar.

— Eu não estava falando sério — declara, os olhos conectados aos meus quando começo a esfregar círculos em sua boceta. — Eu nunca ficaria com outra pessoa. Eu não quero ninguém mais.

— Eu também não quero mais ninguém. Você é o meu para sempre, Camilla. Eu te amo.

Um gemido satisfeito escapa por entre seus lábios e ela se levanta na ponta dos pés para pressionar os lábios aos meus. Nossos muros foram destruídos, e nunca me senti mais aterrorizado na vida.

O amor é um campo de batalha, e agora estamos lutando desarmados.

Babydoll se inclina para o meu toque, implorando por mais, e é isso o que dou ao deslizar a mão por dentro de sua calcinha e mergulhar dois dedos em seu calor. Ela geme contra a minha boca, circulando minha língua com a dela.

Começo a brincar com ela, seu corpo sempre pronto para mim. É um puta tesão saber que ela me deseja tanto quanto eu a desejo.

Quando ela desafivela meu cinto e abre o zíper, geme baixinho ao enfiar a mão na minha calça e sentir minha ereção. À medida em que movimento os dedos mais rápido e mais fundo, Babydoll agarra meu pau e começa a me masturbar.

Eu quase gozo de imediato, do tanto que isso é gostoso.

Esqueço que estamos em uma casa abandonada, que estou coberto de sangue, que nossos amigos estão nos esperando do lado de fora. Esqueço de tudo, menos disso aqui. Nada mais importa, a não ser ela.

Retirando meus dedos de sua boceta, rasgo sua calcinha em um só puxão, me livro da minha calça e a levanto no colo rapidamente, antes que ela tenha chance de protestar. Ela sabe o que quero ao se ajustar logo acima do meu pau dolorido e lentamente começar a se esfregar conforme a imprenso contra uma parede.

Com nossos olhares travados, agarro suas coxas e ela entrelaça os dedos à minha nuca. Assim que ela se segura, eu me afundo em sua boceta gostosa. Nós dois estremecemos, paralisados por estarmos conectados dessa forma depois de tanto tempo.

Eu a movimento sobre o meu pau, segurando a maior parte de seu peso enquanto ela se apoia na parede. Este ângulo nos permite observar nossos sexos interligados, e a cada vez que retiro e me afundo de novo, arremetendo contra ela, ambos gememos. Eu a fodo com força e voracidade, suas costas se chocando contra a parede com cada arremetida brutal.

Ela geme, os músculos internos se contraindo ao meu redor enquanto a fodo sem misericórdia. É selvagem e descontrolado, porque temos dez anos de atraso para compensar. Quando o olhar de Babydoll se fixa no lugar onde estamos unidos, eu quase perco o controle e gozo ali mesmo.

— Eu me toquei tantas vezes pensando em você. Era o único jeito que eu gozava — confessa, lambendo os lábios quando me retiro e esfrego sua boceta com a ponta do meu pau antes de me afundar de novo em seu calor.

— Goze pra mim, Baby — ofego, segurando suas coxas com tanta força que amanhã ela terá hematomas.

— Ainda não — geme, rebolando os quadris e entrando no ritmo das minhas estocadas. — Eu quero mais.

Antes que eu possa perguntar o que mais ela quer, ela morde os lábios e começa a quicar selvagemente sobre o meu pau. Algumas partes da parede começam a ruir, e a varanda oscila.

Ainda mergulhado dentro dela, eu a carrego para o quarto. Não quero deitá-la no chão imundo, então escolho a parede mais distante para um apoio. Eu a imprenso contra uma parede e continuo a fodê-la vorazmente. Ela ordenha o meu pau, me agarrando com força, e quando arqueia as costas, se balançando freneticamente, nós atravessamos a parede frágil e acabamos tropeçando até o cômodo seguinte, que calha de ser um banheiro.

Nem isso faz com que paremos. Eu a seguro com mais força, fodendo com vontade da mesma forma que ela faz.

Nossa transa é perigosa, e não consigo reprimir o sorriso ao me dar conta disso.

Ela se move com volúpia, de um lado ao outro, me deixando louco quando sua boceta me aperta. Estamos no meio do cômodo, com Babydoll cavalgando meu pau enquanto seguro seu peso, e nada parece mais perfeito.

Nós nos encaramos intensamente, e não me lembro de já ter me sentido conectado assim com alguém antes.

Até mesmo comparando nossos momentos juntos, dez anos atrás, isso aqui é algo muito maior.

Seus seios estão confinados pelo vestido, o que é uma vergonha.

— Espero que você não seja apegada a essa porra — ofego, com um sorriso.

Antes que ela possa me perguntar o porquê, agarro o colarinho com um punho e rasgo fora, libertando seus belos seios. Quando eles se balançam na minha frente, eu curvo a cabeça e tomo um mamilo entre os dentes, antes de chupar com vontade.

Ela geme, arqueando as costas e me dando livre acesso aos peitos gloriosos. Não consigo parar. Quero provar cada pedacinho dela.

— Quero ficar por cima — diz ela, ofegante, puxando meu cabelo e tomando minha boca.

Nós nos beijamos como se fôssemos criaturas esfomeadas, conforme ela vai baixando as pernas. Eu me retiro de dentro dela, só para ele me empurrar de costas no chão. Ela ergue o tecido volumoso da saia e se senta escarranchada no meu colo. Eu me apoio nos cotovelos, admirado quando ela se empala lentamente no meu pau.

Quando estou enfiado até o talo, rosno baixinho e me deito, antes de quase desmaiar tamanho o êxtase assim que ela começa a me foder.

Ela apoia as mãos no meu peito, se balançando contra mim apaixonadamente. Seu cabelo agora está solto, caindo em uma cascata quando ela se curva para trás e se move para trás e para frente. Fico um instante desfrutando este momento, de pura liberdade, selvagem; Babydoll é uma visão.

Ela é espontânea, em busca de seu prazer comigo porque sabe que este é o seu lugar. Ela sabe que este sentimento é para sempre.

Seguro sua bunda, encorajando-a a tomar tudo de mim, porque tudo o que quero é lhe dar prazer. Eu quero cuidar da minha garota. Ela me aperta com força, gemendo e se contorcendo loucamente. Sei que está perto de gozar.

— Porra! — grita, alto, inclinando-se para frente e devorando minha boca. Não sei onde seus fôlegos terminam e onde os meus começam, pois estamos nos consumindo.

Ela continua a me cavalgar, e quando seu ritmo aumenta, eu quase gozo porque é gostoso pra caralho.

Agarro sua garganta com uma mão, usando a outra para esfregar seu clitóris.

— Eu te amo — ronrona, levantando os quadris e golpeando meu pau. — Diga. Diga que me ama também.

— Eu te amo, Baby. Sempre amei.

Ela geme, fechando os olhos com força, a cabeça inclinada para trás conforme se contrai toda ao meu redor. Ela goza com vontade, e não se preocupa em abafar seus gritos de prazer à medida que me drena com voracidade.

Quando seus gritos cessam, dou a ela um segundo para se recuperar antes de me levantar com ela ainda no colo. Ela abre os olhos, assustada, e eu começo a rir.

— Você não achou que tínhamos acabado, não é?

Eu a giro e a faço agarrar a pia detonada à frente, erguendo seu vestido e arrastando a mão pela bunda linda. Não consigo me controlar e acabo dando um tapa em uma nádega.

Seu corpo se projeta pra frente com o impacto, antes de voltar por mais. Mas isso pode esperar.

Abrindo bem suas pernas, penetro sua boceta devagar, saboreando casa maldito segundo. Ela geme, agarrando a pia e arqueando as costas para aprofundar ainda mais o ângulo. Levo meu tempo, observando meu pau sair e entrar de dentro dela.

Ela se movimenta para trás, tomando tudo de mim, e eu rosno, pois a sensação não pode ser expressa através de palavras.

Agarrando seus quadris, acelero o ritmo, entendendo seus murmúrios e ofegos como uma necessidade por mais. Ela impulsiona o corpo para trás e para frente, para trás e para frente, e em um desses movimentos bruscos, a pia se solta da parede e cai no chão com um baque surdo.

Eu a pego antes de cair para frente, enlaçando seu corpo com os braços e a enjaulando contra a parede toda lascada. Com as mãos pressionadas na parede, eu continuo fodendo Babydoll por trás. Ela se inclina um pouco mais em busca de apoio, e eu arremeto cada vez mais forte.

Ela bate o punho na parede, destruindo ainda mais o gesso desgastado. Nesse ritmo, vamos destruir essa casa antes de eu gozar.

— Mais — ela exige, afastando o cabelo para o lado e olhando para mim por sobre o ombro.

Ao ver seu rosto corado e os lábios inchados, acelero as estocadas. Ela curva a coluna, me permitindo ir cada vez mais fundo.

— Ah, caralho! Minha nossa, isso é tão gostoso.

A casa começa a chacoalhar ao nosso redor, e estou longe de ser gentil ao agarrar sua garganta e inclinar sua cabeça para trás de forma que possa beijá-la com sofreguidão. Continuo a arremeter os quadris, a fodendo com força e velocidade em busca do meu orgasmo.

Ela morde meu lábio perfurado antes de dar uma lambida para aplacar a ardência. Ela está com fome de mim, e eu dela, e quando os espasmos se arrastam pelo seu corpo, aliados a um gemido rouco, eu me preparo para retirar meu pau e gozar fora.

No entanto, ela me impede, espalmando minha bunda e me obrigando a manter a conexão.

— Goze dentro de mim.

Não tenho como discutir, e com duas estocadas violentas, gozo com força.

— Poooorra! — grunho, o mundo sendo eclipsado pela luz fulgurante do clímax, onde me esqueço de tudo, menos da sensação extasiante.

Assim que meu orgasmo acaba, eu meio que desabo contra suas costas, respirando com dificuldade, meu coração quase saltando do peito. Ficamos nessa posição por alguns minutos, ambos tentando recobrar o fôlego, pois o que acabamos de compartilhar foi muito além.

Deposito um beijo em seu ombro e gentilmente me retiro de dentro dela, sentindo falta do contato na mesma hora. Babydoll geme, deixando claro que sentiu o mesmo.

— Puta merda — arfo, observando o estrago que causamos. — Nós destruímos o lugar.

Ela começa a rir ao olhar ao redor, ainda mais com os destroços da parede pela qual atravessamos. Ela se vira para me encarar, o cabelo desgrenhado e as bochechas vermelhas me deixando de pau duro de novo.

Dou um passo em sua direção e arrasto o polegar pelo lábio inferior carnudo. Está inchado do beijo avassalador, quando quase a comi viva.

— Eu te machuquei?

Ela nega com um aceno de cabeça, tímida.

— Não, de forma alguma.

Estamos nos deliciando ainda do momento perfeito compartilhado, olhares travados que transmitem inúmeras coisas. Estamos tão perdidos um no outro, que quando Rory aparece, é tarde demais para disfarçar o que fizemos.

— Se os dois tiverem acabado, deem uma olhada nos celulares.

Babydoll ofega, só agora se dando conta de que não estamos sozinhos. Às pressas, ela tenta puxar a parte de cima do vestido para cobrir os seios, mas decide usar o braço para cobrir sua nudez.

— Rory! — grita, mas ele balança a cabeça, nem um pouco interessado em ouvir o que ela tem a dizer.

Minha calça está no chão do outro quarto, então discretamente cubro meu pau, sem querer esfregar na cara dele o que fizemos. Ver minha camisa rasgada e pendurada no meu torso é um sinal claro de que não simplesmente transamos; nós fodemos como animais selvagens e amamos cada segundo disso.

Rory permanece parado no umbral, os punhos cerrados ao lado. Não vou me opor se ele quiser me nocautear. Ele tem esse direito. Ele não diz nada, no entanto. Simplesmente nos dá as costas e se afasta, obrigando-nos a lidar com as consequências dos nossos atos.

— Ah, puta que pariu, cara — Cian resmunga, ao entrar no cômodo. Agora ele também está ciente do que fizemos. — Será que dá pra você vestir sua calça logo?

— Está no outro quarto, acho que na varanda — digo, e quando Cian nota a parede destruída, apenas suspira.

Babydoll se vira de costas, cobrindo o corpo nu. Os ombros tremendo me mostram que ela está chorando, sentindo-se culpada e com vergonha.

— Você vai precisar resolver essa merda com Rory depois, porque agora nós temos que voltar para a sua casa.

O tom urgente em sua voz me faz esquecer de tudo.

— O que aconteceu?

Quando ele balança a cabeça, eu me lembro do que Rory disse.

Chutando o restante da parede, encontro minha calça e pego meu celular. Há inúmeras mensagens de texto e ligações perdidas. Decido ouvir o correio de voz, e ao fazer isso, meu mundo inteiro rui em pedaços, a ponto de eu duvidar que seja inteiro novamente.

— Punky, sou eu. Eles s-se foram. Ele... levou os d-dois. P-por f-favor, me ajude. Estou muito... ferida.

E a ligação fica muda. Era Hannah ao telefone, e não tenho a menor dúvida de quem seja *ele*.

E, num piscar de olhos, nosso momento perfeito vira cinzas.

TREZE
CAMI

Estou sentada quieta, observando o lado de fora pela janela, com o paletó de Rory escondendo o que fiz.

Não mereço sua gentileza, mas aceitei a oferta de seu terno quando ele me ofereceu, tanto pelo meu bem quanto pelo dele. Não queria esfregar na sua cara que transei com seu melhor amigo – e que adorei cada segundo.

Rory apareceu pouco antes na mansão, para me consolar, mas ao invés dele, pedi pela presença de Punky.

Sinto o vômito subir pela garganta, mas engulo de volta. Eu me coloquei nessa situação, e, agora, minha punição vem na forma do sequestro da minha irmã. Não sei de todos os detalhes, nem o Punky sabe. Tudo em que nos baseamos é na mensagem de voz que Hannah, em pânico, deixou.

Punky está sentado do outro lado no banco traseiro do carro de Rory. Quero poder confortá-lo, porque, mais uma vez, Sean foi mais esperto que nós. Mas não posso fazer isso.

Ele está batendo o pé continuamente, os punhos cerrados ao lado, mostrando, nitidamente, que está tentando se controlar.

Não entendo como Sean soube que Hannah e Eva estavam sozinhas com Ethan. Ninguém sabia onde Punky estaria hoje à noite. Ele disse que Ronan e seus homens, homens que Punky garantiu que podíamos confiar, estavam vigiando a casa, mas, ainda assim, Sean conseguiu pegá-los.

Sempre que subestimamos Sean, ele vai lá e faz alguma coisa desse tipo, nos punindo pelo nosso descuido. Se algo acontecer com Eva por minha causa...

Com um movimento sutil, Punky desliza a mão pelo banco traseiro e toca meu dedo mínimo com o dele. Essa é a única forma de consolo que ele pode me oferecer, sem foder ainda mais as coisas.

Não olho para ele, mas acaricio seu dedo mindinho com o meu, em um agradecimento silencioso, mesmo não sendo digna disso.

Quando Rory pega o acesso da propriedade de Punky, nós nos afastamos, porque tudo está prestes a mudar.

Punky nem espera o carro parar por completo. Ele abre a porta e sai correndo até sua casa. Rory faz a volta na entrada circular de carros, mas não desce. Cian olha para mim por cima do ombro, me implorando para resolver a situação, já que não precisamos de mais esse drama para adicionar à pilha.

Ele sai do veículo e corre atrás de Punky, enquanto eu fico ali dentro com Rory. Não sei o que dizer, porque, honestamente, nada que eu diga pode desculpar o que fiz.

Eu me arrependo de ter transado com Punky?

Não. Foi a primeira vez, em dez anos, que me senti viva.

Só me arrependo de ter magoado Rory da forma como aconteceu. Quisera eu que ele não tivesse visto aquilo, pois posso imaginar que tenha sido um golpe duro. Não quero que ele pense que terminei nosso relacionamento por causa do Punky. Ele foi um motivo, mas, no fim, eu rompi o noivado por mim mesma.

E por Rory.

Eu não o amo, e fingir amá-lo é a coisa mais cruel que eu poderia fazer. Ele não merece isso, e sei que me odeia agora, mas espero que algum dia ele possa entender.

— Foi por isso que você terminou tudo? Por causa dele?

Com um suspiro, balanço a cabeça em negativa, embora ele não esteja olhando para mim.

— Não, não totalmente.

— Então, em parte, sim?

Não quero mentir para ele.

— Sim, em parte. Mas terminei por você.

— Ah, que mentira! — exclama, dando um soco no volante. — Não me venha com esse papo furado. Você terminou porque nunca deixou de amar ele. Mesmo quando ainda achava que os dois eram irmãos.

Não rebato, porque não tem sentido fazer isso.

Ele está certo.

— Eu sei que você me odeia.

— Eu não te odeio — salienta, com a voz gélida. — Eu tenho pena de você, Cami. Você nunca será feliz com ele, porque Punky só atrai problemas. Sua irmã está agora em só Deus sabe onde, por causa dele, e isso não vai parar por aqui.

— Não se atreva a dizer isso! Eva é minha responsabilidade. Se tem alguém culpado aqui, esse alguém sou eu. Eu falhei com ela ao pensar que ela ficaria bem.

— Pois é, você pensou errado. Agora você consegue ver o mal que ele te faz?

Lágrimas que tentei com afinco conter simplesmente escorrem pelo meu rosto, porque ele está certo. Sei que ficar com Punky não será nada fácil, mas não tenho escolha. Se eu pudesse parar de amá-lo, teria feito isso dez anos atrás.

Mas não posso.

Ele é uma parte minha. O amor que sinto por ele é indescritível, pois não há palavras suficientes que poderiam expressar o que ele significa para mim. O único momento em que me sinto inteira é quando estou com ele. Não me importo com as incertezas que enfrentaremos. Contanto que estejamos juntos, posso lidar com qualquer coisa.

— Você não tem nada a dizer? — Ele me encara pelo retrovisor, e vejo o puro ódio refletido em seus olhos.

— O que você quer que eu diga, Rory? Que sinto muito? Bem, não sinto. Não posso deixar de amá-lo, então não vou me desculpar por me colocar em primeiro lugar ao menos uma vez. Eu não queria que você tivesse ficado sabendo desse jeito, mas...

— Desce do carro — rosna, nem me deixando concluir. — Você fez sua escolha.

Ele nunca havia falado comigo dessa forma. Mas imagino que um coração partido várias vezes pode acabar se estilhaçando.

Com um longo suspiro, abro a porta e saio do carro, mas dou um pulo para trás quando Rory acelera, cantando pneu. Ele dispara pela pista e quase acerta um outro carro que vinha no sentido oposto quando pega a rodovia.

Estou mais do que arrasada quando caminho em direção à casa de Punky, nos fundos da propriedade, mas os andaimes que cercam o castelo são uma bela vista. Testemunhar a deterioração dessa construção, com o passar dos anos, foi bem difícil. Era como se aquilo ali não quisesse mais permanecer de pé sem a presença de Punky.

Quando chego ao apartamento dele, me preparo para o pior, porém ao ver Hannah sentada no sofá, espancada e ensanguentada, percebo que não havia me preparado merda nenhuma.

Punky está sentado ao lado dela, as pernas abertas e segurando a cabeça entre as mãos. Quando ele ouve o som dos meus passos, levanta a cabeça. Ele não precisa me dizer nada – sei que é ruim.

— Eu sinto muito — Hannah soluça ao me ver. — Eu tentei impedi-los.

— Sshhh... — eu a tranquilizo, me ajoelhando à sua frente. — Está tudo bem. Eu sei que você fez de tudo.

— Ela está com o Ethan — diz ela, me encarando com o olho que não está completamente fechado por um hematoma.

Segurando suas mãos entre as minhas, dou um sorriso forçado.

— Ela vai ficar bem.

Minha voz soa estranha, pois sei que as coisas nunca serão como antes.

— Me deixe te ajudar a se limpar. — Eu me levanto e ofereço minha mão.

Hannah assente e se levanta devagar, gemendo ao ficar de pé. A guerreira que existe dentro dela, no entanto, não permite que demonstre qualquer sinal de fraqueza. Nós seguimos a passos trôpegos para o banheiro. Cian está ao telefone, enquanto Punky apenas encara o vazio.

Ele precisa de tempo para lidar com isso tudo. Todos nós precisamos. Mas vê-lo desse jeito apenas fortalece a certeza de que estamos atolados na merda.

Fecho a porta do banheiro, para nos dar privacidade.

Hannah tenta tirar a camiseta, mas geme de dor.

— Vem cá, me deixa te ajudar.

Ela assente em concordância.

Com todo cuidado, retiro suas roupas ensanguentadas, reprimindo a náusea ao ver a real extensão de suas lesões. Seu corpo franzino e miúdo está repleto de hematomas.

— Hannah, você precisa ir para o hospital.

— Não, de jeito nenhum. Eles vão ligar pra minha mãe.

Por isso ela não chamou a polícia.

Ela sabe que se contatasse as autoridades, acabaria levantando questionamentos que não podemos responder. Sean sabia disso também.

— Eu só quero tomar um banho — diz, baixinho, abraçando seu próprio corpo.

Eu abro a torneira da banheira, deixando a água quente encher. Em seguida, eu a ajudo a entrar e se acomodar lá dentro, e mergulho a esponja para começar a lavar seu rosto com carinho e gentileza. Ela choraminga por conta dos cortes profundos.

— O que aconteceu? Se não estiver à vontade para falar sobre isso, vou entender.

Ela fica em silêncio por um tempo, contemplando a água se tornar vermelha pelo sangue, como se as respostas estivessem ali.

— Nós ouvimos tiros, e antes que eu tivesse chance de pegar a arma que Punky deixou pra mim, três homens mascarados arrombaram a porta. Ethan tentou nos proteger, mas ele ainda está muito debilitado. Eles o nocautearam, para que não pudesse lutar. Eva e eu lutamos contra eles, eu juro.

— Eu sei disso — digo, não querendo que ela se sinta culpada por sobreviver.

— Eles nos espancaram. Achei que isso seria o bastante. Mas daí o tio Sean conteve seus capangas. Ele não quis sujar as próprias mãos. Típico dele, permitir que outros façam o trabalhinho sujo. Ele me mandou dar o recado para o Punky recuar, ou ele os faria pagar. Não entendi o que ele quis dizer com aquilo até que ele levou Eva e Ethan. Tio Sean disse que contanto que sigamos suas regras, eles não seriam machucados. E, aí, ele... ele me mandou dar um 'oi' para o Punky, por ele, antes de me nocautear.

Engulo em seco, enojada, e precisando de um segundo para digerir o que ela acabou de contar.

— Sinto tanto, Cami. Eu estraguei tudo. Nunca quis que ninguém saísse ferido. Eu só queria ajudar o Ethan. — Ela cobre o rosto com as mãos, soluçando convulsivamente.

— Ei, você não tem que se desculpar por nada — eu a consolo, massageando suas costas, porque isso não é culpa dela. — Nós vamos encontrá-los. Eu conheço a minha irmã. Ela não vai desistir, nem o Ethan.

— Mas e s-se o Ethan cair na l-lábia do tio Sean de n-novo? Eu a-acabei de recuperar m-meu irmão de volta.

— Ssssshhh, não pense assim. — Tento de tudo para confortá-la, mas ela está assustada. Não somente por fora, e, sim, por dentro.

Ela se aninha ao meu toque, soluçando histericamente. Não falo nada. Eu deixo que desabafe, porque não dá para ficar com tudo isso guardado.

Depois de um tempo, seu choro incontido se torna apenas fungadas, até que ela fica quietinha, quase como se estivesse em transe.

Ela está exausta, física e emocionalmente, então, assim que ela já está livre de todo o sangue, eu a ajudo a se secar e pego uma camiseta preta de Punky que está pendurada na porta. Faço com que ela a vista e vasculho as gavetas em busca de materiais de primeiros socorros. Eu desinfeto os ferimentos de seus braços e rosto, mas ela precisa de mais cuidados do que isso.

Ela precisa de um médico.

Abro a porta e a conduzo para o quarto de Punky. Afastando as cobertas, eu ajudo a se deitar. Ela se aninha sobre a manta, e quando ajeito outra coberta sobre ela, meu coração se parte.

Ela parece tão jovem e inocente. Mas isso não fez a menor diferença para o tio.

— Descanse um pouco, Hannah. Eu estarei do lado de fora se você precisar de mim.

Seus olhos se fecham pelo cansaço.

Afastando o cabelo de sua testa, deposito um beijo suave, prometendo para mim mesma que os responsáveis vão pagar por isso. Ela está apagada antes mesmo que eu saia pela porta.

Entro na sala, mas não encontro ninguém.

Rapidamente descubro onde Punky e Cian estão quando ouço o som inconfundível de alguém implorando pela vida, enquanto leva uma surra.

Correndo porta afora, estaco em meus passos ao ver um homem de joelhos, todo ensanguentado, suplicando que Punky não o mate.

— Eu sinto muito — ele chora, com as mãos unidas em súplica; Punky paira acima dele, com os punhos cerrados. — Nós fomos emboscados. Eu juro. Não estou trabalhando de conluio com Sean.

Punky rosna antes de dar uma joelhada no queixo do cara. Ele desaba no chão com um baque, tentando fugir, mas não vai a lugar algum. Punky agarra seu tornozelo e o arrasta pelo terreno.

— Você me enganou uma vez, Ronan — dispara, com ódio. — Mas não uma segunda... Como ele sabia que eu não estava aqui?

Em resposta, ele dá um chute no joelho de Ronan, e pelo grito de dor, aposto que Punky fraturou o osso.

— Não sei. Eu juro! — exclama. — Se eu estivesse trabalhando com ele, por que levei um tiro? Por que fui largado sangrando até a morte no seu jardim, porra? Por que eu viria rastejando até aqui para te contar o que aconteceu, se eu tivesse te traído?

Cian se vira de costas, incapaz de assistir seu melhor amigo não demonstrar piedade, porque ambos sabemos que não importa o que Ronan diga, ele já está morto.

— Eu tentei impedi-los, mas Sean sabia que você não estaria aqui. Alguém passou essa informação pra ele. Seja lá quem você acha que são seus amigos, eles não são. Você não pode confiar em ninguém.

— Sim, sei disso agora. Eu não deveria ter confiado em você.

— Punky, não, por favor, não — Ronan soluça quando Punky coloca a arma contra sua testa.

Mas suas súplicas não o afetam em nada. O rosto dele está estampado com uma expressão vazia, e sei que esse entorpecimento só vai progredir se ele tirar a vida desse homem.

— Punky, não — digo, baixinho. — Você não tem como provar que ele te traiu. Não seja como Sean. Seja o homem que Connor o ensinou a ser.

Punky inspira fundo, várias vezes, virando o rosto e fechando os olhos com força.

— Vá para dentro de casa, Cami.

— Não — argumento, com calma, dando passos cautelosos em sua direção. — Você não tem que fazer isso. Lá no fundo, você sabe que é errado.

— Eu não sei de porra nenhuma — diz, com ódio, seu sofrimento palpável.

Cian meneia a cabeça, me encorajando a ajudar Punky a enxergar a luz, porque, nesse momento, ele está perdido em meio à escuridão.

— Você sabe que eu te amo — digo, me aproximando ainda mais. — Você sabe que isso não é sua culpa.

— Mentira! — ele berra, virando-se para me encarar. — Sua irmã e Ethan foram levados por minha causa. Hannah foi espancada quase até a morte por minha causa! Meu desejo de vingança, mais uma vez, fez com que outras pessoas saíssem feridas! Connor estava certo: sentimentos te tornam fraco. Você deveria fugir de mim enquanto ainda tem chance — diz, com os olhos marejados. — As pessoas que amo tendem a morrer como garantia.

— Não vou a lugar nenhum — afirmo, agarrando o cano da arma e colocando contra o meu coração. — Aonde você for, eu também irei, e se você for queimar no inferno, então me leve junto, porque uma vida sem você é muito pior do que qualquer inferno na terra.

— Camilla, não diga coisas que não mereço ouvir. Sua irmã está em perigo por minha causa.

— Sim, ela está, mas não se esqueça de que ela é minha irmã. Meu sangue corre nas veias dela, e você pode apostar que ela vai lutar com unhas e dentes. Ele não vai matá-la, porque precisa dela. Como você mesmo disse: as pessoas que você ama são usadas como garantia. Ele usará tanto ela quanto Ethan como peões para conseguir o que ele quer. Contanto que ele precise deles, os dois estarão seguros. Nós só temos que bolar um novo plano.

Punky suaviza o agarre na arma e eu, gentilmente, a tiro de sua mão. Jogando a pistola para o lado, dou um passo adiante e seguro seu rosto entre as mãos, fazendo uma carícia suave. Ele se aninha ao meu toque, devastado de uma forma como nunca vi antes.

— Sinto muito por ter envolvido você nisso. Se acontecer alguma coisa com a Eva...

Não o deixo concluir a frase, porque não quero ouvir. Eva ficará bem. Ela tem que ficar.

Com um longo suspiro, Punky aceita a derrota, mas isso não o torna um fracassado. Não, ele é um vitorioso em todo sentido da palavra.

— Leve Ronan para o hospital — diz ele, sem desviar o olhar do meu.

— Obrigado, Punky — Ronan chora, tentando se levantar. — Ouvi quando eles disseram que iriam para a fábrica. Só que não sei onde é.

Punky assente, mas não parece animado com a informação, pois sabe que está à mercê de Sean.

Cian ajuda Ronan a se levantar, já que ele não consegue ficar de pé por conta própria, e os dois vão mancando para a caminhonete de Punky. Somente quando eles somem de vista é que Punky respira aliviado.

Ele se afasta um pouco e encara o céu noturno.

— Ronan está certo. Alguém dedurou para Sean. Ele sabia que os meninos ficariam aqui sozinhos, e que estariam vulneráveis. Ele me deixou matar Brody só porque isso o eliminava como adversário. Eu fiz o serviço sujo pra ele, pensando que estava no controle, mas estava errado. As pessoas leais podem estar divididas, mas ele tem poder nos lugares certos. Ele está nos observando e esperando, e agora é só uma questão de tempo.

Um arrepio percorre meu corpo diante de suas palavras agourentas.

— O que faremos agora?

— Agora, nós esperamos que ele entre em contato com suas exigências. Ele sabe que vou concordar com qualquer coisa proposta. Não vou permitir que mais vidas sejam destruídas por minha causa.

Estamos entre a cruz e a espada, pois estamos apostando com as vidas de Ethan e Eva. Sean sequestrou os dois, ao invés de Hannah, porque ele sabia que se levasse minha irmã, isso seria como um seguro extra.

— Mesmo que a proposta dele tenha a ver com a sua morte? — questiono, baixinho, incapaz de ocultar meu medo.

Com um suspiro, ele assente.

— Sim. E eu vou aceitar.

Eu abraço meu próprio corpo, tremendo de pavor com suas palavras.

— Bem, eu não vou aceitar, então tem que haver outro meio.

Punky apenas dá um sorriso débil em resposta.

Antes que eu tenha chance de exigir que ele lute contra Sean, os faróis de um carro iluminam a entrada de veículos. Na mesma hora, ele se posta à minha frente como um escudo humano.

— É a polícia? — pergunto, sem saber quem poderia vir aqui de madrugada. Eu duvido que o inimigo anunciaria sua chegada dessa forma.

Punky encara algo à distância, e quando vê quem é, pragueja baixinho:

— Não, pior.

Pior do que a polícia?

Entendo o que ele quer dizer assim que o carro para com uma freada brusca e Fiona desce sem nem se importar em desligar o motor.

— Onde ela está? — ela grita, histérica. Isso não vai acabar bem.

— Fiona...

Ela nem dá chance a ele de responder, e estapeia seu rosto com força.

— Seu cretino! Você não vale nada! O que você fez com a minha filha?

Ela esmurra seu peito com os punhos cerrados, xingando Punky de tudo quanto é nome. Ele sequer revida. Apenas aceita a agressão por acreditar que merece.

— Ela está dormindo lá dentro — diz ele, inexpressivamente. — Ethan sumiu.

— Não! — ela grita, uma e outra vez. — Isso é culpa sua! Tudo isso é culpa sua. Você destrói tudo o que toca! Eu te odeio! Eu te odeio, porra!

Ela bate nele de novo, e assim como antes, ele não se defende. Simplesmente fica ali parado, como uma estátua destruída, morto por dentro.

— Você tirou o Connor de mim, e agora quer tirar meus filhos. Você não ficará feliz até que os veja mortos!

Ela faz menção de dar outro tapa em seu rosto, mas eu seguro seu punho na metade do caminho. Para mim já deu.

— Você já disse o que queria, Fiona.

Afastando-se do meu toque, ela rosna, louca para me bater também.

— Vá em frente. Eu te desafio — zombo, porque, ao contrário de Punky, eu vou devolver os golpes.

NÃO CAIR EM TENTAÇÃO

Ela capta a minha ameaça nas entrelinhas e recua um passo.

— Você é a próxima — sibila. — Anote minhas palavras. Esse garoto é amaldiçoado.

— Ah, cala essa boca — ralho, nem um pouco a fim de ouvir sua ladainha. — Está um pouco tarde para bancar a mãe preocupada agora. Você já se perguntou por que Hannah nunca se preocupou com a própria segurança quando se trata do Punky? Porque ele estava lá para ela, quando você não estava. Ele foi para a prisão para protegê-los, e tudo com o que você se preocupa é em encontrar outro macho para colocar no lugar de Connor, porque tem muito medo de ficar sozinha. Você é ridícula.

— Ele te enganou também, então — diz ela, balançando a cabeça como se estivesse com pena.

Mas essa mulher arrogante pode enfiar essa pena bem no meio do cu.

— Não fui enganada. Eu vejo Puck como ele realmente é. Sempre vi. É uma pena que você nunca tenha conseguido ver. Você se casou com o marido da sua melhor amiga antes que ela estivesse morta e enterrada. O mínimo que poderia ter feito era cuidar melhor do filho dela. Mas você é tão egoísta, que agora o carma está vindo com tudo pra cima de você.

Ela pisca, horrorizada com as minhas palavras.

— Bem, que peninha de galinha.

Boquiaberta, ela não sabe o que dizer. Nunca falei com ela desse jeito antes. Mesmo quando Hannah me contava as histórias sobre a mãe negligente, enquanto crescia, sempre fiquei na minha.

Mas agora chega.

— Hannah está dormindo, e não pode ser perturbada. Você pode voltar aqui amanhã.

— Como se atreve... — Fiona diz, o semblante retorcido em uma careta. — Ela é minha filha.

— Só quando isso lhe convém — rebato. — Ela não era sua filha quando você sumiu com um cara qualquer, por três semanas, e deixou ela e Ethan sozinhos, né? — ironizo. — Eles só tinham 10 anos, caso você tenha se esquecido. Amber e eu é que nos tornamos mães deles na época.

Toda a bravata de Fiona desaparece, porque ela sabe que esse exemplo que dei é apenas um dentre muitos.

— Voltarei amanhã.

Então ela se vira, mas Punky a faz parar ao dizer:

— Não sei quem contou pra você que Hannah estava aqui, mas você corre perigo agora. Tome cuidado.

Ela dá uma risada de escárnio, balançando a cabeça ao entrar no carro e se mandar. Nós dois observamos sua saída dramática, nem um pouco tocados por todo o teatrinho.

— Sean deve ter contado pra ela — Punky diz. — Ele está saindo da moita, porque agora somos só eu e ele.

O tom derrotado em sua voz quase me mata.

— Então temos que nos preparar.

Ele olha para mim e assente.

— Todo mundo é um inimigo.

E ele está certo.

A morte do meu pai mudou tudo, mas não do jeito que havíamos previsto.

— Como está o Rory?

Nem me incomodo em responder, pois ele pode adivinhar.

— Se você mudar de ideia, vou entender.

— Não vou — afirmo, segurando sua mão.

Nós ficamos ali em silêncio, esperando que o ambiente pacífico nos ajude a descobrir as respostas que estamos tão desesperadamente ansiando. Por agora, no entanto, somos agraciados com nada além de silêncio.

QUATORZE
PUNKY

Dr. Shannon examinou Hannah mais cedo esta manhã e administrou uma medicação potente para ajudá-la a suportar as dores. Ele garantiu que não havia nada quebrado. Ele disse que ela teve sorte, mas não existe essa porra quando uma garota tão novinha leva uma surra quase fatal.

Eu não dormi um pingo. Não consigo. Estou cansado de esperar... esperar por nada.

Estou torcendo para que essa sessão com o saco de pancadas possa trazer as respostas milagrosamente. É uma pena que não tenho tanta sorte. Mas não vou desistir. Ethan e Eva estão contando comigo.

— Oi. — Badydoll aparece à porta do celeiro, usando umas das minhas camisetas.

Ela dormiu no sofá da sala onde à noite, completamente exausta. Mesmo que esteja aguentando bem, lá no fundo, sei que está morta de preocupação. Sua irmã foi sequestrada por um psicopata, e não há nada que eu possa fazer a respeito dessa porra.

— Oi — respondo, focado no saco enquanto o esmurro repetidamente.

Ela se aproxima, mas mantém distância, pois sabe que não quero ser tranquilizado.

— Hannah está um pouco melhor.

— Sim. — Não olho para ela, ciente do que ela está fazendo. Ela quer assegurar que tudo vai ficar bem. Mas nós não sabemos disso com certeza.

Cada passo que demos foi arriscado, mas isso é diferente. As vidas de Ethan e Eva estão por um fio se eu fizer um movimento errado.

— Punky, por favor, não faça isso.

— Fazer o quê?

— Não se feche pra mim. Eu quero ficar ao seu lado.

— Você não deveria querer isso — digo, áspero, esmurrando com tanta força que a corda se solta do gancho no teto e o saco de couro cai no chão com um baque.

Babydoll suspira, cruzando os braços.

— Bem, é uma pena, porque eu quero. Não vou a lugar nenhum. Então, será que você pode parar com essa birra e ouvir a minha ideia?

Não tenho escolha a não ser gesticular que sou todo ouvidos.

— Precisamos de aliados, aqueles em quem podemos confiar. Ron Brady e seus amigos provaram que são dignos de confiança na noite passada. O que me diz sobre os homens de Brody? Você tem uma lista com os nomes deles?

Balanço a cabeça afirmativamente.

— Sim. Eu os encontrei. Bem, com a maioria deles. Só que não acho que sejam confiáveis.

— Eles estarão procurando um líder — ela diz. — Brody pagava as contas deles, e, no fim, eles irão aonde encontrarem estabilidade. Eles não estão nem aí com a rivalidade entre nossas famílias.

— Você não acha que eles irão atrás de Liam?

— Não depois que todos souberem o que você fez. Nós só precisamos garantir que Sean não os aborde antes. Se reunirmos um bom número de pessoas do nosso lado, podemos derrotá-lo. Nós ainda podemos nos valer do plano inicial.

— As coisas mudaram agora. Com o desaparecimento de Ethan e Eva, não importa quantos homens e mulheres tenhamos do nosso lado, Sean sempre poderá dar a cartada final. Ele vai desfazer todo o progresso que tive com Ethan, e vai viciá-lo naquela porra de novo. Se isso acontecer, ele estará perdido para sempre.

Não estou tentando ser negativo, apenas realista, porque não importa o tamanho do exército que formarmos, Sean sempre terá uma vantagem sobre nós. Até que eu encontre uma *garantia* para usar contra ele, não temos a menor chance.

— Eu sei, mas não custa nada descobrir quem está do nosso lado, certo? — insiste, quase em tom suplicante. — Não podemos simplesmente ficar sentados esperando, sem fazer nada.

Ela precisa fazer alguma coisa, porque alguma coisa é melhor do que nada. E, de repente, tenho uma ideia. Talvez, a mais idiota que já tive.

Acho que acabei de encontrar uma garantia para usar contra Sean.

NÃO CAIR EM TENTAÇÃO

— Sim, você tem razão. — Eu me lembro da conversa que tive com Logan Doherty, na noite em que me apresentei aos homens de Brody.

Era para ele me arranjar uma lista que pedi dias atrás. Acabei me esquecendo, com toda a merda com que tive que lidar.

Babydoll reconhece a expressão no meu rosto e sorri.

Pegando meu telefone do corrimão de madeira ao lado, disco o número de Logan.

— Alô? — diz ele, ao atender, meio incerto de quem se trata.

— Qual é a boa, Logan?

— Puck? — Sua voz sobe uma oitava.

— Sim, sou eu. Sinto muito se você tiver tentado fazer contato; eu andei ocupado.

— Sim, fiquei sabendo — murmura, indicando que a fofoca se espalhou. — Consegui a lista. Você quer que eu passe aí pra te entregar?

— Não, quero que você organize um encontro com os homens que fazem parte dessa lista.

— Todos eles? — questiona, meio preocupado.

— Sim. Algum problema?

— Não, nenhum. Pode levar um pouco mais de tempo.

— O que acha de marcar para amanhã?

Logan exala audivelmente ao perceber que não estou dando escolhas.

— Tudo bem. Te vejo amanhã.

— Ótimo. Você se lembra de onde suas lealdades estavam depositadas? — Não espero que ele responda. — O encontro será lá.

Desligo, torcendo para isso dar certo. Essa talvez seja a ideia mais genial ou a mais imbecil que já tive. Vamos ver quão leais esses homens realmente são. Eles fizeram uma escolha quando se aliaram aos Doyle. Mas agora terão uma segunda chance.

Babydoll olha para mim, esperando que eu explique.

— Logan Doherty costumava trabalhar para nós, mas acabou se perdendo no meio do caminho. Ele ganhou uma chance de se redimir pelos erros do passado. Está organizando um encontro na antiga fábrica de Connor.

— A mesma fábrica onde Sean está? — ela pergunta, somando dois mais dois.

— Não sei se ele está lá. Mas ele queria que Ronan ouvisse seus planos por um motivo. Ficaremos seguros se aparecermos por lá acobertados por uma multidão. Bem, pelo menos eu espero. Vamos descobrir isso em breve.

— Mas e se eles virarem a casaca? E se Sean os convencer?

— Só posso esperar que a lealdade deles com Connor os leve na direção certa. Do contrário, iremos preparados.

— Preparados para o quê?

— Para a guerra — afirmo. — Estou contando que Sean esteja lá. Chega de esperar. Nós vamos atraí-lo, e depois, a todos os que estão com ele. Tenho certeza de que um daqueles filhos da puta vai contar ao Sean o que estou planejando, e ele não vai perder uma oportunidade como essa.

Ela inspira profundamente, compreendendo a seriedade do que acabei de planejar.

— Então, você vai querer que os homens em que confiamos, como Ron, fiquem escondidos, para que possamos emboscar Sean?

Dou de ombros, porque estou fazendo isso meio às cegas.

— Talvez. Não sei. Não funcionou dez anos atrás, mas estou cansado de esperar que ele apareça. Nós vamos atraí-lo e oferecer algo que ele não pode recusar.

— E o que seria isso? — ela pergunta, engolindo em seco. Ela sabe o que é, mas precisa que eu diga em voz alta.

— Eu.

Eu precisava encontrar a garantia de Sean, e acabei de fazer isso.

Eu me oferecerei a ele, se o plano fracassar, em troca de Ethan e Eva. Não quero ter que chegar a isso, mas estarei preparado se acontecer.

Sean precisa de mim vivo para ajudá-lo a recuperar sua honra. Ele não pode fazer isso sozinho. Os dez anos lutando para impor sua autoridade provam isso. Se bancarmos a família feliz, então os homens que já nos foram leais voltarão a servir os Kelly. E aqueles que mostraram lealdade aos Doyle? Eles podem ficar por lá.

Não quero nada com a Irlanda.

Só estou preocupado por Liam não ter atacado ainda. Pensei que a noite passada tivesse sido obra dele, mas isso mostra que ele não tem um grande contingente. Esses homens não querem tomar partido em uma guerra pessoal. Eles não estão nem aí se nossas famílias são rivais há anos. Eles só querem fazer o trabalho deles, receber por isso e não serem pegos.

Tenho a sensação de que Sean não vai sossegar com uma liderança parcial. Ele vai querer tudo. Mas daremos um passo de cada vez.

Babydoll baixa o olhar, mordiscando o lábio inferior.

— Ei. — Levanto seu queixo com a ponta do meu dedo. — Estou projetando o pior cenário. Não sabemos se ele estará lá.

— Nós dois sabemos que ele estará — diz ela, lendo nas entrelinhas. — Isso é você o desafiando abertamente de novo. Mas, dessa vez, ele vai aparecer.

— Se isso acontecer, então estaremos preparados para ele.

Cada passo que demos nos levou a isso. Chega de duvidar sobre quem está do nosso lado, porque, amanhã, todo mundo vai revelar suas verdadeiras faces. Era uma tarefa impossível determinar quem poderia ser leal, porque lealdades podem mudar diante do poder.

No entanto, isso os obrigará a escolher um lado.

— E se não for somente o Sean lutando, no final?

Acaricio sua bochecha com meu polegar.

— Espero que Liam apareça lá também. Três homens lutando por poder. Apenas um pode vencer.

O que estou propondo é uma pancadaria sem fim. Haverá muitas baixas, mas será necessário para começar tudo de novo. Não podemos viver no passado, somente no futuro. Os homens que sobreviverem serão leais porque só um homem permanecerá de pé amanhã, ao anoitecer.

— Não se preocupe comigo. Eu vou ficar bem — asseguro, mas ela não está convencida.

— Eu vou com você — diz, como imaginei que faria.

— Nós conversaremos sobre isso mais tarde — rebato, pressionando minha boca à dela para reprimir o argumento sobre o assunto.

Ela se derrete contra mim, gemendo baixinho enquanto a beijo com candura. Adoro sua receptividade ao meu toque. A maioria das pessoas se encolhe quando estou por perto, mas não Cami. Ela sempre quer mais e mais.

Na ponta dos pés, ela enlaça meu pescoço, aprofundando o beijo. Mesmo que o mundo esteja caindo aos pedaços ao nosso redor, pelo menos temos isso. Não sei como vivi sem ela por tanto tempo. Mas acho que eu estava levando uma vida pela metade.

— Eu te amo — sussurra, contra a minha boca, lambendo meu lábio perfurado.

Nunca vou me cansar de ouvi-la dizer essas palavras.

— Diga de novo.

— Eu te amo, te amo, te amo.

Com um grunhido, eu a deixo sem fôlego com um beijo avassalador. Sou insaciável quando diz respeito a ela. Mas por mais que eu queira me perder dentro dela por horas, não posso. Para que isso seja uma constante em nosso futuro, preciso me preparar.

— Ainda não — sussurra, sentindo que estou prestes a me afastar.

Não posso me negar a ela.

Levantando-a no colo, ela envolve minha cintura com as pernas, me beijando freneticamente. Imprenso suas costas contra a parede do celeiro, prendendo-a com o meu corpo enquanto a devoro por inteiro. Ela agarra meu cabelo, gemendo quando nossos lábios se separam, somente para que eu possa beijar seu pescoço.

Deslizo minha mão pela sua coxa, tocando-a por cima da calcinha, sibilando baixinho quando já a sinto molhada. Não posso deixá-la na seca, então enfio dois dedos em seu calor. Seu corpo estremece, e um pequeno gemido escapa por entre seus lábios.

Não sou gentil, mas ela não parece querer isso, já que cobre minha mão com a dela, me incentivando a acelerar o ritmo. Dou o que ela quer, abrindo-a para mim e saboreando a sensação de sua excitação na palma da minha mão.

Ela se balança contra mim, os olhos focados onde minha mão está, porque nossa conexão não é somente física; é emocional também.

Um único olhar pode expressar mais do que palavras, e o desespero nos olhos de Babydoll revelam que ela está apavorada. Estamos seguindo rumo ao desconhecido, com um monte de 'e se'. As probabilidades não estão a nosso favor. Como nunca estiveram.

— Você me promete que não vai me deixar?

— Vou fazer o meu melhor — respondo. Não quero mentir, porque se eu tiver a escolha de salvar Ethan, Eva e ela, eu vou aceitar.

— Não quero fazer isso sem você.

Sei que o *isso* quer dizer 'viver', e eu me sinto do mesmo jeito.

— Sempre estarei contigo. A morte não é o fim. Nossos corpos podem perecer, mas as lembranças serão eternas. Não importa o que acontecer, lembre-se disso. Lembre-se de que você me deu uma razão pela qual vale a pena viver.

Ela assente, reprimindo as lágrimas, ciente de que isso é o melhor que posso oferecer por agora.

— Eu te amo, Camilla. Sempre amei. E sempre amarei.

Ao usar seu nome de batismo, o que é raro, causo o efeito desejado, pois ela goza na minha mão com um gemido rouco assim que esfrego seu clitóris. Devoro sua boca, louco para consumir seu orgasmo, porque é a coisa mais linda.

NÃO CAIR EM TENTAÇÃO

Observá-la daquele jeito vulnerável e sem amarras é um tesão do caralho. Nós finalmente nos tornamos inteiros. Juntos. E farei de tudo ao meu alcance para assegurar que permaneçamos assim.

Quando um último tremor percorre seu corpo, retiro os dedos e os enfio na minha boca. Seus olhos se arregalam na mesma hora, as bochechas coradas em um profundo tom de vermelho. Mas seu gosto é delicioso.

Ela fica de pé novamente, timidamente afastando o cabelo bagunçado do rosto. Eu adoro o fato de que depois de tudo o que já fizemos, ela ainda pode ser tão tímida.

— Você está com fome? Posso preparar o café da manhã. Hannah precisa comer também.

Balançando a cabeça afirmativamente, dou um beijo em sua testa.

— Obrigado. Vou em um minuto. Preciso dar uns telefonemas.

Ela sorri, mas posso sentir a tensão.

Assim que ela sai, pego meu celular e ligo para Cian.

— Sei que está bravo comigo pelo que fiz com Rory, mas preciso da sua ajuda.

Ele suspira, sinalizando que está ouvindo.

Conto meu plano que possivelmente resultará em um banho de sangue, mas que é o único jeito de acabar com isso de uma vez por todas. Ouvir tudo em voz alta confirma que esta pode ser a pior ideia que já tive. Afinal, é como um convite aberto a todos os nossos inimigos.

Mas estou pronto.

— Bem, o que acha?

— Acho que você vai precisar de um maldito arsenal para colocar isso em ação. E dobrar o número de homens para nos ajudar.

— Sim, você está certo. Estava pensando em fazer uma visitinha ao Ron. Com certeza ele sabe onde posso arranjar tudo o que preciso.

Cian fica calado, pensando no que estou propondo.

— Você tem noção de que Liam e Sean não vão deixar passar essa oportunidade, não é? É como abrir a temporada de caça se você fizer isso.

— Eu sei, mas cansei de esperar. Estou contando que a arrogância de Sean o faça cometer um deslize. Ele tem garantias sobre mim, e isso é a única coisa que posso usar contra ele.

Cian não precisa que eu desenhe. Ele entende perfeitamente.

— Você vai se entregar pra ele, não é? Em troca de Ethan e Eva.

— Espero que não precise chegar a isso. Mas não serei chantageado outra vez. Foi por isso que ele os sequestrou. É o que ele quer. Ele quer tanto que eu me renda quanto trabalhe com ele, porque não pode reconstruir o império dos Kelly sozinho. Farei o que tiver que ser feito, e espero que você esteja ao meu lado quando isso acontecer.

— É claro que estarei — Cian diz, categórico. — Estamos nisso juntos. Mas não banque o mártir, porra. Nós vamos lutar primeiro. Me prometa isso.

— Eu prometo — respondo, e quero mesmo dizer isso.

A última coisa que tenho intenção de fazer é me render. Lutarei com todas as forças até o fim. Mas se for derrotado, ainda tenho uma última carta na manga. Uma proposta que Sean não será capaz de recusar. Eu só preciso descobrir os motivos ocultos dele. E, para isso, tenho que encontrá-lo cara a cara.

— Tudo bem, então. Passe aqui pra me pegar e nós vamos juntos ver o Ron. E quanto ao Rory?

E esse é um problema para o qual acho que nunca terei solução.

— Acho que sou a última pessoa que ele quer ver nesse momento. É melhor que ele fique na dele.

— Odeio essa merda. Eu queria que as coisas fossem diferentes.

— Eu também, mas espero corrigir isso depois. Já ferrei com muita coisa na vida, Cian, mas Cami não é um erro. Se eu pudesse fazer tudo de novo, eu sempre a escolheria.

Preciso que saiba que não é uma fase que vai passar.

— Sim, eu sei disso. O amor é um negócio complicado.

As coisas eram muito mais simples quando nossos pais estavam no comando. Quanto mais velho fico, mais isso se torna claro. Eu era tão estúpido com Connor, mas olhando para o que ele fez no passado, para o que conquistou, percebo que não sou nem metade do homem que ele era.

Mas amanhã as coisas vão mudar. A história está prestes a ser reescrita.

— Isso é uma missão suicida — Ron diz, soprando uma baforada do cigarro. — Sean estará lá, pronto e à sua espera. Assim como Liam Brody.

— Estou contando com isso — replico, com um sorriso.

Estamos no beco dos fundos do açougue, falando sobre negócios em voz baixa, porque todos são inimigos até que se prove o contrário.

Isto é arriscado, e se Ron decidir pular fora, vou entender. Eu só espero que ele não faça isso, porque ele é o elo com o passado e do qual preciso. Ele provou sua lealdade noite passada. É confiável. Assim como os homens que ele garantiu.

— Você tem meu apoio, Puck. E também dos homens que serviram ao Connor. Queremos mudança, e queremos seu tio fora. Ele não fez nada para nos ajudar. Sempre seremos leais a você.

Inspirando fundo, não consigo disfarçar o alívio ao ouvir essas palavras.

— Obrigado, Ron. Nunca me esquecerei disso. Você acha que consegue espalhar a notícia sobre amanhã? Precisamos de homens que estejam dispostos a lutar pelo que é certo. Homens em quem podemos confiar.

— Sim, deixe comigo. Imagino que você precise de armas? Ou um arsenal mais pesado?

Assinto.

— Odeio ter que te pedir is...

— Não se preocupe com isso — ele interrompe. — Apenas traga Belfast de volta ao que todos conhecemos e sentimos falta.

— Eu prometo que farei o meu melhor.

Tudo isso é possível por causa de Cami. Se ela não tivesse entrado em contato com homens bons como Ron, não seríamos capazes de organizar algo assim.

Não falharei com eles.

— Vou dar alguns telefonemas e te avisar quem está com a gente. Acho que é uma boa ideia colocar alguns homens no perímetro da fábrica, para ficarem de olho.

— Sim, com certeza. Mas preciso encontrar Ethan e Eva antes de partir para a violência.

Ron assente, mas sei que ele não pode garantir isso.

A verdade é que estamos indo às cegas, com todo e qualquer cenário possível. Precisamos estar preparados para qualquer circunstância e não ser pegos de surpresa.

— Acho que muitos homens de Brody vão retaliar. Liam vai liderar esse grupo. Sean estará com o dele. E você estará com seu exército atrás de você. No fim, será quem atirar primeiro. Tem certeza de que é isso o que você quer?

— Não tenho certeza de nada — respondo, com sinceridade. — Mas do que estou certo é que não vou me acovardar com medo. Connor me ensinou a nunca fazer isso. Essa é a minha forma de honrar sua memória e tudo o que ele lutou tão arduamente para proteger.

— Bons tempos! — Ron diz, jogando a bituca do cigarro no chão. — Vou organizar tudo e te ligar depois.

Nós nos despedimos e, com cautela, sigo até a caminhonete. Todo cuidado é pouco, porque, com certeza, Sean e Liam estão de olho em nós.

O telefone de Cian toca, e quando vejo sua reação, deduzo que é Amber. Eu não a vi desde a festa de noivado, mas acho que, como Rory, ela deve preferir que eu tivesse ficado onde estava. Desde o meu retorno, arrastei Cian comigo para a minha confusão.

Mesmo que ele esteja aqui por escolha própria, posso entender por que ela não é minha maior fã.

— Não posso amanhã à noite — ele diz. — Por quê? Hmm... estou meio ocupado com umas coisas.

Cian é o pior mentiroso da face da terra, o que não é de todo ruim. Só me sinto muito mal por ele estar se colocando nessa posição.

Consigo ouvir Amber gritando com ele ao telefone, antes que ele afaste o aparelho do ouvido para conferir que ela encerrou a chamada.

— Porra — pragueja, baixinho, guardando o celular.

— Sinto muito, cara. Se Amber vai ficar pau da vida, então não se preocupe com o lance amanhã.

— Ela vai ficar bem assim que as coisas se resolverem.

— E até lá?

Ele suspira e se recosta ao banco.

— Lembra quando a vida era mais fácil?

Rindo, dou seta para mudar de faixa.

— E quando foi mesmo que isso aconteceu?

— É mesmo.

— Sempre estivemos lutando pelas nossas vidas, de um jeito ou de outro. Mas agora, não há nenhum culpado há não ser nós mesmos.

Com um aceno de concordância, Cian reflete sobre minhas palavras.

— Você vai conversar com Rory antes de amanhã?

Eu sei por que ele está me perguntando isso.

Se amanhã der merda e nós perdermos, então ele quer garantir que eu passe dessa para melhor com a consciência limpa. Até mesmo pelo bem de Rory.

— Vou tentar — respondo. — Mas acho que ele não quer papo comigo. Às vezes, acho que vocês dois teriam ficado bem melhor se eu tivesse morrido junto com Connor.

— Não diga essa merda, porra — ele rebate, balançando a cabeça.

— É verdade. Não estou dizendo isso porque quero simpatia. Mas muita gente saiu ferida por minha causa.

— Você está preocupado com amanhã, não está?

— Sim — admito. — Não por mim, mas por todos que se jogaram de cabeça comigo. Cami quer ir junto, e sei que não posso impedi-la. Mas só de imaginá-la naquele lugar, já me embrulha o estômago.

— Talvez você consiga impedir — Cian diz, e eu olho para ele.

— Como?

— Todo mundo ligado a nós corre um risco em potencial. Eles ficarão mais seguros juntos. Cami, Rory, Hannah, Amber, Darcy, porra, até a Fiona; todos eles perigam de acabar na mesma situação em que Ethan e Eva estão. Alguém tem que defender o reino que lutamos tanto para proteger. Rory e Cami são os mais fortes e têm jogo de cintura. Eles podem proteger nossos amigos, na sua casa. Se nos sentarmos com eles, e explicarmos tudo, eles vão nos dar ouvidos. Bem, pelo menos eu acho...

Tamborilando os dedos no volante, pondero sobre o que ele acabou de dizer.

— Pode ser que dê certo, mas para que isso aconteça, preciso que Rory tope, e, depois da noite passada, duvido que ele esteja no clima de me ajudar com qualquer coisa.

— Mas ele faria de tudo para proteger Cami — ele salienta, rapidamente, e tem razão.

Rory pode odiar a nós dois, mas se o caldo entornar, ele fará a coisa certa. E fará isso porque ama Babydoll.

— Porra. Eu odeio isso. Pedir essa merda a qualquer um deles é idiotice. Cami tem todo o direito de estar lá. E Rory tem todo o direito de me mandar ir à merda.

— Ele não vai fazer isso, e Cami vai entender. Em algum momento — acrescenta, fazendo uma cara engraçada, porque ele sabe que ela vai pirar.

Ela vai entender quando eu explicar, porém odeio ter que pedir isso a ela. No entanto, Hannah corre perigo, e se alguma coisa acontecer com ela, nunca me perdoarei. E nem mesmo Babydoll será capaz de se perdoar.

Confrontar Rory é menos assustador do que falar sobre isso com Babydoll, então ligo para ele. Fico surpreso quando ele atende.

— O que você quer, porra?

— Oi, Rory. Olha, você tem todo o direito de me odiar. Eu me odeio por ter te magoado, mas preciso de você. Cami e Hannah precisam de você.

Não estou nem aí se pareço estar implorando. Sou capaz de pedir de joelhos para proteger as pessoas que eu amo.

— Vá se foder — ele responde, e quando estou prestes a desligar, algo inacreditável acontece. — Estou em casa. Te vejo em breve.

Ele encerra a chamada e eu olho para Cian, confuso.

Ele dá de ombros, ciente de que nossa amizade de longa data sempre vence.

Estou meio constrangido em bater à porta do apartamento onde Rory e Babydoll moraram juntos. Mas quando ele abre a porta, o constrangimento se transforma em culpa e vergonha.

Ele mal consegue olhar para mim, sem querer me dar um soco, e não posso culpá-lo. Eu quis fazer a mesma coisa quando descobri que os dois estavam noivos. Porém, precisamos resolver nossas diferenças porque temos uma coisa em comum – nós dois amamos Cami.

Ele dá um passo para o lado, indicando que posso entrar.

Cian pigarreia de leve, sempre preso no meio de tudo.

— Oi, Rory. Eu queria dar uma olhada no que você fez... hmmm, no apê.

É óbvio que ele está sendo sarcástico, porque o lugar parece ter sido saqueado. Só tem o básico: um sofá e uma mesinha de centro, mas todos os objetos de decoração desapareceram. Acho que ele não suportou ver as coisas que o faziam se lembrar de Babydoll.

Rory rosna em resposta, sequer nos convidando a sentar. Ele fica de pé à porta, com os braços cruzados, dando um sinal claro de que se tenho algo a dizer, então que eu faça isso logo.

— Rory, não pretendo insultar você e dizer que sinto muito.

Ele bufa, balançando a cabeça, enquanto Cian se afasta de nós, nem um pouco a fim de se envolver na Terceira Guerra Mundial.

— Sim, eu sinto muito por ter te magoado, mas não por ter feito algo que eu e Cami queríamos.

— Isso é muito nobre da sua parte. Eu não poderia estar mais feliz — zomba, as narinas dilatadas. — Mas acho que você não está aqui por esse motivo.

— Você está certo — replico, grato por ele querer ir direto ao ponto. — Amanhã vou marcar um encontro com os homens a serviço de Brody. Estou prevendo que Sean e Liam aparecerão por lá. Nós contatamos homens que foram leais aos nossos pais para estarem lá também, e acho que será um embate sangrento.

Continuo ao ver que ele está prestando atenção:

— Não sei o que esperar, porque Sean já provou ser imprevisível. Então, não queremos arriscar, e estamos nos preparando para qualquer cenário. Suspeito que alguns homens vão lutar, mas a maioria provavelmente vai fugir, nem um pouco interessados em ficar no meio de uma guerra que é nossa. Só que isso é algo pessoal pra gente. Rixas de família são eternas, mas pretendo acabar com essa porra amanhã... e preciso da sua ajuda.

Rory dá uma risada de zombaria, curvando os lábios.

— Você é muito cara de pau de vir aqui para pedir a minha ajuda.

— Eu sei disso — concordo. — Se eu não estivesse desesperado, não estaria aqui.

— Eu adorava esse apartamento — ele diz, ignorando minha súplica. — Foi o lar que eu e Cami construímos juntos. Mas agora, só o que consigo pensar é em como ela chama a sua casa de 'lar'. Que é na sua cama que ela dorme. Você não podia tê-la deixado em paz, não é? Você pode ter qualquer uma, mas por que ela? A Darcy Duffy, pelo amor de Deus, está batendo na sua porta, mas, ainda assim, você teve que roubar a mulher que eu amo quando poderia ter qualquer outra!

— Não é assim que as coisas funcionam — respondo, aprumando a postura quando ele avança. — Eu não queria te magoar, Rory. Mas eu a amo. Sempre amei, e ela me ama. Eu sei que vocês formavam um casal perfeito. Não posso deixar de pensar nisso, só que ela quer ficar comigo. E farei tudo o que estiver ao meu alcance para protegê-la.

Rory não está interessado em sentimentos, no entanto, com um rosnado, ele dá um soco na minha mandíbula.

Minha cabeça inclina para trás com o impacto, mas, lentamente, viro meu rosto para ele outra vez. Não revido. Isso demorou a acontecer.

— Pelo amor de Deus — Cian grunhe, recuando um passo.

— Não vou brigar com você, Rory.

— Que pena, então, porque eu vou te dar uma surra. — Ele me dá outro soco, dessa vez, no nariz.

Sangue escorre na mesma hora, porque Rory sempre teve um gancho de direita poderoso. Ele parte para cima de mim e nós dois caímos no chão; sentado no meu peito, ele começa a esmurrar o meu rosto, amaldiçoando o dia em que eu nasci. Não revido nenhum golpe, porque mereço isso.

Esta é a terapia dele, e se isso for ajudar em sua cura, se o ajudar a me perdoar por tê-lo traído, então vou suportar cada um dos seus golpes até que ele possa olhar nos meus olhos outra vez.

— Já chega! — Cian grita, tentando tirar Rory de cima de mim. Só que ele empurra Cian com tanta força, que ele acaba se chocando contra a parede.

— Sempre se metendo no meio para defendê-lo — caçoa, esmurrando meu queixo. — Nada mudou. Desde criança, você sempre dava desculpas por ele.

— Para de drama — rebato, nem um pouco a fim desse mimimi. Cian não tem nada a ver com isso.

Meu comentário apenas o deixa mais furioso, e, com um sorriso de escárnio, ele arrebenta meu lábio.

— Lute comigo! — exige, pairando acima de mim, meu sangue pingando de seus punhos.

— Não, não vou lutar contigo. — Cuspo um bocado de sangue, desafiando-o a dar o seu melhor.

— Porra! — ele esbraveja, me dando um último murro antes de sair de cima de mim. Ele se recosta à parede, ao lado de Cian, arfando e flexionando os punhos sangrentos.

Eu me sento e tento limpar a boca com o dorso da mão, mas é em vão, porque vai levar um tempo até estancar o sangramento.

— Você pode até me odiar, mas nós dois queremos a mesma coisa: proteger Cami. Não posso fazer isso enquanto estiver lá na briga, mas você, sim.

Ele meneia a cabeça, indicando que está me ouvindo.

— Preciso de alguém de confiança para ficar com Cami, Amber, Hannah, Darcy e a longa lista de pessoas que correm perigo. Quero que seja você. Não posso protegê-los, mas sei que você pode. Não tenho nenhum direito de te pedir isso, mas, por favor, me ajude. Fique com eles e os mantenha em segurança.

— E o que te leva a crer que Cami vai concordar com isso? Ela vai querer ir com você.

NÃO CAIR EM TENTAÇÃO

— Nós vamos dar as duas opções para ela, e deixar que ela decida — digo, odiando como isso se parece com o passado. — Não quero mentir para ela, e nem tirar seu livre-arbítrio. Se ela decidir ir junto, então pronto. Será a escolha dela, mas espero que ela seja sensata. Vocês dois são os únicos que podem fazer isso. Não quero que mais ninguém se machuque.

— É um pouco tarde pra isso — ele ironiza, porém a raiva parece ter sido amenizada.

— Eu sei, mas nunca vou parar de tentar consertar as coisas.

E quero realmente dizer isso.

Rory flexiona o punho inchado, resmungando.

— Você ainda tem a cabeça dura, pelo visto.

— Isso é verdade.

Assim como Babydoll, Rory tem direito de escolher. Se ele me mandar ir à merda, então, pelo menos, eu tentei. Mas sei que ele não fará isso. Independente de seus sentimentos por mim, ele nunca deixaria aqueles que são inocentes sofrerem.

Seu amor por Cami o faz assentir em concordância.

— Agora é com a gente.

Cian suspira, grato porque mais nenhuma gota de sangue será derramada – pelo menos, por agora.

No entanto, ser reduzido a uma polpa sangrenta era a parte mais fácil, porque os punhos de Rory são fichinha comparados ao que estou prestes a encarar – pedir que Babydoll fique de fora amanhã.

De repente, chego a desejar que ele tivesse me nocauteado.

QUINZE
CAMI

Hannah está dormindo por causa dos analgésicos que o Dr. Shannon prescreveu. É ótimo que ela durma, porque ela precisa se recuperar – em mais de um aspecto.

Seus olhos juvenis viram coisas demais. Odeio que ela não viva como uma típica adolescente, mas acho que Hannah nunca foi 'normal', e isso é uma coisa boa. Ela é mais sábia e forte do que eu, quando tinha a mesma idade.

Fiona não apareceu. Estou até surpresa, porque depois de seu teatrinho noite passada, pensei que ela viria aqui com a polícia, exigindo meu couro e o de Punky. Lá no fundo, ela sabe que podemos proteger Hannah de um jeito que ela não pode.

É a coisa mais altruísta que já a vi fazer.

Quando ouço o ruído de cascalho, indicando a chegada de algum carro, abro a cortina com cuidado e dou uma espiada pela janela da sala. Suspiro aliviado ao ver a caminhonete de Punky, mas arfo na sequência ao vê-lo descer cambaleando do lado do passageiro, coberto de hematomas e sangue.

Levanto de um pulo do sofá e paro na mesma hora ao ver Rory descer do veículo também.

Que merda é essa?

Cian abre a porta e eu fico parada no meio da sala, sem disfarçar minha confusão e preocupação. Punky tropeça atrás dele, olhando para mim timidamente quando nossos olhares se conectam. O fato de Rory não ter um arranhão sequer me faz inspirar com raiva.

— Você está bem?

Ele assente, sem querer fazer alarde, mas estou pau da vida. Como Rory se atreveu a fazer isso? Não preciso de explicações. Consigo ler direitinho nas entrelinhas.

Ele manca até o banheiro para se limpar e, provavelmente, trocar de roupa, já que a camiseta branca está ensanguentada. Rory não diz uma palavra.

— Você bateu nele, porra? — exijo saber, querendo saber se ele tem coragem de me dizer o que aconteceu.

— Sim, bati. — Ele não demonstra nenhum remorso, o que me deixa ainda mais furiosa.

— Você não tinha o direito de fazer isso. Se você partiu para a agressão física com ele, então pode fazer o mesmo comigo! — Avanço, desafiando-o a me bater. — Sou tão culpada quanto ele!

— Não — contemporiza, recuando um passo, horrorizado. — Não vou fazer isso. Eu nunca te agrediria.

— Por que não? — pressiono, ficando cara a cara com ele, que continua a recuar. — Porque sou uma garota?

— Cami, já chega!

Mas não vou parar.

— Não. Nós estamos apenas começando! Vá em frente, faça comigo o mesmo que fez com o Punky. É o mais justo. Ou talvez você não queira fazer porque sabe que vou revidar!

Rory vira o rosto para o lado, magoado com as minhas palavras.

— O gato comeu a sua língua, machão?

Os passos pesados de Punky anunciam sua chegada, e fico grata por ele não me dizer para parar, pois essa briga é minha também. Se o que Rory quer é se revoltar, então que faça isso com Punky e comigo. É o mais justo. Mas sei que ele não vai me machucar. Ele pode me odiar, mas seu amor por mim ainda prevalece.

Somente quando Punky gentilmente coloca a mão na parte inferior das minhas costas é que minha raiva suaviza.

Eu me viro para olhar seu rosto espancado, e fico chateada. Ele poderia ter revidado, mas sei que não fez porque acredita ser merecedor dessa punição. Punky é nobre demais, e essa é apenas uma das inúmeras características que tanto amo.

— Tem uma coisa que preciso te perguntar — ele diz, e seu tom de voz me embrulha o estômago.

— Okay.

Ele espera alguns segundos, o que só me deixa mais nervosa.

— Sei que você quer ir comigo amanhã, e eu respeito isso. Mas... preciso que você fique aqui.

Arqueio uma sobrancelha, dando um sinal claro de que ele tem três segundos para me explicar que merda é essa, antes de eu dizer o que ele pode fazer com essa porra de pedido.

— Hannah, Amber, meus avós, e um monte de outras pessoas estão correndo perigo. Eles podem ser usados como moeda de troca, assim como aconteceu com Ethan e Eva. Estou pedindo que você e... — Ele engole em seco, demonstrando o quanto é difícil dizer isso. — Que você e Rory fiquem aqui para protegê-los. Proteger o legado que estamos lutando para salvar. Então, estou te dando uma escolha, porque essa luta é tanto minha quanto sua. Se você quiser ir amanhã, eu não vou te impedir. Mas estou pedindo que fique aqui para defender as pessoas que precisamos proteger.

Continuo ouvindo sem dizer nada.

— Você e Rory são mais espertos e podem lutar, caso seja preciso. Vou colocar alguns homens guardando o perímetro, mas isso não fez a menor diferença para Ethan, Eva e Hannah antes.

Mal consigo respirar, chocada demais que ele tenha me pedido isso. Ele diz que tenho uma escolha, mas sabe muito bem que minhas mãos estão amarradas. Não vou permitir que nada aconteça com Hannah ou Amber, mas isso é injusto. Não quero ficar aqui sentada, esperando, enquanto ele luta.

— Como você tem coragem de me pedir isso? Não é justo. Sem mencionar que é machista pra caralho. É esperado que eu fique aqui, torcendo para te ver outra vez. É isso?

— Baby, não, isso não tem nada a ver com o fato de você ser mulher. Você é mais corajosa do que eu e Cian juntos, e é por isso que preciso de você aqui. Hannah não consegue proteger a si mesma. Se vocês estiverem todos juntos, então teremos uma maior chance de sair vitoriosos disso.

— E isso não tem nada a ver com você preferir que eu fique onde, supostamente, seja menos perigoso?

— É claro que eu prefiro que você fique aqui — ele confessa. — Você é tudo pra mim, e se tenho uma chance de te manter segura, então não vou me desculpar por fazer isso.

Filho de uma mãe.

— Você decide, Cami. A escolha sempre será sua — Rory diz, sem grosseria, porque ele sabe que vou rasgar ele em pedaços se insinuar que não estou sendo razoável. — Se você quiser ir com Punky, então vá. Eu vou ficar aqui, porque o que ele disse faz sentido.

— Sean sempre manejou para nos ludibriar uma e outra vez. Não vou dar a ele outra oportunidade de fazer isso. Mas essa é minha escolha. Assim como é sua, seja lá o que decidir.

Fico num beco sem saída, porque os argumentos fazem todo sentido, mas só de pensar em ficar aqui, me preocupando com Punky e pensando se ele vai voltar para mim ou não, já me dá náuseas.

Bem na hora, o vômito sobe à garganta.

— Com licença.

Corro para o banheiro, cobrindo a boca com a mão, chegando a tempo de vomitar tudo no vaso. Eu não comi quase nada, mas meu corpo não entendeu o recado, então logo estou torcendo que a ânsia expulse o vazio que sinto por dentro.

Secando a boca com o papel higiênico, dou descarga e abro a torneira da pia. Pego um punhado de água com as mãos em concha, e jogo no meu rosto, porque parece que estou pegando fogo. Essa manobra não ajuda em nada, então bebo um bocado de água.

— Baby?

Gemendo, fecho os olhos e me agarro à bancada.

— Você ainda não cansou de fazer essas táticas de guerrilha?

— Não é isso — Punky diz. — Sinto muito se você se sentiu atacada.

— Não me senti atacada — declaro, abrindo os olhos e o encarando através do espelho. — Estou me sentindo insultada. Achei que éramos iguais.

— Nós somos — ele insiste, passando os dedos pelo cabelo. — É por isso que preciso de você aqui. Eu sei que você pode proteger a Hannah. E sei que pode proteger a si mesma.

— Se isso é verdade, então por que não pedir que Cian fique aqui com Rory, para que eu possa lutar ao seu lado?

Ele desvia o olhar, me dando a resposta que eu queria.

— Exatamente, não é? — digo, balançando a cabeça em derrota. — Não consigo afastar o sentimento no meu âmago de que algo de ruim vai acontecer se nos separarmos.

— Você acha que quero você aqui com o Rory? Odeio o fato de que ele pode te proteger, e eu não! — ele grita, abrindo os braços. — Odeio que todos vocês estejam nessa situação, para início de conversa.

Eu me viro e o encaro.

— Você disse que eu posso escolher. Bem, eu escolho ir com você. Rory pode ficar aqui, porque tenho que concordar; alguém precisa ficar para proteger nossos amigos. Mas ele pode fazer isso sozinho.

Punky abre a boca e fecha em seguida, exalando ruidosamente.

Eu o desafio a brigar comigo em relação a isso, porque sei que ele queria que eu escolhesse ficar aqui, mas ele fica calado. Ele não é hipócrita. Também sei que ele não vai fazer nada desonesto como me amarrar na cama para que eu não vá.

Ele vai apoiar a minha decisão porque me ama.

— Okay. Se é isso o que você quer.

— É o que quero — saliento, cruzando os braços.

Nós chegamos a um acordo, mas bem que poderíamos estar a um oceano de distância. Isso é algo que nunca concordaremos.

Embora eu tenha feito a minha escolha, não consigo deixar de me sentir egoísta. Como se eu tivesse decidido bater o pé para provar meu argumento. De repente, não consigo respirar.

— Preciso de ar.

Punky não me impede de sair quando esbarro nele para passar e corro até a porta da frente. Continuo a correr, me sentindo livre quanto mais longe vou.

Lágrimas escorrem dos meus olhos, pois sei que estou sendo irracional, mas pensar em Punky enfrentando Sean sozinho me destrói por dentro. Quero estar lá para protegê-lo, assim como ele quer me proteger. Se este significa o fim, quero estar lá ao lado dele.

Sei que as probabilidades não estão a nosso favor, e estou assustada. Estou com medo de que se Punky for sozinho, eu nunca mais o verei de novo.

Um pranto incontido irrompe pelo ar, e eu caio de joelhos no meio do gramado, liberando o choro que tentei com tanto afinco conter. Choro pela minha irmã, que nunca quis tomar partido dessa guerra. Choro por Hannah e Ethan, cujas vidas foram destruídas. Choro por Rory, por tê-lo magoado quando não era essa a minha intenção.

Choro por cada homem e mulher inocente que tem sofrido por causa dessa rixa maldita.

Mas, acima de tudo, choro por mim e pelo Punky, porque tudo o que queríamos era levar uma vida simples, mas isso foi tirado de nós pelos monstros que ainda assombram nossos sonhos.

— Eu sinto muito — digo, chorando, para ninguém em particular, porque todos os envolvidos tiveram suas vidas destruídas de uma forma ou de outra.

Abraçando meu corpo para me aquecer, ergo meu rosto para o céu e imploro por um sinal de que tudo vai ficar bem. Eu suplico que depois de amanhã, Punky ainda esteja vivo.

Não recebo a resposta divina que estava esperando, e o mundo continua a girar, independente dos meus problemas. Porém suponho que é isso que estar vivo implica — não importa as suas dificuldades, você tem que continuar. O mundo não vai parar só porque você quer; você só tem que aprender a manter a cabeça erguida e seguir em frente.

A fadiga me sobrevém e eu me rendo à escuridão... só por um pequeno instante.

Acordo sobressaltada, sem reconhecer o ruído insistente até que avisto meu celular a poucos metros.

Está escuro do lado de fora. Dormi mais tempo do que pensei. O cobertor sobre meu corpo indica que Punky veio ver se eu estava bem. Ele não me acordou, no entanto, como se ambos precisássemos de um tempo sozinhos.

Eu me sento e pego o telefone, atendendo sem nem ao menos conferir o visor.

— Cami, sou eu.

— E-eva? — murmuro, gaguejando. — É você mesmo?

— S-sim, sou eu. Estou bem — ela rapidamente assegura, enquanto ainda estou chocada. — Nós dois estamos bem.

— Ethan está com você? — pergunto, desesperada.

— Sim, ele está cuidando de mim.

A emoção em sua voz expressa que Ethan ainda está do nosso lado, o que significa que Sean planeja usá-lo de outras formas.

— Onde vocês estão?

— Não sei. É um lugar escuro. Eu sinto muito por ter estragado tudo.

Ela está sendo evasiva, e isso me mostra que Sean está ouvindo. Há uma razão para esse telefonema, e tenho intenção de descobrir qual é.

— Está tudo bem, Eva. Nós estamos indo resgatá-los. Não deixe que eles te destruam.

Suas fungadas suaves partem meu coração, mas tenho que ser forte.

— Está b-bem — ela chora. — Ethan perguntou se você pode dar um recado...

— É claro.

— Você pode dizer à Hannah que ele sente muito? Por tudo.

Mal estou conseguindo me controlar.

— Eu direi.

— E diga ao Punky que ele o ama. Que nunca deixou de amar.

— Prometo — sussurro, apertando o telefone com força. — Eu sei que Sean está aí ouvindo. Coloque ele na linha.

— Tchau, Cami. Eu t-te a-amo.

Embora meu coração esteja se partindo em dois, a onda de ódio que me percorre quase me domina quando ouço a voz de Sean.

— Olá, querida. Já faz um bom tempo.

— Sim, é verdade — retruco, áspera. — E não entendo por que você decidiu ressurgir depois de tanto tempo. Você teve uma porrada de tempo para fazer seus negócios. Dez anos, para ser exata.

— Aah, bem, meu filho sabe como enviar um recado — ele alega. — Eu não queria ter chegado a isso.

— Deixa de mentira — disparo, sem paciência para seus joguinhos. — Você é o responsável por tudo o que aconteceu. Você mentiu, usou todo mundo, especialmente o Punky. Como pode fazer isso com ele? Ele é seu filho.

— E eu sou pai dele — pondera, calmamente, como se tudo fosse culpa do Punky. — E parece que isso não faz a menor diferença para ele, que continua a tentar me destruir. Ele não é inocente. Nenhum de vocês é.

— Você está errado. A diferença entre você e o Punky é que ele luta por honra, enquanto você só se interessa por dinheiro e poder. Ethan, Eva e Hannah são apenas crianças! Eles não querem fazer parte dessa sua guerra, e, ainda assim, você os arrastou para a sua bagunça. Você e Punky não são *nada* parecidos.

— Você parte em defesa dele rapidinho, mas realmente o conhece?

Não tenho a menor ideia do que ele quer dizer, mas ignoro, porque ele está tentando mexer com a minha cabeça.

— Conheço o bastante — respondo, cansada dessa conversa. — Estou deduzindo que você ligou por um motivo. O que você quer?

NÃO CAIR EM TENTAÇÃO

Sua risada arrogante me faz odiá-lo ainda mais.

— Queria que você visse que não machuquei sua irmãzinha, nem o Ethan.

— E? — instigo, porque sei que tem mais.

— E que para permanecer desse jeito, quero que dê um recado ao Punky: diga a ele para se render. Ele não vai vencer. Estou dando a ele uma chance apenas.

Esse é um sinal claro de que Sean está com medo. Ele sabe que não é páreo para o filho e o exército que ele reuniu.

— Vou passar o recado, mas nós dois sabemos que isso não vai acontecer. — Quero dizer muito mais, mas não quero falar fora de hora.

— Isso é uma coisa que temos em comum... nossa teimosia. Ah, e o nosso gosto por mulheres também.

Sua insinuação me pega de guarda baixa; o que diabos aquilo quer dizer? Não deixo transparecer minha confusão, porque homens como Sean vivem disso.

— Vou garantir que Punky saiba que você ligou.

Sei que Ethan e Eva estão seguros, por agora. Sean precisa deles, e não vai machucá-los enquanto eles servirem para seus propósitos.

— Obrigado. Eu te vejo muito em breve, boneca. Você e sua irmã — estala os lábios, como se mandasse um beijo — são muito parecidas. Não é de admirar que meu filho tenha lutado com tanto afinco por você.

Seu comentário é um golpe baixo, pois ele está tentando me irritar de propósito. E está conseguindo.

— Vá se foder.

— Posso ver por que ele te ama. — Ele gargalha, e eu quase me dou um tapa por cair em sua armadilha.

Eu desligo, ou acabaria perdendo as estribeiras se tivesse que falar com ele por mais tempo.

Eva e Ethan estão bem, eu lembro a mim mesma. Mas não consigo fazer minhas mãos pararem de tremer ao enfiar o celular no bolso e sair em busca de Punky.

A realidade do que acabou de acontecer me atinge de uma só vez, e a adrenalina corre pelas minhas veias. Minha caminhada apressada se torna uma corrida frenética em direção à casa de Punky. Com o coração quase saltando pela garganta, entro porta adentro e o vejo diante de um cavalete, rascunhando um desenho, perdido em pensamentos.

Decido dizer a ele o que deveria ter dito horas atrás:

— Tudo bem, eu vou ficar aqui — arfo, implorando que ele me perdoe pela minha teimosia quando ele se vira para olhar para mim por sobre o ombro. — Me desculpa por ter... dificultado.

Ele coloca o lápis-carvão no suporte do cavalete.

— Nunca se desculpe por ser quem você é. O que aconteceu?

Ele consegue me ler como se eu fosse um livro aberto.

— Sean ligou. Ele queria que eu te desse um recado... rendição ou...

Punky estala a língua, processando o que acabei de dizer.

— Espero que você tenha mandado ele ir se foder.

— De uma forma indireta. Tenho outra mensagem. De Eva.

Ele assente, o nervosismo evidente de acordo com o movimento de pomo-de-adão.

— Ethan quer que Hannah saiba que ele sente muito. E ele quer que você saiba que... ele te ama. Que nunca deixou de amar.

Punky fica em um silêncio mortal, o rosto inexpressivo. Sei que essas palavras significam muito para ele. Saber que Ethan o perdoa e que ainda o ama cola um pedacinho de seu coração partido.

— Eles estão bem?

— Por agora, sim — respondo. — Por isso que, amanhã, quero que você mate aquele filho da puta e traga os meninos de volta.

Um longo suspiro de alívio o deixa.

— Eu te prometo.

Ele vem até mim e me encontra na metade do caminho. Nossas bocas se chocam em um beijo avassalador, porque não há tempo a perder.

— Estou com medo — sussurro, abraçando-o com força.

— Eu também — confessa contra os meus lábios. — Não quero que você faça nada que te deixe incomodada.

Eu sei o que ele quer dizer.

Não achei que surtaria daquele jeito quando vi Punky matar Brody. Fui eu que sugeri isso, afinal de contas. Mas, na verdade, ver Punky pegar a faca e acabar com a vida do meu pai foi algo que nunca vivenciei antes.

— É por isso que você pinta o rosto? — pergunto. — Porque te ajuda ao usar uma máscara?

Punky assente.

— De certa forma, sim.

— Você... você me ajudaria com a minha?

Não sei o que o amanhã nos reserva, mas o que sei é que tenho que me preparar para lutar. Preciso me preparar para matar. Talvez se eu me desligar de mim mesma, eu consiga fazer isso sem a escuridão eclipsar a luz.

Ele beija a ponta do meu nariz antes de se afastar.

Eu o observo pegar a tinta facial da mesinha de centro.

— Você tem certeza?

Balanço a cabeça em concordância.

A forma como ele me avalia me faz umedecer os lábios, e, de repente, estou preocupada de ter ido longe demais.

Ele me pega no colo e me coloca sentada em cima do balcão da cozinha. Estamos na mesma altura agora. Com delicadeza, ele afasta o cabelo do meu rosto, olhando bem no fundo dos meus olhos. Ele não quer que eu mate ninguém, mas não vai me deixar indefesa, motivo pelo qual ele abre a tampa do pote de tinta branca.

Mergulhando os dedos lá dentro, ele gentilmente aplica uma camada no meu rosto. Fecho os olhos, perdida nas sensações de suas pinceladas precisas. Eu me lembro da primeira vez em que o vi usando sua pintura de guerra. Aquilo me deixou sem fôlego.

Há alguma coisa serena sobre isso, como se este rosto permitisse que Punky fosse ele mesmo. Sei que ele se vê partido ao meio, usando as duas faces todos os dias.

Ouço quando ele abre mais um pote, e sinto as cerdas do pincel pintando delicadamente ao redor dos meus olhos e nariz. Não movo um músculo, parecendo estar hipnotizada, acreditando piamente em alguém. Mas Punky não uma pessoa qualquer – ele é meu tudo e muito mais.

Sei que ele acabou quando sinto o beijo em minha testa.

Sem pressa alguma, abro as pálpebras e enxergo o mundo com novos olhos. Punky está parado à minha frente, e a expressão refletida em seu rosto me deixa em chamas.

— Sua vez — sussurro, querendo que ele saiba que amo todas as faces que ele possui.

Com um aceno, ele pinta o rosto como fez com o meu. Porém ele não precisa de um espelho. Ele sabe cada etapa de cor, e imagino que seja porque ele usa essa 'máscara' desde os 5 anos de idade.

Estou enfeitiçada, observando-o se transformar no homem que faz parte de sua própria natureza. Assim que finaliza, ele se posta à minha frente, oferecendo a si mesmo para mim – o bom e o mau.

— Quero que fique com uma coisa. — Ele tira a corrente de prata que usa ao redor do pescoço e a coloca sobre a palma da minha mão.

Quando vejo o broche em formato de rosa, nego em um aceno.

— Não posso. Isso era da sua mãe.

— E agora é seu — afirma, fechando meus dedos ao redor do broche usado como pingente.

Esta joia significa o mundo para ele. Por isso eu a roubei tantos anos atrás. Eu nunca previ, no entanto, que acabaria de novo nas minhas mãos, mas dessa vez, está sendo dado, não roubado.

— Obrigada — murmuro, colocando a corrente no balcão.

Um buquê de rosas vermelhas está dentro de um vaso na bancada, rosas que Punky plantou em homenagem à mãe, que amava o jardim que havia cultivado no castelo. Então, parece mais do que adequado quando pego uma das rosas e entrego a ele.

— Uma rosa por uma rosa — digo.

Ele aceita minha oferta, e quando a leva até o nariz para sentir seu perfume, é o paradoxo perfeito. O vermelho contrasta com o preto e o branco espalhados pelo rosto. Ele parece puramente diabólico.

Mas quando Punky pega seu celular e abre a tela para me mostrar meu reflexo, percebo que somos um par – um par perfeito de sobreviventes que farão o que deve ser feito.

— Você está linda.

— Você também — devolvo, agarrando um punhado da sua camiseta e o puxando para a minha boca.

Eu o beijo com voracidade, incapaz de ter o suficiente. Isso nunca vai acontecer. Mordo seu lábio perfurado, obcecada pela pequena argola. Sou obcecada por ele.

Tirando sua camiseta, eu me inclino para trás, apoiada em minhas mãos, e contemplo a bela imagem que Punky forma, com sua pintura de guerra, o peito nu e jeans rasgados. Seu corpo parece ter sido esculpido em granito, e eu cedo à tentação, me aproximando para arrastar a língua sobre o peitoral musculoso.

Ele geme, inclinando a cabeça para trás para me permitir livre acesso, o que aceito com o maior prazer.

Acariciando seu abdômen trincado, desafivelo seu cinto e enfio a mão dentro de sua calça. Ele já está duro, e só de saber que ele está excitado desse jeito, com um simples toque meu, já faz com que eu me sinta como uma deusa.

Deixando claro quais são as minhas intenções, pulo da bancada e me ajoelho à sua frente. Punky olha para baixo, esfregando meu lábio inferior com o polegar. Abaixando seu zíper, não perco tempo e abaixo sua calça junto com a cueca boxer.

Quando seu pau salta livre, dou um gemido, me lembrando de quantas vezes cruzamos essa linha entre prazer e dor. Eu quero isso outra vez, e quero muito mais.

Com um golpe lânguido, lambo seu comprimento da cabeça à base, mas não é o bastante. Eu o tomo em minha boca, bem devagar, centímetro a centímetro, e não paro até senti-lo no fundo da garganta. Engasgando, eu tiro um pouquinho e faço tudo outra vez.

— Puta que pariu — ele prageja, agarrando um punhado do meu cabelo.

Gentilmente, ele me conduz quando começo a balançar a cabeça para cima e para baixo, não hesitando em tomar tudo dele. Seu pau é enorme, então relaxo os músculos da garganta, adorando lhe dar prazer dessa forma. Lágrimas brotam nos meus olhos à medida que ele me instiga a acelerar o ritmo.

Os sons que escapam de mim combinam com os grunhidos guturais dele, conforme impulsiona os quadris. Coloco minhas mãos em suas coxas musculosas, adorando senti-lo me dominando.

— Porra, Babydoll — ele geme, com aquele sotaque sexy que acaba reverberando para o meio das minhas coxas. — Eu vou gozar.

Minha mãe me ensinou a não conversar com a boca cheia, então, em resposta, eu acelero o ritmo, tomando-o mais fundo.

— Não — ele rosna, me levantando de uma vez.

Antes que eu possa reclamar, ele afasta tudo o que está no balcão e me coloca sentada em cima. Punky enfia a mão por baixo do meu vestido e rasga minha calcinha com um só puxão.

— Quando eu gozar — ele arfa, lambendo os dedos antes de enfiá-los dentro de mim —, será dentro dessa bocetinha gostosa.

Meus olhos chegam a revirar nas órbitas, mas quando ele tira os dedos e me penetra com vontade, vejo estrelas. Enlaço sua cintura com as pernas e arqueio as costas quando Punky começa a me foder. Ele não é nem um pouco gentil, mas não quero que seja mesmo.

Eu quero que ele me devore.

O som de nossas carnes se chocando se mescla aos gemidos roucos, e isso é delicioso demais. Ele me martela fundo, graças ao ângulo apropriado, e quando começa a brincar com meu clitóris, sei que meu orgasmo virá com tudo. Nossos olhares estão conectados, e mesmo que o que estamos compartilhando não possa ser considerado como se estivéssemos 'fazendo amor', a emoção que vejo refletida em seu rosto expressa o sentimento em todo o sentido da palavra.

E eu quero me entregar por inteiro a ele – de todas as formas.

— No quarto — ofego, querendo estar em outro lugar. Quando peço, ele me dá o que quero. Estou deduzindo que Hannah voltou para a casa de Fiona.

O vaso de rosas cai no chão, tamanha a força das estocadas de Punky, mas ele cede e me levanta no colo. No entanto, ele não para de me foder. Eu me balanço em seu pau enquanto ele me carrega para o quarto. Ele me joga na cama e vem para cima de mim, me penetrando sem perder o ritmo.

Estamos suados e com calor, e isso é tudo o que eu quero, o que me leva a dizer:

— Quero que você perca o controle.

Ele diminui um pouco o ritmo, olhando para mim para tentar entender o que quis dizer.

Seu rosto pintado inflama ainda mais minha ousadia, e acabo com sua confusão ao afirmar:

— Quero ver o que essa 'face' é capaz de realmente fazer.

Ele rosna, abaixando o olhar para o ponto onde estamos conectados.

— Você tem certeza?

— Sim — respondo, sem hesitação, porque sei que Punky tem uma fantasia pervertida e quero explorar isso.

Ele me beija com sofreguidão, arremetendo contra o meu corpo. Espero com ansiedade, querendo que ele se solte. Ele sai de dentro de mim e me vira para ficar de quatro, arrastando um dedo por toda a extensão da minha coluna. Quando a ponta do dedo chega à minha bunda, ele espalma minhas nádegas e dá um tapa – com força, do jeitinho que eu sabia que ele faria.

Ele me deu umas palmadas no passado, e fiquei surpresa por ter gostado, o que me faz sutilmente rebolar a bunda.

— Não fique mexendo essa bundinha perfeita pra mim, a menos que esteja preparada para enfrentar as consequências — adverte, deslizando a mão sobre o meu corpo.

— Estou preparada — digo, baixinho.

— É mesmo? — Seu tom de voz envia um arrepio pela minha coluna.

Quando ele me bate de novo, dessa vez mais forte, eu pulo para frente, agarrando os cobertores para impedir minha queda. Eu me balanço para trás, pedindo por mais.

Ele se inclina e agarra meu queixo, arqueando meu pescoço para trás. Arquejo ao contemplar o semblante feroz enfatizado pela pintura em seu rosto. Sua expressão diz que não há volta.

— Alguém já te tocou aqui? — Espalma as mãos na parte inferior das minhas costas, mergulhando os polegares na fenda da minha bunda.

Levo um susto, dando a ele a resposta que procura. Mas abro ainda mais as pernas, pronta para o que vier.

— Aaah, nós temos todo o tempo do mundo.

Fico desapontada, mas rapidamente sou surpreendida quando Punky me faz deitar de bruços e abrir as pernas, se aninhando entre elas. Não tenho ideia do que ele está fazendo até que ele me encoraja a curvar as costas e empinar a bunda.

Quando lanço um olhar para ele por cima do ombro, fico abismada ao vê-lo enfiar a cara entre as minhas nádegas. Tento me afastar, mas ele me imobiliza e começa a lamber ao redor do meu buraco enrugado.

Não sei como me sentir. Um tabu como esse não deveria ser tão gostoso, mas é o que é.

Ele usa a língua e boca para me excitar de maneiras que deixam meu rosto vermelho como um pimentão. No entanto, assim que deixo de lado o estigma associado ao ato, relaxo e me solto.

A barba por fazer em seu queixo aumenta ainda mais a sensação, e sem perceber, começo a me mover de acordo com seu toque, perdida na sensação de absoluta liberdade, porque não existem limites com Punky. Ele tornou incrível pra caralho algo que nunca imaginei que desfrutaria.

Pouco depois, estou curvada e rendida ao seu toque, saboreando a sensação de ser amada por esse homem; de todas as formas.

Ele beija minha bunda antes de dar um tapinha de leve.

— Gostou?

— Sim — murmuro, tímida, ainda agarrada aos cobertores abaixo de mim.

Não sei o que vem a seguir, porque pedi que ele se soltasse comigo, mas, até agora, ele tem sido muito comedido.

Ele deposita um beijo na parte inferior das minhas costas e enlaça minha cintura com os braços, me colocando de joelhos no colchão.

Seu peito está pressionado às minhas costas, pele com pele. Não há nada nos separando, e nunca me senti mais vulnerável como agora.

Punky acaricia meus seios, minha barriga, então desliza dois dedos dentro da minha boceta. Gemendo, arreganho as pernas, lhe dando passagem, porque o quero em todos os lugares. Posso sentir seu pau contra mim, e, por instinto, esfrego a bunda contra ele.

Ele rosna um gemido rouco, e apesar de eu estar com medo, o incentivo a fazer o que quer – perder o controle.

— Tem certeza? — arfa, em meu ouvido, antes de chupar o lóbulo por entre os dentes.

— Quero vivenciar todas as minhas primeiras vezes com você. — E quero realmente dizer isso. — Achei que soubesse o que era o amor... mas, aí, eu te conheci.

Ele exala um suspiro satisfeito.

Seus dedos entram e saem de dentro de mim, e ele estende a outra mão para pegar o pote de vaselina da mesa de cabeceira. O Dr. Shannon sugeriu que Hannah aplicasse nos ferimentos para acelerar a cicatrização, mas, agora, encontramos outra utilidade para isso.

Punky abre a tampa e ouço quando enfia os dedos no pote. Ele gentilmente aplica uma boa quantidade do gel frio na minha bunda. Por um segundo, eu paraliso, mas ele beija meu ombro, uma garantia silenciosa que me ajuda a relaxar. Fico esperando uma pontada dolorosa, mas não sinto nada enquanto Punky beija minha pele, esfregando meu sexo em total frenesi.

— Seja lá o que acontecer amanhã, quero que saiba que te amo como nunca amei alguém um dia.

Embora deseje que ele não fale desse jeito, sei que ele precisa desabafar. Não sabemos o que o amanhã nos reserva, mas podemos seguir em frente sem arrependimentos.

— Nós ficaremos bem — digo.

— Espero que sim, mas não temos como saber disso com certeza. Porém, o que sei é que sou um homem melhor por amar você.

Sinto uma suave cutucada no meu buraco traseiro, e quando congelo, Punky continua sussurrando palavras carinhosas no meu ouvido.

— E não importa o que acontecer — ele me penetra um pouquinho —, quero que saiba disso.

Quando meus músculos aceitam a estranha intrusão, ele se afunda um pouco mais. De repente, eu me sinto completamente cheia.

— Quero que saiba que meu coração é seu. Você é dona da minha mente.

Ele continua a entrar enquanto gemo diante do prazer inesperado.

— Do meu corpo.

Sinto como se estivesse sendo dividida em duas... e adoro a sensação.

— E alma.

Quando ele para, descansando a testa no meu ombro, penso que acabou. Mas quando olho para ele, vejo que não está nem na metade.

— Você quer que eu pare?

— Não — sussurro, querendo isso mais do que o ar que respiro.

Ele segura meu queixo entre os dedos e pressiona os lábios aos meus. Eu gemo contra sua boca conforme ele continua a me penetrar devagar por trás, brincando com meu clitóris. Ele está em toda parte, me dominando por inteiro, e quando penso que não pode melhorar, ele se enfia até o talo.

Um tremor percorre meu corpo, e ele fica imóvel, me dando tempo para me ajustar. Nunca imaginei que me sentiria tão completa, mas também nunca me senti mais conectada com outro ser humano do que agora, e isso me faz apoiar uma mão acima da bunda de Punky para que ele continue.

Com nossos lábios colados, ele começa a se mover.

Com gentileza, ele impulsiona os quadris, me abrindo ainda mais, e logo depois ele se retira até a metade e volta a me penetrar. A vaselina permite que ele deslize dentro de mim um pouco mais confortavelmente, e quando nos movemos em uníssono, encontrando um ritmo perfeito, ele sussurra:

— Posso ir mais rápido?

Eu concordo com um meneio.

Ele se afunda dentro de mim antes de se retirar. Na mesma hora, sinto falta da conexão, mas ele me penetra de novo, com mais facilidade agora, me fazendo gemer diante das sensações. Ele tira os dedos da minha boceta e agarra meus quadris com as mãos.

Punky arremete com força e com vontade, rápido, e a ardência que sinto segue a linha entre prazer e dor. No entanto, eu foco no prazer, porque Punky está se soltando dessa forma, e saber que ele, finalmente, está dando tudo de si me faz balançar contra seus impulsos, tomando tudo o que ele tem a me dar.

A sensação de ardência desaparece logo mais, e eu me perco em cada minuto de pura paixão, cada gemido rouco que escapa dele enquanto ele me consome. Este ato está repleto de amor e respeito, e prometo a mim mesma, nesse instante, que farei de tudo para proteger Punky.

O espelho à minha frente me permite ver a forma como o mundo nos enxerga. Nós nos encaixamos, em todo sentido da palavra. Ambos estamos lambuzados com nossas pinturas de guerras, nossos corpos curvados em necessidade. Se a visão de um Punky, usando sua máscara de caveira, e me fodendo com brutalidade, não é a coisa mais sexy que já vi na vida, então não sei mais o que seria.

— Ah, caralho — ele geme, recostando a testa na minha nuca e arremetendo os quadris.

Eu mesma começo a brincar com meu clitóris, porque essa avalanche de sensações é quase insuportável. Ele está em todo lugar, mas, ainda assim, não é o suficiente. Ele rebola os quadris de um jeito que me faz sentir totalmente preenchida.

— Você é gostosa pra caralho — ele diz, com o sotaque sexy que me deixa com mais tesão ainda. — Eu te amo. Não importa o que vá acontecer, você sempre será a única pra mim. Sei que não viveremos para sempre, mas quero deixar para trás algo que será eterno: meu amor por você.

Suas palavras tocantes arrancam lágrimas dos meus olhos.

— Eu te amo também. Sempre amei. Volte pra mim. Você me promete?

Ele chupa meu pescoço, me fodendo com força.

— Sempre estarei contigo.

Não é a resposta que eu quero, mas é o bastante.

— E eu com você.

— E só por isso, sou o homem mais sortudo do planeta.

Ele coloca uma mão sobre a minha, circulando meu clitóris do jeito certo, e quando arremete fundo, eu libero um gemido alto e rouco.

— Linda demais — Punky grunhe, pouco antes de se juntar a mim no clímax maravilhoso.

Nossos corpos estão suados, quentes, e eu me delicio com o êxtase, adorando a sensação de ainda estar unida a ele dessa forma. Punky beija meu ombro antes de se retirar. Meu corpo relaxa na mesma hora e eu desabo para frente, o rosto aninhado ao travesseiro.

Escuto seus movimentos ao redor, mas não sei para onde ele está indo até que sinto uma toalhinha quente contra a minha pele. Olhando por sobre o ombro, dou um sorriso ao vê-lo gentilmente me limpando.

— Espero que eu não tenha sido muito bruto. — Ele usa outra toalhinha para limpar a pintura do meu rosto. A maior parte da tinta que cobria a dele está borrada, mas ele ainda parece gostoso pra caralho.

— Não foi — digo, subitamente exausta. — Eu pedi que você se soltasse. Você foi até muito manso.

Ele dá uma risada, limpando seu rosto, antes de jogar a toalha no cesto de roupa suja e se deitar comigo na cama. Em seguida, ele me puxa para o calor de seus braços.

Antigamente, eu me sentiria muito autoconsciente em ficar aconchegada desse jeito. Eu tinha medo de Punky enxergar todas as minhas falhas. Mas agora não. Isso confirma quão longe chegamos. Só de pensar que isso pode ser arrancado de nós amanhã... Sinto os olhos marejarem.

— Nada de lágrimas — ele sussurra, afastando uma gota com o polegar. — Não consigo suportar isso.

Sei que ele está me pedindo para ser forte amanhã, porque ele não conseguirá fazer qualquer coisa se estiver preocupado.

Rapidamente me recomponho, e dou um sorriso tenso.

— Nada de lágrimas. Eu prometo.

Ele assente, gentilmente beijando minha testa.

Segundos depois, sua respiração estável me diz que ele adormeceu. Recostando o ouvido ao seu peito, ouço as batidas firmes de seu coração. O som me conforta, e eu me aninho ainda mais a ele, sem querer soltá-lo.

Mas quando chegar o amanhã, não terei escolha. Para salvar o mundo que todos nós conhecemos, tenho que sacrificar o *meu* mundo inteiro.

Embora tenha prometido não chorar, uma única lágrima desliza pelo meu rosto, e torço para que seja a última que irei derramar em um longo tempo.

Espero.

DEZESSEIS
PUNKY

— Você tem certeza de que é isso o que quer?
— Sim.
— Tudo bem, então. Boa sorte, Puck — Darcy diz, assinando na linha pontilhada ao lado do meu nome.

Não entrei em detalhes, mas ela sabe que hoje tudo vai mudar. Por isso liguei para ele e pedi que redigisse um testamento.

Se algo der errado, quero estar preparado.

Ela mandou o pai ficar de sobreaviso, mas ele sabe cuidar de si mesmo. Patrick Duffy tem um exército de homens que podem protegê-lo. Darcy deveria ter ficado com ele, mas insistiu que seria mais útil aqui. Entendo o que ela quer dizer – ela lutará e tentará defender aqueles que são queridos para mim.

— Obrigado, Darcy. Por tudo. — Quero que ela saiba que sou grato por tudo o que ela fez por mim.

— Você pode pagar um jantar depois como agradecimento — brinca, querendo aliviar o clima. Ela ainda gosta de mim, mas aceitou que só seremos amigos.

— Com certeza. — Não sei se algum dia serei capaz de cumprir essa promessa, mas espero que sim.

Estou aliviado em ter resolvido um monte de coisas, de forma que agora posso me concentrar na tarefa em questão. E quando ouço a batida à porta da frente, sei que a hora chegou.

Eu a abro e sorrio na mesma hora ao ver Babydoll. No entanto, ela não parece nem um pouco feliz. Ela me dá um abraço apertado, se aconchegando ao meu toque.

Ela saiu cedo hoje de manhã para pegar algumas coisas e buscar Hannah e Fiona, que estão paradas atrás dela. Se um olhar pudesse matar, eu seria uma pilha de cinzas, pois Fiona deixa claro que só está aqui porque não tem escolha.

— Oi, Baby — sussurro em seu ouvido.

Ela apenas me abraça mais apertado em resposta.

Entendo que isso seja difícil para ela. É difícil para mim também. Mas, juntos, eles ficarão seguros. Posso partir para essa batalha com a cabeça fria, que é o que preciso para derrotar Sean.

Ela me solta e entra, acenando um cumprimento ao ver Darcy.

Pedi que Darcy não contasse a ninguém sobre o meu testamento. Isso só os deixaria preocupados.

Cian chega alguns minutos depois, com Amber e meus avós. Não falei com eles desde que saí da prisão. A última vez que os vi, para dizer a verdade, foi quando ateei fogo na cabana que deu início à minha sede de vingança.

Deixei claro que não tenho o menor interesse em me relacionar com eles, e isso não mudou. Mas também não posso deixá-los vulneráveis. Qualquer pessoa ligada a mim corre algum risco, e não darei o gostinho a Sean de reunir mais peões em seu jogo de chantagem.

Amber fica perto de Cian, e é nítido que ela queria que fosse ele que ficasse aqui, não Rory.

Ela continua a mesma, e vê-la depois de todos esses anos traz uma enxurrada de recordações. Ela era boa com os gêmeos e comigo. E merece mais do que um aceno casual.

— Oi, Amber. É bom te ver. — Ela assente, e quando estendo minha mão, ela aceita o cumprimento a contragosto.

— Oi, Puck. É bom te ver também. Queria que fosse em outras circunstâncias, mas você parece sempre atrair problemas. Isso não mudou pelo jeito.

— Amber — Cian a repreende, baixinho, balançando a cabeça.

Ela está certa.

— Está tudo bem, Cian.

Ele suspira, e os dois entram na minha casa sem mais nenhuma palavra.

Meus avós são os próximos a entrar, timidamente. Keegan é orgulhoso demais para me cumprimentar, mas minha avó, Imogen, me dá um abraço de leve.

— Sentimos saudades, querido.

Não me incomodo em retribuir o gesto, porque apesar de ainda estar bravo com eles pelo que fizeram com a minha mãe, ainda assim, não posso negar que a presença deles me faz sentir mais perto da minha mãe.

Ela percebe que não vou dizer nada e os dois rapidamente saem de vista.

— Como está se sentindo? — pergunto a Hannah, tocando sua bochecha com delicadeza.

Fiona na mesma hora dá um passo adiante, em um aviso silencioso de que vou perder o dedo se não afastar a mão do rosto de sua filha.

Hannah ignora a mãe por completo.

— Estou melhor. Só que estou preocupada com você.

Fiona bufa uma risada de escárnio, revirando os olhos.

— É por causa dele que estamos metidos nessa confusão.

Ninguém se incomoda em morder a isca, porque temos um peixe muito maior para pegar.

— Tome cuidado, Puck — Hannah diz, o lábio inferior tremendo. — Não posso te perder de novo.

Quando suas lágrimas começam a rolar pelo rosto, eu a puxo para o calor dos meus braços e beijo o topo de sua cabeça.

— Você não vai se livrar de mim assim tão fácil.

— Que bom, porque não quero mesmo.

Amber se aproxima, consolando Hannah. É meio instintivo assumir esse cuidado, pois ela ainda vê minha irmã como aquela garotinha que ela ajudou a criar. Fiona estava ocupada demais gastando o dinheiro de Connor para se importar com os filhos. Então, sua interpretação de mãe zelosa veio um pouco tarde... bem tarde.

Quando ouço os pneus do carro de Rory triturando o cascalho, inspiro fundo porque chegou a hora.

Cian e eu saímos porta afora para cumprimentá-lo, deparando com um comboio de veículos vindo até nós. Logan Doherty e seus homens estão aqui para ajudar Rory caso necessário. Eu só espero ter feito a coisa certa em confiar nele. Os outros homens que compõem a lista que ele me deu estão à nossa espera na fábrica. É isso o que acontece quando se esquece a quem deve ser leal.

Que o melhor vença.

Rory traz uma sacola gigante pendurada no ombro, sem dúvida repleta de armas. Ele cumprimenta Cian, mas resmunga na minha direção. Ele ainda está pau da vida comigo, e está tudo bem. Contanto que ele proteja Cami, ele pode me odiar o quanto quiser.

— Todo mundo está aí dentro?

— Sim — Cian responde. — Está tudo pronto?

Ele assente.

— O mais pronto possível. Tem certeza de que Logan e seus homens são de confiança?

— Não tenho certeza de nada — respondo, com honestidade. — Mas que outra escolha temos? Nos esconder como um bando de covardes, esperando que Sean e Liam ataquem? Ou atraí-los para lutarem contra nós? Se Logan pisar um pé fora da linha, você já sabe o que fazer.

As narinas de Rory se alargam.

— Ele não se atreveria depois de tudo o que ele fez.

Estamos todos contando com isso, mas não é certeza.

Espero até que Logan se aproxima.

— E então? Estão prontos? — ele pergunta.

— Sim. Você fez o que pedi?

— Sim. Avisei a todos que você marcou um encontro na fábrica. Alguns estão furiosos pelo que você fez com Brody. Estou suspeitando que contaram ao Liam onde você vai estar. Embora a maioria tenha ficado sabendo do encontro, muitos não irão. E só dá pra assumir que estão com Liam. Os que aparecerem, eram leais ao Connor. Acho que se o caldo engrossar, eles lutarão ao seu lado. Por isso eles vão até lá. Porque querem ouvir o que você tem a dizer.

— Ótimo, era isso o que eu queria.

Logan não disfarça a surpresa, mas também não faz perguntas.

— Você pode contar com a gente, Puck. Não vamos deixar que nada de mau aconteça com a sua família. Connor era bom pra nós. E não nos esquecemos disso.

Espero que ele esteja dizendo a verdade.

Dou a ele as instruções de onde seus homens devem ficar de vigia. O terreno é amplo, então precisamos de olhos em todos os lugares. Quisera eu ter mais tempo para espalhar armadilhas, mas não tenho. Isso é o melhor que posso fazer.

Ele aperta minha mão em cumprimento.

— Boa sorte pra você. Que Deus esteja ao seu lado.

— Deus não tem nada a ver com isso. Mas obrigado.

Os homens atrás de Logan têm fisionomias familiares. Alguns saíram dos negócios quando Connor morreu, e outros trabalharam com Brody e talvez com Sean. Odeio não ter tempo hábil para interrogar cada um deles, mas tenho que confiar em Logan, porque ele sabe que se me sacanear, sua família pagará pelos seus pecados.

Com nada mais a dizer, volto para casa, e quando vejo Babydoll me esperando à porta, gesticulo para que ela me encontre nos fundos.

Nós caminhamos em silêncio, ambos pensativos, porque, como dizer adeus à pessoa amada?

Nós paramos na frente das roseiras do jardim.

Ela enlaça minha cintura, deixando escapar um choro baixinho.

— Rory te deu uma arma?

Com um meneio, ela encara vagamente as rosas.

— Cami, por favor, olhe para mim.

Ela leva um tempo até fazer o que pedi.

— Vai ficar tudo bem.

— Você não sabe disso ao certo.

— Eu sei, mas farei de tudo para que as coisas corram bem — digo, com sinceridade. — Se isso fosse algum filme, ou um livro de romance, o herói teria um plano infalível onde ele sairia vitorioso e viveria feliz para sempre. Mas não é. E não sou nenhum herói.

— Sim, você é — argumenta, brincando com o colar. Está abaixo da camiseta, mas posso ver que é a corrente que lhe dei. Saber que ela está usando me conforta. — Você está indo rumo ao desconhecido, mas o que você *sabe* é que Liam e Sean estarão lá à sua espera.

— Não posso mais esperar de braços cruzados. Que queria que as coisas fossem diferentes. Só que dez anos atrás, eu aprendi que até mesmo o plano mais genial pode falhar.

— Por favor, não morra — ela sussurra, expressando seus medos em voz alta.

— Eu farei de tudo para isso não acontecer. — E digo de verdade, porque, se tudo mais falhar, tenho um plano B. Porém, ninguém pode saber disso, ou tentariam me impedir. Mas se chegar a isso, não vou vacilar. Dessa forma, todo mundo sai ganhando.

Ela funga e segura as lágrimas, mantendo sua promessa.

— Que bom, porque você ainda está me devendo um encontro.

Dou um sorriso e a abraço apertado.

— Não hesitem, entendeu? — digo. — Se alguém oferecer perigo, atire.

— Okay.

Eu não queria ter que ir embora, mas é preciso, e me pergunto se é isso o que sentimos quando nosso coração é arrancado do peito.

NÃO CAIR EM TENTAÇÃO

— Eu te amo, mas o amor é só uma palavra que damos a algo primitivo. O que sinto por você não pode ser colocado em palavras.

Ela me abraça com força.

Memorizo seu perfume; a sensação de segurá-la nos braços. Memorizo o que é ser amado por ela, porque isso vai me ajudar a lutar.

— Tenha cuidado.

— Você também. — Sua voz vacila quando ela me solta.

Não suporto vê-la sofrer.

Tomando seus lábios com os meus, tiro seu fôlego, querendo que esta seja nossa última lembrança. Quero que seja uma recordação de nosso amor, não da tristeza ou medo.

Ela retribui meu beijo, agarrando meu cabelo e me puxando para perto. Ela não quer me largar, mas sabe que é preciso.

Com um suspiro, eu a solto e acaricio seu nariz com a ponta do meu.

— Eu te vejo em breve.

— Okay, até logo. — Sua voz soa inaudível, mas está tudo bem.

Nós voltamos para casa, onde ela solta minha mão e entra apressada, sem olhar para trás. Eu entendo o porquê.

Rory está do lado de fora, me esperando.

— Aqui. — Ele me entrega um telefone. — É uma linha segura, e poderei rastrear você a cada passo. Você também poderá rastrear o meu de volta.

Seu conhecimento de informática é algo precioso. Não importa as nossas diferenças, ele superou no fim.

— Tome conta dela — digo, deixando o constrangimento de lado.

— Tomarei — responde. — Estou fazendo isso *por* ela.

Ele quer deixar claro que não está aqui por mim, e está tudo bem.

Cian aparece logo mais com uma sacola pendurada no ombro.

— Podemos ir?

Assinto, dando uma última olhada para a casa cheia de pessoa que estão contando comigo.

Nós nos despedimos, e sou grato por Rory não tornar isso um adeus sentimental. Independente do que vamos enfrentar, ele ainda quer que eu saiba que não vai me perdoar.

Entro na caminhonete de Cian e nós nos dirigimos rumo ao desconhecido.

Uma música de rock está tocando no rádio, mas Cian desliga, preferindo o silêncio pelo jeito. Ele está nervoso.

— Quero que saiba que você é meu melhor amigo. Obrigado por sempre me apoiar. — Preciso que ele saiba que sou grato por tudo o que está fazendo por mim. Tudo o que fez.

— Tá ficando molenga com a idade, é? — caçoa, quebrando o gelo.

— Não conte pra ninguém.

Ele começa a rir.

Quando chegamos à fábrica, damos uma olhada nas cercanias. Inúmeros carros estão estacionados, sinalizando que os homens estão lá dentro. A pergunta é: quais homens?

Ligar para a polícia seria a coisa mais racional a se fazer, mas de que lado os tiras estão? O chefe de polícia, Shane Moore, sem sombra de dúvidas adoraria me ver atrás das grades, então tenho que tratá-lo como um inimigo.

Assim que Cian estaciona a caminhonete, vestimos nossos coletes à prova de balas. Provavelmente, será em vão, mas tudo o que pudermos fazer para nos proteger nos dará uma vantagem de uma forma ou de outra. Cian pega a sacola de armamentos, antes de caminharmos até a fábrica.

Assim como o castelo, este lugar está desmoronando. Mas o prédio está abandonado, e os tiras não meterão os narizes onde não são chamados, porque invasão de propriedade é só uma ocorrência comum na delegacia. Ron Brady e seus homens, homens de *Connor*, cercam o perímetro, do jeito como combinamos.

Alguns estão à vista, outros estão escondidos dentro e ao redor dos prédios abandonados.

Era esperado que eu colocasse vigias nos limites mais distantes. Não ter gente suficiente levantaria bandeiras vermelhas para os adversários. Quero que isso pareça o mais 'normal' possível.

Cumprimento Ron, que segura um rifle em mãos. Ele sabe o que tem que fazer.

Quando entramos na fábrica, dou um assovio, porque esse lugar está pior dentro do que fora. Há cerca de quarenta homens ali, muitos a mando de Liam, que, provavelmente, os enviou para uma emboscada. A maioria, no entanto, é composta por homens que já serviram aos Kelly. Eles estão reunidos em grupos, e quando me veem, toda a conversa cessa.

Seus rostos familiares me transportam para o passado.

Eu os cumprimento, torcendo para que tenham vindo aqui em paz. Mas veremos logo mais a quem eles jurarão lealdade.

Esse é o único jeito de as coisas darem certo – preciso começar do zero, para saber de que lado eles estão. Por quem eles se disporão a morrer.

— Todo mundo está aqui? — pergunto a Rogan Shea, um dos amigos mais chegados de Connor. Ron me contou que ele abriu uma fazenda de plantação de morangos depois que fui preso.

Parece que a vida de fazendeiro não é o que ele queria, pelo jeito. Ele está do nosso lado, é um dos homens de Ron, e está aqui para informar ao amigo, caso as coisas engrossem.

— Sim, Puck. A *maior parte* de nós deixou essa vida quando você sumiu. — Não me passa despercebido o sarcasmo em sua voz quando ele olha para os homens, pois muitos dos que trabalharam com Brody são vistos como traidores.

Eu concordo com ele, mas também entendo que eles tinham uma família para sustentar. Eles giravam em torno de estabilidade e contracheque. A morte de Connor destruiu muita gente, o rei legítimo destronado. Mas isso não é desculpa para terem feito a escolha errada.

— Ótimo, não vamos perder tempo então — começo, assim que Cian se posta ao meu lado. — Vocês estão aqui porque, como sabem, matei Brody, e planejo fazer o mesmo com meu tio. Ele traiu a todos nós, já que foi o responsável pela morte de Connor. Sei que muitos não o respeitam, pois se o fizessem, estariam com ele agora. No entanto, alianças podem ser desfeitas. E eu não trabalho desse jeito. Preciso de lealdade. Se forem leais a mim, prometo que cuidarei de todos vocês. Assim como Connor fazia.

Faço uma pausa antes de continuar:

— Sou o filho dele, e a Irlanda do Norte pertence não somente a mim, mas a todos nós! Os Doyle só assumiram o comando porque Sean permitiu. Ele estava mancomunado com Brody, mas estava apenas o usando para seus propósitos egoístas. Ambos se usaram. Um reino não pode ter dois reis, e é por isso que estou desafiando qualquer um que pense que pode me derrotar.

— Malditos católicos! — Rogan rosna, balançando a cabeça, enojado.

— Isso tem mais do que religião envolvida. Isso é coisa do passado. Agora, isso se trata de honra. Tem a ver com vingança. Vocês me conhecem. E sabem que lutarei por aquilo em que acredito. Eu lutarei pelo nosso lar!

Os homens começam a aplaudir, enlouquecidos pelas minhas palavras.

— Quero que jurem lealdade aqui, agora, e então prometo a vocês que farei de Belfast o que ela era antes. Mas se vocês estiverem em dúvida, a chance de irem embora é agora. Não vou ficar chateado. Porém, estou dando essa última e única chance. A Irlanda do Norte está essa bagunça porque não temos uma figura de autoridade. Os grupos paramilitares estão lutando entre si, porque não há um líder. Todo mundo está em busca de poder. Quando Connor governava, o sobrenome Kelly era respeitado.

Olho ao redor.

— Todo mundo conhecia o seu lugar. Todo mundo *tinha* um lugar. Eu quero isso de volta. Será necessário um exército para conseguir isso, mas é o que vou fazer. Meu tio me quer morto, e o motivo é porque ele não é meu tio, no fim das contas.

Todos ficam em silêncio.

— Connor sempre será meu pai, mas, biologicamente, sou filho de Sean. E ele sabia disso quando me enviou para a prisão. A ganância é a única coisa com o que ele se importa, e acho que a maioria de vocês sabe disso. É por isso que estão aqui, e não lutando ao lado dele. Brody era um dos homens que assassinou minha mãe. Assim como o irmão dele, Aidan. Em retribuição, matei os dois. Apenas um homem está faltando: Sean. Ele matou a minha mãe. Cortou a garganta dela, mesmo sabendo que eu estava assistindo tudo, do lugar onde estava escondido.

Contenho a emoção.

— Ele não é um líder. É um maldito covarde. E permaneceu escondido por dez anos, tentando persuadir as pessoas a se juntarem a ele. Mas vocês o conhecem de fato. Sabem que ele nunca poderia assumir o lugar de Connor. Estou cansado desse filho da puta... e quero ele morto.

Um dos homens, cujo nome não faço ideia, lança um olhar nervoso por sobre o ombro, para a porta. Cian repara o mesmo que eu.

Parece que envergonhar meu pai em público é o antídoto que precisávamos.

— Eu estou caçando o miserável, e anotem minhas palavras: sendo meu pai ou não, vou cortar suas bolas fora e fazê-lo engolir goela abaixo. E quanto a Liam Doyle, planejo fazer com ele o mesmo que fiz com seu irmão, pai e tio. Vou acabar com a linhagem dos Doyle pelo que fizeram com a minha mãe.

Com um movimento sutil, o homem coloca a mão na arma, e eu e Cian o deixamos fazer exatamente isso.

— Estamos aqui com você, Puck. Todos nós. Você tem nossa palavra — Rogan diz, curvando-se de um jeito servil.

Todos os outros fazem o mesmo, com exceção do filho da puta que, obviamente, não compartilha do mesmo sentimento. É por isso que eu queria os homens que já serviram aos Kelly. Eu sabia que eles cairiam em si... em algum momento. Se eles sobreviverem a isso, eu lhes darei uma longa vida contanto que continuem jurando lealdade ao legado Kelly.

— Ótimo, porque o primeiro teste vem agora. Vocês estão armados?

Os homens se entreolham, confusos, mas afirmam com um aceno de cabeça.

— Bom, porque temos companhia.

Antes que eles perguntem o que quis dizer, ouvimos uma explosão ao redor. O som foi originado pela bala que passou longe pela minha cabeça e se alojou na parede às minhas costas.

Todo mundo empunha suas armas, prontos para a luta.

O filho da puta que atirou em mim e errou corre para se esconder, mas desaba de barriga no chão quando dou um tiro em seu joelho. Gemendo de dor, ele se vira de lado e dispara, mas erra de novo. Por esse vacilo, dou um tiro em sua mão, sua arma deslizando pelo chão.

Não tenho tempo para perguntar de que lado ele está, porque um tiroteio irrompe do lado de fora. Começou...

— Liam e Sean estão lá fora, assim como eu sabia que estariam. Vir até aqui dessa forma era como deixar um rastro de sangue para tubarões famintos.

— Você poderia ter nos avisado! — grita Matthew, um ex-Kelly e recém-devoto dos Doyle, antes de se jogar no chão.

— Vocês teriam vindo se eu tivesse avisado?

Ele reflete sobre minha pergunta. Eu poderia ter avisado, mas, agora, os que permanecerem vivos nunca mais mudarão de lado. Esta briga será mortal. Uma briga feita para guerreiros – que quero ao meu lado. Haverá muitas baixas, mas esse é o risco que se corre em uma guerra.

Muitos destes homens são traidores, de uma forma ou outra. Essa é a chance que eles têm de se redimir, e se sobreviverem, eles darão valor a cada nascer do sol daqui em diante.

Homens invadem a fábrica pelas portas e pelos buracos das paredes destruídas ao longo do tempo. É uma emboscada, e estou de boa com isso, porque Sean não vai me matar. Mas isso não significa que eu não vá matá-lo, junto com todos os homens que estão com ele.

Cian e eu entramos em ação, atuando como uma dupla de extermínio, com nossas costas grudadas enquanto abatemos o inimigo. Nossos homens nos protegem, atirando em quem aparece pela frente. Mas estamos em menor número, e isso só pode significar uma coisa.

— Liam está trabalhando com Sean! — grito para Cian me ouvir acima do tiroteio.

Eu pensei nessa possibilidade, mas, honestamente, estou chocado que ele possa ter se aliado com o homem que matou a irmã dele. Acho que ele viu Sean como o menor dos males. Seu ódio por mim o obrigou a isso – da mesma forma que me obrigou a trabalhar com Brody.

Mas se eles me destronarem, o que não vai rolar, sem dúvidas Liam fará com Sean o mesmo que Brody fez com ele.

E vice-versa.

Eles precisam um do outro para me derrotar.

Dou uma risada maníaca, pois eles não vão vencer.

— Você acha que os dois estão aqui? — Cian pergunta, ainda me dando cobertura.

— Sim, sem dúvida. Liam está aqui para se vingar. E Sean está aqui por que quer que todos façam o trabalho sujo por ele.

Não quero azarar as coisas, mas talvez isso signifique que Babydoll ficará bem. A maioria dos homens está aqui, protegendo o líder. Eu não sabia que seria isso o que enfrentaríamos, mas posso ver com clareza agora. Esse é um tiroteio à moda antiga onde só os mais fortes sairão com vida.

A fábrica está tomada por explosões e tiros. A fumaça torna quase impossível enxergar um palmo à frente, mas, juntos, Cian e eu somos imbatíveis. Assim como os homens que lutam por suas vidas.

Nós saltamos por cima dos corpos caídos, atirando em nossos adversários. É um caos total, e é nesse meio que me sinto mais vivo. Cada homem que mato me leva mais perto de resgatar Ethan e Eva. E também me levam mais próximo de matar os dois homens que pensavam que poderiam lutar contra mim e sair vitoriosos.

— É o Liam! — Cian grita, apontando para o filho da puta entrando pela porta.

Ainda não acredito em como ele foi burro, achando que essa emboscada daria certo. Acho que ele subestimou o poder que o sobrenome Kelly ainda tem. Sean não está em nenhum lugar à vista, pois ele é um predador experiente. Ele está esperando o momento certo para atacar.

Com um rugido, Liam vem correndo na nossa direção, mas o volume abaixo de sua camisa revela que ele também está usando um colete à prova de balas. No entanto, isso não será problema algum.

Mirando em sua coxa, dou um tiro e me alegro ao vê-lo tropeçar e cair no chão. Isso não o detém, e ele rasteja até nós, ainda atirando.

Cian dá uma risada de escárnio e atira em seu ombro. Sua pontaria é excelente.

Os capangas de Liam percebem que seu líder caiu e param quando berro:

— Larguem as armas! Do contrário, vocês obedecerão a um cadáver.

— Façam o que ele manda! — grita Liam, finalmente se tocando de que não tem chance.

Os homens se entreolham, em busca de respostas. Não passam de um bando de maricas desleais quando obedecem ao Doyle, com relutância.

O tiroteio tem um fim – por enquanto.

Cian e eu nos dirigimos até Liam, se contorcendo no chão, mas não baixamos a guarda. Como todos sabem, basta um movimento errado e eles se juntarão à pilha de corpos ensanguentados.

Olhando para baixo, quase me sinto decepcionado por ter sido tão fácil.

— Onde ele está?

— Vá se foder — ele cospe, se arrastando para longe de mim.

— Tsc, tsc, tsc. — Piso com força em seu joelho, para explicar como as coisas vão funcionar. — Me poupe do teatrinho, porque sei que você não orquestrou isso aqui sozinho. Por que você o protegeria, mesmo depois do que ele fez com a sua irmã?

Os olhos de Liam estão flamejando de ódio quando ele rosna:

— Prefiro isso do que ver você se dar bem. Meu pai foi um imbecil por ter confiado em você. Eu disse para ele não fazer isso, mas ele não me deu ouvidos, e olha onde ele está agora. Morto, porra, assassinado como se fosse um zé ninguém! Fiquei pau da vida com ele. Ele destruiu tudo, e sua teimosia causou a morte da minha família! Mortos por você. Então, vou trabalhar com qualquer um, até com o capeta em pessoa, se isso resultar na sua morte.

Ele espera por uma reação, e recebe uma na forma de um imenso bocejo.

— Vocês são um bando de covardes — digo, enojado. — Vê se cria vergonha nessa cara, porra, e para de choramingar! O que você achou que ia acontecer? Não somos amigos, somos inimigos, e isso porque seu pai ganancioso confiou no homem errado. Não é minha culpa que ele era um frouxo do caralho. Se ele fosse um líder, seus homens nunca teriam se desviado. Ele teria a lealdade e o respeito deles. Mas não tinha, não é?

Liam cerra a mandíbula, nem um pouco satisfeito por eu não demonstrar respeito pelo homem morto.

— Connor não era perfeito. Seus homens também não foram leais — ele rosna, se contorcendo ainda mais quando pressiono minha bota em seu joelho.

— Você tem razão, mas seu reinado nunca caiu até que ele foi assassinado. Seu pai mal estava se aguentando. É preciso um líder de verdade para governar... e para vencer. Seu pai e o *meu*... ambos fracassaram, porque tudo isso aqui é meu.

O choque no rosto de Liam expressa que ele estava alheio ao fato de que Sean é meu pai biológico. Ele não tinha a menor ideia de que isso era uma disputa pessoal entre mim e Sean.

— Então, vou te perguntar outra vez: onde ele está?

Antes que ele possa responder, um carro canta pneus do lado de fora e um baque surdo indica que alguém foi baleado. Cian rapidamente corre até a porta enquanto fico com Liam.

— Você não acredita mesmo que ele pouparia a sua vida, não é? Você não é nada para ele. É apenas um peão para conseguir o que ele quer.

Liam dá um sorriso sinistro, e um arrepio me percorre da cabeça aos pés. Não sei por que ele está sorrindo quando sabe que está a um passo de se juntar à família.

Com a arma apontada para ele, pego meu celular no bolso e envio uma mensagem para Rory.

> Está tudo bem por aí?

Enquanto espero pela resposta, confiro sua localização e suspiro aliviado ao ver que ele está na minha casa.

> Está tudo bem por aqui.

Afasto a paranoia, e quando Cian e Ron entram porta adentro com um refém, essa paranoia se desfaz porque o inimigo, finalmente, está aqui.

Mal consigo acreditar em meus olhos, mas saboreio este momento, ciente de que vou revivê-lo pelo resto da vida. Monstros existem... e eles vêm na forma do meu pai, que está parado à minha frente.

Meu cérebro não consegue assimilar que ele está realmente aqui, e meu coração suaviza por uma fração de segundos, recordando os velhos tempos. Mas essas lembranças são logo destruídas quando tudo o que ele fez por ganância vem na minha direção como um trem desgovernado.

Este homem me deu a vida, e a tirou de mim sem hesitar.

Cian e Ron o ladeiam, segurando-o com força para que não possa fugir. Mas ele não faria isso. Ele é orgulhoso demais para se rebaixar assim. E confirmo isso quando ele tem a audácia de sorrir quando nossos olhares se conectam.

— Você cresceu, filho. Olhe só pra você. É um homem agora.

Ele está tentando me irritar, e está conseguindo.

— Soltem ele — ordeno a Cian e Ron, que hesitam por um segundo antes de fazerem o que pedi. Ambos se afastam um pouco, sabendo que a coisa vai ficar feia.

Levo um tempo avaliando o homem que tirou tudo de mim. Agora que estou mais velho, vejo as semelhanças entre nós. A mesma cor dos olhos, mesmos traços, e mesmo sorriso sarcástico que damos quando sabemos que a vitória é nossa.

Isso muda rapidinho quando dou um murro na sua cara. Ele arfa um resmungo doloroso quando a cabeça se projeta para trás.

A sede por sangue acorda meus demônios, exigindo muito mais, mas eles terão que esperar, porque temos muita coisa para colocar em dia.

— Não me chame de filho.

Ele assente, limpando o sangue que escorre de seu lábio, e dá um sorriso.

— Ainda é cabeça quente, pelo jeito. Puxou isso de mim.

Inspirando fundo, conto até três para me acalmar.

— Onde estão Ethan e Eva? Sei que você veio aqui porque quer algo de mim. Então vamos cortar o papo furado.

Mas Sean tem outros planos.

— Você se parece muito com sua mãe. Eu sempre quis te dizer a verdade, mas não pude. Guardar esse segredo de você quase me matou.

— Ficarei feliz em te tirar dessa miséria.

Ele ri em resposta, e por que não o faria? Ele está no controle aqui. Até que Ethan e Eva estejam a salvo, ele sabe que tem a vantagem.

— Eu a amava, e ela também me amava — continua, e eu cerro os punhos, mal conseguindo me controlar.

— Foi por isso que você a matou? Por que a amava demais? Por isso você cortou a garganta dela, sabendo que eu estava assistindo? Por causa do seu imenso amor por ela?

Ele não parece afetado pela minha recordação daquela noite.

— O que você queria que eu tivesse feito? — ele questiona, calmamente. — Ela estava prestes a arruinar tudo para mim. Para *nós*.

— Não há um *nós*, graças a você. Você fez questão disso quando matou a minha família toda.

— Eu *sou* a sua família, Puck — ele me corrige, com um sorriso arrogante. — Não se esqueça disso. Nós somos iguais. Queremos a mesma coisa... mesmo que você não enxergue isso.

Contraindo os lábios, rebato:

— O que eu quero é você morto, mas sei que isso não pode acontecer até você conseguir o que quer. Então, pare de desperdiçar o meu tempo, porra.

Sean assente, aparentemente respeitando minha sinceridade.

— Sim, você está certo. Não pretendo insultá-lo ao me desculpar pelo que fiz. Não posso mudar o passado, mas quanto ao futuro... junte-se a mim, filho. Eu quero você ao meu lado. Não posso fazer isso sozinho; eu tentei. Mas esses homens são apegados à forma como Connor liderava, e eles veem você como um líder nato. Podemos governar a Irlanda e a Irlanda do Norte, juntos. Pai e filho... como deveria ser.

Levo um momento para processar o que ele acabou de dizer, porque... puta que pariu, que porra é essa? Ele realmente espera que eu caia nessa merda?

— Você disse que não ia me insultar — afirmo, cruzando os braços. — Daí, você vem e diz uma barbaridade dessa. Nós *nunca* governaremos lado a lado, e você sabe disso.

Uma risada alegre escapa de Sean.

— Valeu a tentativa. Por isso fui forçado a fazer o que fiz.

— Ninguém te obrigou a viciar seu sobrinho nas porcarias que ele está usando. Isso foi coisa sua. As pessoas que te cercam não estão aí por escolha. Eles estão viciados ou estão sendo chantageados de alguma forma.

— Sua mãe fez uma escolha, garoto. Ela veio até mim. E estou falando diante de Deus.

Cerro a mandíbula, me lembrando das palavras do diário de Sean.

"Ela me traiu depois de dizer que me amava. Depois que prometeu que nunca me deixaria. Que era a mim que ela queria, não ele.
Ela ia deixá-lo, ela me disse isso."

— Não sei o que ela estava pensando, mas o que sei é que não a culpo por ter acreditado nas suas mentiras. Eu fiz isso um dia. Acreditei que você realmente se importava comigo.

NÃO CAIR EM TENTAÇÃO

— Eu me importava, e me importo ainda — salienta, e odeio admitir que ele não parece estar mentindo. — Eu te protegia, não? Quando Connor te espancava até te deixar coberto de hematomas, eu interferia para te ajudar. Você me via mais como um pai do que ao Connor. E não pode negar isso.

Quero argumentar, mandá-lo calar a boca, mas ele está certo. Ele sempre me apoiou, e, por vezes desejei que ele fosse meu verdadeiro pai, não Connor. Agora que sei a verdade, no entanto, percebo que Connor me criou o melhor que podia.

Ele não recebeu amor ou afeição quando criança, porque meu avô estava ocupado demais com suas amantes, e minha avó fazia vista grossa a isso contanto que seu primeiro e único amor – uísque – afogasse suas mágoas.

Connor e Sean estavam fadados desde o início, até minha mãe aparecer. Ela mostrou gentileza e amor aos dois, e pagou com a vida.

Odeio que esse monte de estrume seja o único elo com o meu passado, um passado que estou tão desesperado em conhecer um pouco mais. Durante a vida inteira, não tentei somente descobrir quem foi Cara Kelly; eu também queria descobrir quem sou eu.

Sempre senti que não me encaixava, e isso porque não sei nada sobre quem eu era até que tive idade o suficiente para tomar minhas próprias decisões. Não sei se sempre fui teimoso desse jeito ou se eu preferia o inverno ao invés do verão.

Não sei nada, porque o meu passado era uma coisa que Connor queria que eu esquecesse.

Mas, agora, meu passado, presente e futuro estão bem diante de mim, me oferecendo migalhas, porque ele me conhece muito bem.

Pensei que viria aqui com o passado esquecido, mas olhando para ele agora, tudo o que me lembro é de como Sean foi a pessoa que ajudou a me moldar no homem que sou hoje. Ele foi o único que cuidou de mim quando Connor estava ocupado demais para se importar.

E odeio esse domínio que ele tem sobre mim, porque não sei por que ele teria cuidado de mim quando teve inúmeras chances de me matar.

— Você pode até me odiar com todo o seu ser, mas sei que odeia mais a si mesmo por não ser capaz de me matar.

Suas palavras atiçam ainda mais o meu fogo, e eu pego minha arma para provar que ele está errado.

Sarcasticamente, ele ergue as mãos em rendição, não se sentindo nem um pouco ameaçado.

— Vá em frente. Mas você nunca mais verá Ethan e Eva de novo.

Agarro a pistola com mais força, subjugando a urgência de provar o contrário, porque ele está certo. Ethan e Eva são a razão para ele ainda estar respirando.

— Diga seu preço.

— Punky — Cian adverte, mas estou cansado dessa palhaçada.

Com as mãos ainda erguidas, Sean dita as regras:

— Você. Eu te devolvo Ethan e Eva, e em retorno, você me dá sua palavra de que será leal a mim.

E aí está.

Eu sempre soube que chegaria a isso.

— Parece uma escolha bem fácil. A sua vida pela deles. O que é mais importante?

— Punky, não. — Cian balança a cabeça, mas eu sempre tive um plano B. Eu só precisava descobrir quais seriam as exigências de Sean.

Com um sorriso irônico, eu me rendo ao demônio.

— Até que enfim você parou de enrolação e me deu o que eu quero. Você tem a minha palavra, Sean. A minha vida pela deles.

Sean sorri, enquanto Cian e Ron ofegam, horrorizados.

— Não banque o herói. Você será prisioneiro dele pelo resto da vida! — Cian esbraveja, vindo na minha direção. — Mate logo esse filho da puta e dê a ele o que é merecido.

— Cian, pare — exijo, calmamente, mas quando ele continua a caminhar, faço algo que nunca fiz antes: aponto minha arma para o meu amigo.

Ele estaca em seus passos, os olhos arregalados.

— Que porra é essa? Você vai atirar em mim? Vai deixar esse cretino destruir a sua vida… outra vez? Se você concordar com isso, estará trocando uma cela de prisão por outra.

Eu sei disso, mas de jeito nenhum isso vai acontecer de novo. Bem que eu queria dizer tudo ao Cian, mas não posso. Ele iria me impedir. Todos eles iriam.

— Leve ele até eles — eu ordeno a Sean, que assente.

— Frederick, leve Liam e faça ele mostrar onde os garotos estão — Sean instrui ao homem que ainda permanece de pé.

Cian balança a cabeça, exigindo que eu recobre o juízo, mas até que Ethan e Eva estejam em segurança, Sean dá as ordens.

— Não vou a lugar nenhum — Cian diz, com teimosia, e quando

Frederick se atreve a tentar fazê-lo mudar de ideia, acaba recebendo uma cotovelada no nariz. — Me toque outra vez, e não será só o seu nariz que vou quebrar.

Sou grato pela sua perseverança, mas a verdade é que ele é o único em quem confio para reaver Ethan e Eva. Eu preciso que ele me diga que eles estão bem, para que eu possa acabar com isso de uma vez por todas.

— Por favor, Cian — peço, abaixando a arma, torcendo para que ele faça o que estou pedindo. — Apenas vá com eles. Eu não confio em mais ninguém.

— Puck — Cian suplica, implorando para que eu não peça isso a ele, pois ele sabe o que significa. — Não vou te deixar aqui sozinho com esse psicopata!

— Eu vou ficar bem. Eu juro. Sean precisa de mim vivo.

— E é isso que me preocupa — Cian pondera, com um suspiro.

Se fizermos isso, então a história se repetirá. Estou me rendendo e entregando minha liberdade para ajudar outro filho da puta a governar. Mas, desta vez, é diferente. Porque vou me certificar de que dê certo.

Andando até Cian, vejo o desespero refletido em seus olhos. Ele quer que eu lute, e eu lutarei... só não até que todos os envolvidos estejam seguros. Não permitirei que outra pessoa seja ferida por minha causa.

Segurando sua nuca, eu o puxo para perto, quase nariz com nariz.

— Preciso que você me assegure de que eles estão bem. Me ligue assim que pegá-los.

— Não faça isso. Você já se sacrificou demais. Não deixe outro filho da puta te usar em benefício próprio.

Sua voz vacila, revelando sua angústia, mas sempre soubemos que as coisas terminariam assim.

— Eu não planejo isso — sussurro, querendo que ele saiba que nunca mais serei um prisioneiro.

Ele arregala os olhos, porque, finalmente, entendeu o que planejo fazer.

— Punky, não...

Ele não consegue concluir, porque em seguida eu me afasto e dou uma cabeçada nele. Cian cai nocauteado no chão.

Dou um suspiro ao olhar para o meu melhor amigo. Ele vai acordar em alguns minutos, porque sua cabeça é mais dura que a minha.

— Desculpa, cara, mas esse era o único jeito de você sair daqui. Se alguém fizer algum mal a ele... — digo para Sean, com um olhar ameaçador.

Ele apenas assente.

— Eu prometo que não tocaremos em nenhum fio de sua cabeça. Frederick, leve-os daqui.

Frederick é um cara corpulento que ergue um desacordado Cian com facilidade. Um pedaço do meu coração sai porta afora com Cian, porque não tive a chance de me despedir.

Outro homem ajuda a levantar Liam do chão, que entrecerra os olhos.

— Isso não acabou. Está apenas começando.

Mais uma vez, sua afirmação enigmática envia um arrepio pelo meu corpo, mas não deixo isso me abalar, pois tenho que me concentrar.

Assim que eles saem, olho para Ron e para os homens que permaneceram.

— Deixem-nos a sós. Essa guerra não é de vocês.

— Puck...

— Eu disse para irem embora agora — interrompo Ron, que parece chocado pelo meu pedido. Ele já fez o bastante. Não deixarei outro homem perder sua vida por uma guerra que não é deles.

Ron não discute ao sentir que isso não é negociável, e ele e seus homens saem mancando por afora; eles estão gratos por estar vivos, ao contrário dos colegas cujo sangue forma um rio vermelho no chão.

Assim que eles somem de vista, dou um sorriso, porque agora estamos só eu e Sean – como deveria ser.

Preciso distraí-lo até que Cian entre em contato, porque, assim que ele fizer... Vou matar o filho da puta. De jeito nenhum me tornarei seu garoto de recados outra vez. Então, até onde sei, ele ou eu, ou *ambos*, vamos morrer hoje.

— Não sei por que você está tão desesperado para que eu me junte a você. Babydoll e eu não fodemos tudo da outra vez?

— Não saiu como planejado, mas funcionou ao meu favor no final. Quem ainda está de pé? — ele pergunta, com um sorriso vitorioso.

Está na hora de mudar isso.

— Quando Connor estava morrendo, ele me disse para não confiar em você. Ele sabia que você não passava de um miserável fraco e patético.

Sean tenta disfarçar a raiva, mas a mandíbula cerrada é um sinal de que está puto.

— Foi por isso que ele te deixou de fora do testamento. Ele mudou na última hora e deixou tudo para o seu filho bastardo. Ele preferiu que eu ficasse com tudo do que ver seu império destruído nas suas mãos. Você teve que fingir sua própria morte para superá-lo. — Dou uma risada, confiante. — Parece que é melhor você dormir com seu colete à prova de balas de agora em diante... *pai*.

Ele rosna, avançando na minha direção, mas se contém ao perceber que estou tentando irritá-lo. Preciso enfurecê-lo e deixá-lo cego de raiva, porque isso fará com que ele cometa um deslize; e é o que pretendo explorar.

— Você acha que eu não veria o significado ao enviar três homens mascarados para sequestrar Ethan e Eva? Você é previsível demais, porra; chega a ser ridículo.

— Se sou assim tão previsível, garoto, tire o seu colete à prova de balas.

— Sem problema. — Eu não hesito em tirar a camiseta e tirar o colete, jogando no chão com um baque.

Enquanto visto a camiseta de volta, arqueio uma sobrancelha.

— Não imaginei que você fosse do tipo que escreve diário. Meu querido diário — zombo, cruzando os braços. — Todo mundo me odeia... blá-blá-blá.

Sean fica em silêncio, mas sua raiva está fervilhando.

— Era isso o que você queria, não era? Que ficássemos juntos, tipo pai e filho. Seu desejo foi concedido.

— Você sempre foi um engraçadinho — ele diz. — Mas sua língua é mais afiada agora. Foi isso o que aprendeu na prisão?

Inspirando fundo, agora sou eu que tento controlar meu temperamento, porque esse filho da puta estava aqui desfrutando de sua liberdade enquanto eu fiquei preso por um crime que não cometi.

— Sua mãe também era esquentadinha. Por isso ela não demorou a pular na minha cama. Ela estava com raiva do Connor, que trabalhava o tempo todo, e para atingi-lo, bem... — Ele abre os braços, insinuando que a forma de ela se vingar foi transando com o irmão dele. — Mas, depois de um tempo, deixou de ser ela dando o troco. Ela gostava. Ela adorava ser a minha vagabunda.

— Cala a boca, porra — rosno, incapaz de me conter.

— O que foi? A verdade dói? Te incomoda saber que sua mãe não passava de uma vadia?

Por instinto, dou um murro em seu queixo, praguejando baixinho, porque o deixei me afetar. Preciso ser mais esperto.

Sean segura o lado do rosto com um sorriso zombeteiro.

— Odeio te dizer isso, mas sua mãe quis te abortar. Ela sabia que Connor descobriria que o filho não era dele.

— Você está mentindo — digo, entredentes.

— É a verdade — argumenta. — Fui eu que a convenci a manter a gravidez. Eu sabia que você seria útil pra mim. Não importa os defeitos da sua mãe, eu a amava.

Dou mais um soco em seu rosto, mal conseguindo reprimir a raiva assassina. Ele não revida os golpes. Apenas ri em resposta, ciente de que está mexendo com a minha cabeça.

— Cuidado, garoto. Você não vai querer que Liam desconte a raiva dele na adorável e inocente Eva, não é?

Curvando meu lábio, não disfarço meu nojo com sua sugestão.

— Ah, não aja como se fosse melhor que ele. O coração quer o que o coração quer. E você queria a Cami, mesmo quando achava que ela era sua irmã.

— Sim, mas ela não é. Só para constar, Eva é só uma criança.

— Ela não se parece com uma. Mas prefiro minhas mulheres maduras. E Cami... — ele umedece os lábios, com uma expressão lasciva —... É tão gostosa quanto aparenta?

Eu sei que ele está tentando me irritar, mas alguma coisa parece muito... errada. O mesmo pressentimento que tive antes me sobrevém.

— Eu te desafio a dizer mais uma palavra sobre ela... eu te desafio, porra — advirto, porque se ele continuar por esse caminho, vou arrancar sua língua.

Ele interpreta minha advertência na mesma hora.

— Você é corajoso, Punky. Fiquei sabendo do que fez com Brody. Acho que esse foi um jeito de me dar um recado?

Não respondo.

— Bem, sua mensagem foi recebida. Alto e claro. Eu sei que você é mais forte que eu — ele confessa, o que atrai meu interesse. — Por isso eu precisava de uma garantia. Eu nunca machucaria Ethan ou Eva. Sempre tive a intenção de devolvê-los.

— É mesmo? Você estava assim tão confiante de que eu concordaria com seu plano?

Sean assente.

— Sim, e isso porque você é um homem nobre. Você se importa. Não consegue evitar em querer salvar o mundo. Foi isso que te colocou nessa confusão, em primeiro lugar. Se você tivesse deixado quieto a morte de Cara, nada disso teria acontecido. Mas, não. Você tinha que vingá-la. Não pôde esquecer o assunto. E, agora, você me obrigou a agir.

— Não, tudo foi culpa sua. Você foi o único que a matou porque sua ganância veio sempre em primeiro lugar — revido, me recusando a permitir que ele desmereça minha mãe.

— Eu só quero o que me foi prometido. Connor disse que éramos sócios, mas só ele liderava. Eu era sempre o segundo no comando, mas isso mudou quando os homens viram ele refletido em você. Igualzinho ao pai, eles diziam, só que ele não era o seu pai. Mesmo jovem, eles viram o grande líder que você seria.

— Você está com ciúmes do próprio filho — disparo. — Fui obrigado a viver esse estilo de vida. Eu não quero essa porra. Só causa destruição. Essa merda me transformou em alguém a quem nem sequer reconheço.

Meu celular toca, e quando vejo a foto anexada à mensagem, piscando na tela, suspiro aliviado. Eles estão a salvo.

Cian está parado ao lado de Ethan e Eva. E os três parecem bem.

— Sou um homem de palavra, filho — Sean diz, concluindo que a mensagem era de Cian. — E você?

Há uma última coisa que tenho que fazer. Enviar uma mensagem a Rory.

> Está quase acabado. Todo mundo está bem?

Ele responde um minuto depois.

> Todo mundo está onde deveria estar.

Um pouco enigmático, mas talvez ele esteja preocupado que nossos celulares estejam grampeados.

Enfiando o aparelho no bolso, exalo um longo suspiro porque a hora é agora.

— Você está muito confiante, não está?

Sean apruma a postura.

— Nós fizemos um acordo. Você me deu a sua palavra.

— Tsc, tsc tsc... — Balanço a cabeça, devagar. — Você não acreditava mesmo que eu me tornaria seu garoto de recados, não é? Eu te odeio, porra, e prefiro mil vezes que nós dois estejamos mortos do que te ajudar a destruir esse país.

E, num piscar de olhos, meu plano B é revelado.

Eu sempre soube que acabaria assim. A ganância de Sean, mais uma vez, o deixou cego, lhe dando a ilusão de que ele governaria no topo.

Mesmo que ele tenha entregado Ethan e Eva, ele sabe que cada pessoa que amo pode ser usada como uma garantia – garantia que ele pode resolver usar sempre que precisar.

Ele devolveu Ethan e Eva como um sinal de boa-fé, para mostrar que quer fazer as pazes comigo, mas não sou besta. Eu sei que se não fizer o que ele quer, não haverá uma segunda chance, e, dessa vez, ele irá atrás de Cami.

Não posso protegê-la o tempo todo, por isso a única maneira de mantê-la a salvo é matando Sean. Porém, sei que é mais fácil dizer do que fazer. Esse filho da puta me enganou a vida inteira. Não importa o quanto eu tenha tentado, ele sempre esteve dois passos à frente.

Mas, agora, somos só eu e ele, e será uma luta mortal. Espero vencer, mas nada é certo nessa guerra.

— Temos um probleminha então, filho — ele diz, notando que estou falando sério. — Pensei que fosse um homem honrado, mas parece que você se parece mais com Connor do que imaginei. Então é isso? Nós vamos lutar?

— Sim, pai, tudo se resume a isso.

— Os homens te respeitam e você vai jogar tudo fora, e pelo quê? Os homens não sabem que tipo de covarde você é.

Sean desvia o olhar da direita para a esquerda, e não tenho dúvidas de que Cian e Ron tiraram todas as suas armas. Ele está impotente, e para um narcisista, isso é um destino pior que a morte.

— Me lance aos lobos e eu voltarei liderando a matilha. É por isso que você precisa de mim. Você não é nada sem mim.

Ele cerra a mandíbula, porque a verdade dói.

— Vamos acabar logo com isso então. Como homens. Mas tenho que perguntar... Você tem coragem de matar seu próprio pai?

Ele espera pela minha resposta, torcendo para que seu discurso me influencie em alguma coisa. Patético.

— Sim, tenho. — Antes que ele consiga prever meu ataque, dou um soco certeiro em seu rosto.

Ele cambaleia para trás, recuperando o equilíbrio, mas não lhe dou chance de revidar. Eu parto para cima dele, desferindo uma sucessão de murros em seu rosto e torso, e ele não consegue sequer se desviar.

Os gemidos angustiados só alimentam minha perversidade, e anos de raiva acumulada explodem de dentro de mim. Só consigo focar em expelir essa raiva e descontar no homem que causou tudo isso. Ele não mostrou misericórdia à minha mãe, e agora planejo fazer o mesmo com ele.

Suas tentativas ridículas de lutar contra mim são hilárias, e quando ele quase me acerta, dou um pulo para trás, rindo.

— Esse é o melhor que consegue, velhote?

Com um rosnado, ele avança na minha direção, mas não é rápido o suficiente, e eu acabo o derrubando no chão.

Eu o imprenso ao piso imundo, esmurrando seu rosto com golpes sucessivos. Meus punhos doem, mas a dor me lembra do sofrimento que minha mãe enfrentou nas mãos desse monstro.

— Ela não merecia morrer daquele jeito! — grito, agarrando seu cabelo e golpeando sua cabeça contra o piso de concreto.

Ele revira os olhos, desnorteado.

— Você a humilhou. Deixou que aqueles homens a estuprassem. Você não passa de um maldito covarde! Se esconde atrás dos outros porque está apavorado. Você é um sanguessuga, colocando os outros para fazerem seu trabalho sujo. Você quer a glória, mas não está preparado para se esforçar por isso. Você me enoja.

Cuspo em seu rosto.

Pegando minha faca do bolso traseiro, inspiro fundo, pois a hora, finalmente, chegou. Os homens que machucaram minha mãe já não existem mais. Ela pode descansar em paz agora. Assim como eu.

Quando pressiono a lâmina em sua garganta, algo inesperado acontece – Sean começa a rir.

É mais como um sibilo, já que, certamente, perfurei um de seus pulmões, mas o som expressa vitória, e preciso saber o porquê.

— Estou prestes a cortar sua garganta e você está rindo? O que é tão engraçado?

O semblante de Sean está quase irreconhecível. A visão macabra me faz levantar de um pulo e erguê-lo do chão.

— Me responda!

Ele cambaleia, a risada histérica ecoando por todo o lugar.

— Você é um moleque, achando que poderia me derrotar.

— O que quer dizer com isso, porra?

— Quero dizer que você é muito previsível. Sempre querendo fazer o bem pra todo mundo. Quando vai aprender que só porque você é bom... isso não significa que outros são... ou sempre serão?

Penso em todas as possíveis lacunas no meu plano. Tudo fluiu muito bem – talvez bem demais?

MONICA JAMES

Foi tudo muito fácil... então, tem algo errado.

— Eu vou te matar, porra! — rosno, colando nariz com nariz.

— Pensei que era esse o plano o tempo todo... mas aqui estou eu, ainda vivo... O mesmo não podemos dizer dos outros.

Dou uma cabeçada nele, e ele desaba como uma boneca de pano.

— Você está blefando. Cian está com Ethan e Eva, e Rory está de vigia pra mim. Você perdeu. Eles teriam me ligado se algo estivesse errado.

Minha bravata desvanece a cada segundo, porque isso está me cheirando a armação. Sean me queria aqui, permitiu que eu lutasse com ele por um motivo.

— Eu matei a sua mãe... e o seu pai — ele confessa e eu arfo, porque nunca vi quem realmente atirou em Connor. Esse filho da puta deu um jeito de me fazer sofrer de todas as formas. — Você não vê? Você não pode acabar comigo, Puck. Junte-se a mim, e eu prometo que todos a quem você ama ficarão a salvo. Os tiras trabalham para mim, então você está sozinho.

Isso é uma armadilha. Cian e Rory teriam me alertado se alguma coisa estivesse errada. Mas o que Sean diz a seguir me coloca de joelhos.

— Ele sabia o tempo todo que vocês não eram irmãos de verdade, mas, ainda assim, ficou atrás dela. Você sabia disso? Sabia que ele leu o meu diário antes de todos vocês? Foi ele quem fez questão de manter escondido até que Hannah o encontrou.

— Você diria qualquer coisa para salvar a sua pele — rosno, mas uma pequena parte minha sabe que ele está dizendo a verdade. Isso foi fácil demais, porque... eu confiei no homem errado.

Pressiono a lâmina mais uma vez em sua garganta. Basta um golpe, e posso acabar com isso. Mas se eu fizer, sei que vou me arrepender.

— Porra! — grito, a faca tremendo na minha mão. — Poooorra!

Sean dá um sorriso, porque ele sabe que venceu. E eu entreguei essa vitória nas mãos dele em uma bandeja de prata.

— Ela sempre foi o prêmio principal.

Sem pensar, dou um último soco na sua cara, e ele apaga no chão. Tenho que me conter para não o matar ali mesmo.

Minhas botas escorregam no chão ensanguentado enquanto corro até a caminhonete de Cian. Meus dedos estão tremendo quando abaixo o quebra-sol e a chave-reserva cai no meu colo. Disparo noite afora, ligando freneticamente para Rory.

"Ele sabia o tempo todo que vocês não eram irmãos de verdade, mas, ainda assim, ficou atrás dela."

NÃO CAIR EM TENTAÇÃO

As palavras de Sean se atropelam na minha mente. Ele está mentindo. Tem que estar. De jeito nenhum isso pode ser verdade. Mas quando Rory não atende o telefone, a realidade do que está acontecendo me golpeia.

Ligo para Cian, que atende na mesma hora.

— Graças a Deus, você está vivo.

— Onde você está? — pergunto, o pânico indisfarçável na minha voz.

— Prestes a deixar Ethan e Eva na sua casa. Por quê? Você quer que eu volte aí? Ron me disse que ficou de guarda por aí, mesmo que você tenha mandado ele ir embora; ele disse que me ligaria se você precisasse de ajuda. O que aconteceu?

— Preciso falar com Rory, mas ele não atende o telefone.

No segundo em que as palavras saem da minha boca, percebo que cometi um erro de principiante.

— Tenho que ir. Vá para a minha casa e me ligue quando chegar.

— Puck! — Cian grita. — O que está rolando?

— Não sei! Preciso desligar agora.

Antes que ele possa reclamar, encerro a chamada e uso o aplicativo que me dá a localização de Rory. Não sou do tipo que reza, mas tempos de desespero exigem medidas desesperadas, e começo a rezar para tudo o que é mais sagrado para que Rory esteja no lugar onde disse que estaria – na minha casa.

Mas ele não está.

Ele está no apartamento dele. Por quê?

Quase bato em um carro que vem no sentido contrário quando faço um retorno brusco no meio da estrada e acelero até o endereço de Rory.

Nada mais me importa, a não ser encontrá-lo para que possa se explicar. Para que possa assegurar que meu pai, mais uma vez, está brincando com as minhas emoções como só ele sabe fazer.

Paro na entrada do prédio, nem me incomodando em fechar a porta do carro conforme corro até o apartamento. Chego à sua porta e não bato. Está trancada, mas isso não me impede de arrebentá-la para entrar.

— Rory! — grito, correndo pelos cômodos atrás dele. Quando o encontro fazendo as malas, desesperado, percebo que meus piores medos se tornaram reais.

Ele pega a arma em cima da mesa de cabeceira e aponta para mim. Mas será preciso mais do que isso para me deter.

— Onde ela está? — rosno, andando em sua direção, enquanto ele lentamente recua.

— Longe de você! — retruca. — Longe de nós dois!

— Deus me ajude, se você não me disser onde ela está, eu vou...

— Vai o quê? — interrompe, entrecerrando os olhos. — Vai me matar? Vá em frente. Você já arrancou meu coração mesmo. Os dois fizeram isso.

— Só me diga onde ela está, Rory. Eu te conheço. Sei que não quer fazer isso.

— Você não sabe de porra nenhuma! — berra, partículas de cuspe saindo da sua boca. — Se soubesse, teria ficado na prisão. Nós teríamos sido felizes. Mas o amor dela por você sempre foi um empecilho! Eu a amava, porra, mas isso não importava. Eu não importava mais, no segundo em que você foi solto.

— O que você fez? — pergunto, sentindo o coração quase saltar pela garganta.

— Fiz tudo o que você pensa que fiz — ele responde, drenando a vida de mim.

— Por quê? — grito, sem entender nada. — Você me odeia a esse ponto? Você a odeia tanto assim?

— Sim — afirma, sem nem pestanejar. — Você destrói tudo o que toca. Vocês dois.

— Então você a entregou ao Sean, sabendo que ele a usaria para me obrigar a fazer o que ele quiser? Ela não é a porra de um bem material para ser explorado! Nenhum de nós é. Você tem ideia do que fez?

Encaro os olhos de um estranho, porque esse homem não é o garoto com quem cresci. O rapaz que me apoiava em tudo. Esse infeliz foi envenenado por Sean Kelly, que se aproveitou de sua fraqueza.

— O que ele te ofereceu em troca dela? Uma parte de seus negócios?

Rory dá uma risada de escárnio, os olhos vermelhos escaneando o quarto.

— Eu não quero nada disso! Quero sair do país e começar de novo. A Irlanda do Norte está cheia de fantasmas dos quais quero escapar.

Erguendo a cabeça, encaro o teto com os olhos marejados.

— Você será um deles, então suponho que nunca serei capaz de fugir de você.

Rory vendeu Babydoll por ganância – Sean ofereceu a ele dinheiro em troca da vida dela. Rory queria nos ferir da pior forma possível; assim como o ferimos. E agora, ele tem que pagar... com a vida.

O gatilho range quando o dedo de Rory treme, mas sou um homem possuído pelo desejo de vingança. Dou um chute alto e lateral, tirando a arma das mãos dele. Ele é pego desprevenido, o que me permite esmurrar seu rosto.

Ele tropeça para trás, segurando o nariz ensanguentado, mas isso não o detém de partir para cima de mim. Ele sabe como brigar, e consegue acertar minhas costelas e a boca do estômago, mas eu o agarro pelo colarinho da camisa e golpeio a parede de gesso com sua cabeça.

Puxando-o de volta pra mim, dou uma joelhada em seu queixo, e ele desliza pelo piso do corredor. Ele corre na minha direção de novo, mas dou um chute em seu joelho, fraturando o osso, o que o faz desabar no chão acarpetado, gemendo de dor.

— Por quê, Rory? Eu não entendo. Você sabia que ela não era minha irmã?

Rory rasteja para longe de mim, tentando encontrar, desesperado, algo com o que se defender.

— Eu sabia. E queria passar mais tempo com ela, e a pedi em casamento assim que descobri que você sairia da prisão. Pensei que seria o bastante. Mas no segundo em que ela te viu, eu soube que nunca seria o suficiente. Eu a amava, Puck! Você tomou de mim a Darcy, Cami, todo mundo de quem já gostei.

— E a culpa é minha? — questiono. — Pare de agir como um covarde e cresça, porra!

Ele continua a se afastar de mim, mas não vai a lugar nenhum outra vez. Eu tinha pressentido que alguém de dentro estava passando informações para o Sean — e esse rato era o Rory.

— Eu confiei em você! — berro, quebrando seu outro joelho com um pisão. — Você me traiu! Arrancou meu coração, porra!

— Dói, não é? — ele sibila, em agonia. — Ser traído por alguém que você ama? Agora você sabe como eu me sinto.

Não sei onde Babydoll está. Não sei nem se ela está viva ou morta. Não sei se farão algum pedido de resgate por ela. Ou Sean mandou matá-la, sabendo que eu não teria nada pelo qual valesse a pena lutar, para que minha vontade de lutar morresse junto, e eu acabasse me rendendo?

Esse era o plano de Sean o tempo todo – Ethan e Eva foram só uma isca. Ele estava atrás de Babydoll o tempo inteiro.

Eu me ajoelho, e um soluço gutural escapa do meu peito quando cubro o rosto com as mãos ensanguentadas.

Tanto sangue foi derramado, e já nem sei a quem esse sangue todo pertence. Este país está pintado de vermelho, e por minha causa.

Em minha busca por vingar a morte da minha mãe, estraguei tudo de forma irreparável, e não sei mais como consertar isso. Estou devastado, quebrado, e a cola que mantinha meus pedaços colados não existe mais. Ela se foi... assim como eu.

Nosso sofrimento nos leva a agir de certas formas, e a dor de Rory se espalhou sobre todos nós. Nossa traição foi o bastante para ele desistir de tudo, e, agora, minha dor está prestes a se equiparar à dele.

No entanto, Cian anuncia sua chegada no apartamento, e a seguir ouço um barulho ensurdecedor, e isso muda o curso da minha agonia quando me jogo no chão e me deparo com meu pior pesadelo diante dos meus olhos.

Cian está caído em uma poça de sangue, com a mão no peito e ofegando por ar. Não entendo por que Cian foi atingido, até que me viro e vejo Rory segurando a arma. Só então percebo que o destino não ficará saciado até tirar tudo de mim.

A arma que Cian segurava está caída aos seus pés, e sem hesitar, eu a pego e vou até onde Rory se encontra deitado; ele parece estar em choque por ter atirado em Cian, ao invés de mim, então miro a arma em seu peito.

— Puck, n-não! — Cian diz, o peito chiando, e Rory larga a arma e ergue as mãos trêmulas em rendição.

— Puck, eu fodi tudo, eu sei. M-me desculpa — ele implora, com lágrimas escorrendo pelo rosto. — Por favor, não me mate. Eu não quero morrer.

Mas é tarde demais.

Ele fez uma escolha... e agora está na hora de eu fazer a minha.

Atiro bem no meio dos olhos de Rory, e a última lasca de humanidade que havia em mim evapora, dando lugar ao monstro que eu sempre soube que subiria à superfície.

Encaro o homem que uma vez foi meu amigo, e não sinto absolutamente nada, porque estou tão morto quanto ele. Isto é o que todos queriam.

Entorpecido, vou até Cian e me ajoelho ao seu lado, examinando seu ferimento. Graças a Deus, Rory sempre teve uma péssima mira.

— Você vai sobreviver.

Os olhos arregalados revelam que ele também viu a face do monstro que tão arduamente tentei manter sob controle.

Tiro minha camiseta e lhe entrego para que ele pressione sobre o ferimento.

— Precisamos ir embora. Os tiras chegarão em breve. Você consegue ficar de pé?

NÃO CAIR EM TENTAÇÃO

Quando ofereço minha mão para ajudá-lo, ele dá um tapa para a afastar. Ótimo, ele me odeia também. Será mais fácil assim.

— Tudo bem, seja um maricas. Vou te esperar do lado de fora.

Deixo meus dois melhores amigos, um ensanguentado e outro... morto. Desço as escadas, assoviando uma alegre melodia enquanto as pessoas se atropelam para sair do prédio, aterrorizadas com o som dos tiros disparados.

Sentimentos te enfraquecem, Connor disse, e ele estava certo. É por causa deles que estou aqui novamente. Mas agora não mais.

Tentei derrotar Sean. E fracassei. Eu tentei tanto, tanto, porra.

Pegando meu celular, abro a porta do saguão com o ombro e arranco o cigarro de um transeunte que me encara com a boca escancarada, assim que vê meu estado.

Continuo a caminhar, com o celular pressionado ao ouvido, e quando Sean atende, selo meu destino para todo o sempre.

— Siga com os planos... Agora é com a gente.

E, assim... vendi minha alma ao diabo, e não sinto porra nenhuma.

Livro três em breve!

Agradecimentos

À minha família de autoras: Elle Kennedy e Vi Keeland – amo muito vocês duas.

Ao meu marido, Daniel. Eu te amo. Sempre. Para todo sempre. Obrigada por aguentar minha loucura.

Aos meus pais sempre apoiadores. Vocês são os melhores. Sou quem sou por causa de vocês. Eu te amo. Descanse em paz, papai. Você partiu, mas nunca foi ou será esquecido, e sempre te levarei em meu coração.

À minha agente, Kimberly Brower, da *Brower Literary & Management*. Obrigada pela paciência e por ser um ser humano incrível.

À minha revisora, Jenny Sims. O que posso dizer além de EU TE AMO?! Obrigada por tudo. Você vai acima e além para mim.

Às minhas rainhas irlandesas – Shauna McDonnell e Aimee Walker, seus conselhos foram inestimáveis. Muito obrigada.

Às minhas preparadoras de texto – Aimee Walker e Rumi Khan, vocês são incríveis!

À leitora beta – Rumi Khan. Obrigada por amar Punky tanto quanto eu.

À Michelle Lancaster – você pegou essa história e criou uma fotografia mais do que perfeita. Sua visão e talento são absolutamente alucinantes, e me sinto abençoada por ter trabalhado com você. Suas fotos detonam! Na verdade, VOCÊ arrasa! Essa maquiagem ficou FANTÁSTICA! Eu te amo! #mytribe

A Lochie Carey – cara, tipo... caracas! Você é incrível! Você é meu Punky. Obrigada por trazê-lo à vida.

À Leigh – Você é um ser humano maravilhoso. Seu apoio ao longo dos anos me ajudou nos momentos mais sombrios. Sua amizade significa tudo para mim, e eu a admiro demais. Mal posso esperar para te ver em breve, E obrigada por amar Punky tanto quanto eu. P.S.: Ainda estou te devendo um sorvete!

À Lauren Rosa – esta capa surgiu por uma sugestão sua. Agradeço muito por estar sempre ao meu lado.

À Giana Darling – obrigada pelo seu carinho. Eu te adoro.

A Conor King – muito obrigada por tudo. Sua narração foi perfeita! PS.: Eu te devo uma cerveja. Ou duas. E estou animada para ver o Milk fazer um show em breve!

À Sommer Stein – você ARRASOU nessa capa! Obrigada por ser tão paciente e tornar o processo tão divertido. E me desculpe por incomodá-la constantemente.

À minha publicitária – Danielle Sanchez, da *Wildfire Marketing Solutions*. Obrigada por toda a ajuda.

Um agradecimento especial para: Bombay Sapphire Gin, Ashlee O'Brien, Conor King, Christina Lauren, Lisa Edward, Dani Rene, Trilina Pucci, Cheri Grand Anderman, Louise, Nasha Lama, Sarah Sentz, Gel Ytayz, Jessica –*PeaceLoveBooks*.

Aos intermináveis blogs que me apoiaram desde o primeiro dia – vocês são o máximo.

Meus *bookstagrammers* – a criatividade de vocês me surpreende. O esforço que vocês fazem é simplesmente incrível. Obrigada pelas postagens, teasers, apoio, mensagens, carinho, por TUDO! Eu vejo o que cada um faz, e sou muito, muito grata.

À minha EQUIPE ARC – vocês são as MELHORES! Obrigada por todo o apoio.

Ao meu grupo de leitores, deixo aqui um enorme beijo.

Samantha e Amelia – amo muito vocês duas.

À minha família na Holanda, na Itália e no exterior. Envio a vocês muito amor e beijos.

Papai, Zio Nello, Zio Frank, Zia Rosetta e Zia Giuseppina – vocês estão em nossos corações. Sempre.

Aos meus bebês peludos – mamãe ama vocês muito! Dacca, sei que você está com Jaggy, Dina, Ninja e Papa.

A qualquer um que eu tenha esquecido de citar, sinto muito. Não foi intencional!

Por último, mas não menos importante, quero agradecer a VOCÊS! Obrigada por me receberem em seus corações e casas. Meus leitores são os MELHORES deste universo inteiro! Amo todos vocês!

Sobre a Autora

Monica James passou sua juventude devorando os livros de Anne Rice, William Shakespeare e Emily Dickinson.

Quando não está escrevendo, ela está ocupada administrando sua própria empresa, mas sempre encontra um equilíbrio entre os dois afazeres. Ela gosta de escrever histórias reais, sinceras e turbulentas, esperando deixar uma marca em seus leitores, e se inspira na vida.

Além disso, é autora best-seller nos EUA, Austrália, Canadá, França, Alemanha, Israel e Reino Unido.

Monica James mora em Melbourne, Austrália, com sua família maravilhosa e uma coleção de animais. Ela é um pouco obcecada por gatos, tênis e brilho labial, e, secretamente, deseja que pudesse ser uma ninja nos finais de semana.

A The Gift Box é uma editora brasileira, com publicações de autores nacionais e estrangeiros, que surgiu no mercado em janeiro de 2018. Nossos livros estão sempre entre os mais vendidos da Amazon e já receberam diversos destaques em blogs literários e na própria Amazon.

Somos uma empresa jovem, cheia de energia e paixão pela literatura de romance e queremos incentivar cada vez mais a leitura e o crescimento de nossos autores e parceiros.

Acompanhe a The Gift Box nas redes sociais para ficar por dentro de todas as novidades.

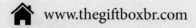 www.thegiftboxbr.com

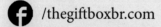 /thegiftboxbr.com

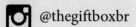 @thegiftboxbr

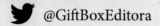 @GiftBoxEditora

Impressão e acabamento

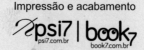